TIEMPO DE LOBOS

MOTUS

THRILLER

Nos gusta la adrenalina y la tensión que vivimos al leer un thriller. Ese hilito de sangre, ese tictac que hará detonar lo imposible, no saber quién es el culpable y también intentar deducir el final.

Nos intriga saber que la muerte pudo ser solo una coartada, la vuelta de tuerca, el reto que nos ponen al contarnos cada historia.

En el cine, la ansiedad nos lleva al borde de la butaca, y con los libros nos hundimos en el sofá, sudamos en la cama, devoramos cada párrafo a la velocidad de nuestras emociones.

Sentir que falta el aliento cuando la trama nos recuerda que la vida es un suspiro le da sentido a varios de nuestros días.

Nuestro compromiso es poner ante tus ojos solo autores que te provoquen todo eso que los buenos thrillers y novelas negras tienen.

Queremos que te sumes a esta comunidad a la que guía una gran sed de buen entretenimiento. Porque lo tendrás en cada uno de nuestros libros.

¡Te damos la bienvenida!

Únete al grupo escaneando el código QR:

Título original: *Dog Rose Dirt*
Edición original: *HarperCollins Publishers*

Traducción: Constanza Fantin Bellocq
Corrección de estilo: Sara Moreno Yunta
Diseño de colección y cubierta: Raquel Cané
Diseño interior: Florencia Couto

España · México · Argentina

ISBN: 978-84-18711-42-8
Depósito legal: M-25615-2021

Primera edición en España: marzo de 2022
Impreso en Romanyà Valls
Printed in Spain - Impreso en España.

TIEMPO DE LOBOS

Jen Williams

Traducción: Constanza Fantin Bellocq

MOTUS

Para Juliet, el demonio sobre mi hombro que susurró:
"Escribe un libro aterrador".

Personajes en *Tiempo de lobos*

Heather Evans, reportera. Ha regresado a la casa familiar después del suicidio de su madre.

Michael Reave, asesino en serie conocido como el Lobo Rojo. Está encarcelado en una prisión de máxima seguridad.

Imitador, asesino en serie que emula los crímenes del Lobo Rojo.

Ben Parker, inspector de policía a cargo del caso del imitador del Lobo Rojo.

CAPÍTULO 1

Antes

La luz del hueco de la puerta caía sobre el rostro del chico y, por primera vez, este no le dio la espalda. Sentía los brazos y las piernas demasiado pesados, el collar alrededor del cuello demasiado sólido, demasiado ajustado. Además, darle la espalda tampoco lo había salvado en ocasiones anteriores.

La figura recortada en la luz se detuvo, como si notara este cambio de hábito, luego se arrodilló para desatar la correa de cuero con movimientos potentes, abruptos. El collar cayó y ella sujetó la cabeza del chico cogiéndole un puñado de pelo negro cerca de las raíces.

Años más tarde, él no sabría decir qué fue distinto aquella ocasión. Estaba famélico y cansado, le pesaban los huesos y tenía la piel magullada; creía que cada centímetro de su cuerpo estaba resignado a la realidad de su existencia, pero en aquella ocasión, cuando los dedos de ella le retorcieron el pelo y las uñas se le clavaron en el cuero cabelludo, algo en él se *despertó*.

—Eres un animalito —dijo ella con tono distraído. Ocupaba la entrada del armario, bloqueando casi toda la luz—. Una bestia sucia. Apestas, ¿lo sabes? Mugriento de mierda.

Tal vez en el último momento ella llegó a darse cuenta de lo que había despertado, porque por una fracción de segundo un brillo de alguna emoción le dio vida a su rostro pálido y pastoso; vio algo en los ojos de él, quizá una expresión desconocida para ella, y el chico captó claramente la mirada de pánico que ella le dirigió al collar.

Pero fue demasiado tarde. Él se puso de pie de un salto, con la boca abierta y las manos como garras. Ella saltó hacia atrás gritando. La escalera estaba directamente a sus espaldas —él lo recordaba vagamente, de aquella vez anterior a lo del armario— y ambos rodaron hacia abajo; el chico aullaba y la mujer gritaba. Ese momento de caída fue muy breve, pero durante años él recordaría varias impresiones fuertes: el dolor ardiente cuando ella le arrancó un mechón de la sien, la sensación abismal de caer al vacío y el delirio salvaje de rasguñarle la piel con sus garras. Sus uñas.

Cayeron al suelo. Se hizo el silencio. No había, comprendió el chico, nadie más en la casa; nada de gritos, ni dedos largos, ni de alarmantes destellos rojos. La mujer, su madre, estaba tendida debajo de él hecha un conjunto de ángulos extraños, con el cuello extendido como si estuviera tratando de calmarlo. El brazo derecho se le había roto en la mitad del antebrazo y un hueso, asombrosamente blanco contra la piel grisácea, apuntaba hacia la ventana. La manga de la bata amarilla que vestía se le había enganchado en él.

—¿Meh?

Un delgado hilo de sangre le salía de la nariz y de la boca, y sus ojos —verdes, como los de él— estaban fijos en un punto sobre su cabeza. Con cuidado, le cubrió la boca y la nariz con la mano y presionó, observando fascinado como la piel se deslizaba y se arrugaba. Presionó con más fuerza, cargando todo el peso sobre el brazo y sintió que los labios de ella se aplastaban contra sus dientes, se rasgaban y…

Se detuvo. Necesitaba salir.

Era una mañana fría y gris, supuso que de otoño. La luz le dañaba los ojos, pero no tanto como esperaba. De hecho, sentía que la absorbía mientras observaba el paisaje inhóspito y el cielo con una creciente sensación de paz. Allí estaba el bosque; había jugado en él una vez, y las hojas se estaban coloreando de rojo y de marrón. Allí estaban los campos, oscuros en ese momento por la reciente lluvia, y también los viejos edificios anexos que su padre había dejado que se deteriorasen. En alguna parte más allá de ellos había un camino asfaltado, pero era una caminata larga desde donde se encontraba. El cuerpo de su madre, que había arrastrado hasta el césped cubierto de malezas, ya se veía más hermoso: fuera de la casa ella parecía distinta. La cogió de los tobillos y la arrastró unos metros más, cruzando el camino de tierra y hasta el campo en barbecho del otro lado.

—Aquí.

Abrió la boca para decir algo más, pero no pudo hacerlo. La hierba mojada enmarcaba el cuerpo de su madre y le hacía de colchón; podía sentir la vida que bullía allí dentro: pequeñas moscas y escarabajos, la viva curiosidad de las lombrices. El chico se puso de rodillas junto a ella y sintió que se le llenaba el cuerpo de una ira tan llana y tan enorme que era como un paisaje en su interior, una furia que llegaba a todos sus rincones. Por unos minutos, se disoció de sí mismo y solo pudo ver esa ira plana, roja y oír el ruido de truenos. No volvió en sí hasta que una tosecita cortés a sus espaldas le hizo dar un respingo sorprendido. Tenía los brazos ensangrentados hasta el codo y la boca pastosa con sabor a cobre. Tenía cosas entre los dientes.

—¿Qué es esto? ¿Qué tenemos aquí?

Había un hombre en la hierba, alto y anguloso. Llevaba sombrero y observaba al chico con una especie de curiosidad amable, como si se hubiera topado con alguien que estaba construyendo una cometa o jugando a golpear castañas. El chico se quedó completamente quieto. El hombre no era de la casa, pero eso no significaba que no le fuera a castigar. Claro que lo castigarían. Bajó la vista para ver lo que le había hecho a su madre y se le oscureció la visión periférica.

—Bueno, bueno. No te pongas así.

El hombre dio un paso adelante y por primera vez el chico vio que tenía un perro, un perro enorme, peludo, negro. El animal despedía vaho en el frío aire matinal y lo observaba con ojos castaño amarillento.

—¿Sabes?, había olvidado por completo que los Reave tenían un chico, pero aquí estás. Aquí estás, después de todo.

El chico abrió la boca y la volvió a cerrar. Los Reave, los Reave eran su familia y se enfadarían con él.

—Y qué pedazo de criatura eres. —El chico se estremeció recordando cómo su madre lo había llamado, *animal*, *bestia* e *inmundo*, pero el hombre parecía contento, y cuando el chico levantó la vista, estaba moviendo la cabeza suavemente—. Creo que debes venir conmigo, mi pequeño lobo. Mi pequeño *barghest.*[1]

El lobo abrió la boca y soltó una lengua larga y rosada. Al cabo de un instante, comenzó a lamer la sangre de la hierba.

1 Criatura mítica del norte de Inglaterra, sobre todo en Yorkshire, que aparece en forma de perro monstruoso y es un presagio de muerte u otro infortunio. *(N. de la T.)*

CAPÍTULO 2

Cansada, con frío y sin ánimo para trivialidades incómodas, Heather se obligó a sonreír con expresión cortés. Un instante después se arrepintió y cambió la expresión con la misma deliberación: sonreír demasiado en un momento así sería visto como inadecuado y ya era plenamente consciente de que era tan bienvenida como un excremento en una piscina.

—Gracias, señor Ramsey, por esperarme. Es muy amable de su parte.

El señor Ramsey la fulminó con la mirada.

—Pues si hubieras venido por aquí más a menudo, habrías tenido tu propio juego de llaves de la casa de tu madre. —Respiró ruidosamente, transmitiendo en un único sonido bronquial todo lo que opinaba sobre Heather Evans—. Tu pobre madre. Es… es todo muy triste, sin duda. Muy triste. Una situación terrible en todos los sentidos.

—Sí, lo es. —Heather hizo sonar las llaves en la mano y contempló los arbustos y los árboles altos que ocultaban la casa de su madre desde el camino—. No quiero entretenerlo más, señor Ramsey.

Él se puso rígido al escucharla y las bolsas debajo de sus ojos se tornaron de un gris un poco más oscuro. Heather no dijo nada, dejando que el silencio se desparramara por la mañana nublada, y enseguida vio que él trataba de decidir si decirle lo que pensaba. Pero al final, él se volvió y regresó a su propia casa.

Heather permaneció en el lugar unos instantes más, respirando hondo y escuchando el silencio. Balesford era un vecindario residencial amplio, con casas separadas y cercas altas, rostros extrañamente similares y el mismo acento por todas partes. Teóricamente, era parte de Londres, enclavado como estaba en el límite con Kent, pero una parte muy anémica: sin color, sin vida.

Suspiró y agitó las llaves antes de inspirar con fuerza y dirigirse a la cancela, semioculta por los frondosos arbustos perennes. Del otro lado había un pulcro jardín con macizos de flores demasiado grandes y un sendero de grava que llevaba a la casa. No tenía nada de especial ni de raro y, sin embargo, Heather sintió que se le contraía el estómago mientras subía por el sendero. No era una construcción cálida, nunca lo había sido; el yeso tosco, enguijarrado, sombrío, se fundía con las ventanas desnudas para sugerir un lugar cerrado, que siempre había estado así. La puerta estaba pintada de un color magnolia apagado y en el suelo, junto a ella, había una maceta de terracota redondeada. Estaba llena de tierra negra y en la superficie anaranjada, lisa, alguien había rayado un corazón con líneas irregulares y superpuestas. Heather miró la maceta con cierta sorpresa; su madre nunca le había parecido alguien a quien le gustase lo rústico; además, ¿por qué estaba vacía? Su madre nunca dejaba las cosas sin terminar, lo que, puestos a pensar en cómo había terminado todo, resultaba bastante curioso. Por un largo y tembloroso instante, Heather creyó que se echaría a llorar, allí, en el escalón de entrada, pero se pellizcó rápidamente el brazo y las lágrimas retrocedieron. "No hay tiempo para eso". En el umbral había unas plumas, de alguna paloma, sin duda. Heather hizo una mueca y las alejó con la punta de la deportiva; cogió luego la llave correcta del manojo.

Entró en un vestíbulo cargado de silencio y polvo; cuando abrió la puerta, algunas cartas y un montón de correo basura se desparramaron por el suelo. Era media mañana, pero el cielo plomizo de septiembre y los árboles altos de fuera mantenían el lugar cargado de sombras. Se apresuró a encender todas las luces que vio, y parpadeó cuando una recargada pantalla cobró vida en tonos pastel.

La sala de estar estaba ordenada y polvorienta. No había tazas sucias ni libros a medio leer sobre el sofá. Sobre el respaldo de una silla se veía un viejo abrigo rojo de lana gruesa en cuyas mangas se habían formado bolitas. La cocina estaba en estado muy similar; todo limpio y en su lugar. Su madre, observó Heather, hasta había dado la vuelta a la hoja del calendario para que mostrara el mes de septiembre, aun sabiendo que no llegaría al resto del mes.

—¿Qué sentido tenía, mamá?

Dio suaves golpes con los dedos en las páginas satinadas, y se fijó en que no había nada escrito en las cuadrículas, ni una sola nota que dijera "cancelar lechero/suicidarme".

Heather subió pesadamente las escaleras; la alfombra gruesa ahogaba el ruido de sus pasos. El dormitorio principal estaba pulcro como el resto de la pequeña casa. El tocador de su madre estaba ordenado y limpio, con tarros de crema y frascos de perfume en hileras como soldados. Junto a un espejo de mano antiguo había un par de cepillos. Heather se sentó y los contempló. Aquí su madre había mostrado más descuido, menos minuciosidad. Había pelos atrapados entre las cerdas, rubios con alguna cana hirsuta ocasional.

"Materia orgánica", pensó Heather. No sabía por qué, pero la frase pareció asentársele en el pecho, pesada y venenosa. "Dejaste materia orgánica, mamá. ¿Fue intencionado?".

El único objeto fuera de lugar sobre el tocador era una

bola de papel algo amarillento, cubierto de una letra apretada. Para desviar su atención de los cepillos, Heather la cogió y la alisó, esperando encontrar uno de sus propios artículos; su madre no mantenía contacto frecuente en ella, pero estaba segura de que seguía con ojo crítico la carrera de su hija. Sin embargo, vio enseguida que era la página de un libro, posiblemente uno antiguo, a juzgar por la textura del papel y la tipografía. Había una anticuada xilografía que al principio no logró descifrar: mostraba lo que parecía ser una cabra, o tal vez un cordero, de pie encima de otro animal. ¿Un perro o un lobo, tal vez? El abdomen del lobo había sido abierto y cabras más pequeñas estaban introduciendo piedras grandes dentro de la abertura sospechosamente limpia. Los ojos de Heather se posaron sobre el texto, que le informó que cuando el lobo despertó, sintió sed y fue a la orilla del río a beber…

Era la página de un libro de cuentos de hadas, pero no tenía ni la menor idea de lo que había estado haciendo su madre con ella. A Colleen nunca le habían gustado los cuentos antiguos y macabros; la hora de los cuentos, cuando Heather había sido niña, había consistido en una dieta estricta de ponis felices y niñas en internados. La página la hizo sentir incómoda: la extraña ilustración, la forma en la que había sido arrugada y abandonada sobre la mesa. ¿Habría querido su madre que la viera?

—Quién sabe qué estabas pensando, ¿verdad? Debiste de haber… debiste de haber perdido la razón, no lo sé…

De pronto, la habitación le resultó demasiado cerrada y sofocante, el silencio, demasiado ensordecedor. Heather se puso de pie, se tropezó con el tocador y tiró un frasco de perfume, que se destapó y la sobresaltó aún más.

—Mierda.

La fragancia, floral y espesa, inundó la habitación. La hizo pensar en la sala mortuoria, específicamente en la sala de espera, en la que había habido varios arreglos florales de buen gusto, como si eso pudiera distraerla de lo que estaba por ver. Sacudió la cabeza. Era importante no concentrarse en eso, le había dicho su compañero de apartamento, Terry. No pienses en el olor, no pienses en el viento que golpea los acantilados desiertos y, por favor, no pienses en el efecto particular que una caída al vacío tendrá sobre la *materia orgánica* de un cuerpo...

—Mierda. Necesito aire.

Heather empujó la bola de papel dentro de un cajón donde no pudiera verlo y bajó las escaleras. Cuando se dirigía a la puerta trasera, el sonido del timbre resonó por la casa.

De inmediato, la sensación de opresión en el pecho fue reemplazada por fastidio. Seguro que era alguien que vendía algo, pedía contribuciones para alguna obra de caridad o quería hablar sobre Dios. O tal vez era el maldito señor Ramsey. Se dirigió a la puerta, saboreando de antemano la expresión en el rostro del vecino cuando le dijera "¿Pero no ve que estoy de duelo, con qué derecho viene a...?", y se sorprendió al encontrarse en el umbral con una mujer mayor, alta, bien vestida. No llevaba carpeta ni hucha petitoria en las manos, sino una fuente de comida con tapa, y en el rostro, una expresión compasiva.

—Ejem..., ¿qué necesita?

—¿Heather? Pero claro que eres tú.

La mujer sonrió y Heather sintió que su fastidio se disolvía por completo. Llevaba el cabello canoso muy corto, en un estilo que no favorecería a la mayoría de las personas, pero tenía buenos pómulos y un rostro alargado y atractivo. Heather no podía adivinar su edad; claramente era bastante mayor, más que su madre, pero tenía pocas arrugas en la piel, y ojos grises enérgicos y límpidos. "Mary Poppins", pensó Heather distraída. "Me recuerda a Mary Poppins".

—Soy Lillian, vivo más arriba, querida. Solamente quería pasar y asegurarme de que estuvieras bien. —Levantó la fuente, por si Heather no la había visto—. ¿Puedo dejar esto en algún sitio?

Heather dio un salto hacia atrás para despejar la entrada.

—Disculpe. Claro que sí, pase.

La mujer avanzó con confianza por el corredor en dirección a la cocina; daba la impresión de que conocía la casa.

—Es solo un guiso —anunció mientras dejaba el recipiente sobre la encimera—. Cordero, zanahorias, cebollas y esas cosas. No eres vegetariana, ¿verdad, querida? No, eso pensaba. Simplemente caliéntalo en el horno suave. —Al ver la expresión en el rostro de Heather, volvió a sonreír—. Sé lo que pasa cuando tienes que enfrentarte con algo así. Es muy fácil olvidarse de comer bien y eso no ayuda para nada. No dejes de comer algo caliente todas las noches. Colleen era una amiga querida. Se tiraría de los pelos si supiera que podrías venirte abajo por todo esto.

Heather asintió, tratando de seguirle la conversación.

—Es muy amable por pensar en mí…, ejem…, Lillian. ¿Conocía bien a mi madre? A Colleen, digo. ¿Dijo que vivía por aquí? Se habrá mudado en los últimos años, ¿no es así? —Estaba tratando de recordar a Lillian de su infancia o de las pocas visitas que había hecho de adulta, pero no lograba ubicarla.

—Vivo la vuelta de la esquina. —Lillian estaba observando la cocina, como notando cada mota de polvo que hubiera mortificado a Colleen. Si bien a Heather el señor Ramsey le había inspirado desdén de inmediato, la idea de decepcionar a Lillian le resultaba extrañamente alarmante—. A veces Colleen y yo solíamos pasar la tarde juntas, tomando té y hablando de cosas de ancianas.

Heather asintió, aunque le resultaba raro pensar en su madre como una "anciana".

—¿Qué impresión le dio? Quiero decir, en el último mes. —La pregunta pareció desconcertar a Lillian, de modo que

Heather descruzó los brazos y trató de parecer más relajada—. No la veía tanto como hubiera debido hacerlo. Todo esto me ha impactado mucho.

—Tu madre era una mujer fuerte. Sorprendentemente fuerte. Pero es algo generacional, ¿sabes? La gente de mi edad, bueno, no hablamos sobre nuestros sentimientos. —Lillian esbozó una sonrisita—. No es algo que solamos hacer, y lo cierto es que si Colleen no estaba bien, yo no me enteré de nada.

Heather pensó en la bola de papel sobre el tocador y la expresión apenada del agente de policía cuando le entregó el anillo de boda de su madre.

—Entonces ¿nada de lo que decía le resultaba extraño? ¿No notó ningún comportamiento raro?

—Cielos… —Lillian bajó la mirada como si Heather acabara de decir una palabrota delante del párroco—. Colleen mencionó que eras periodista, pero…

—Perdón, no… —Heather apartó la mirada, esbozando una media sonrisa. "Soy incapaz de tener una conversación banal. Seguro que a mamá eso le hubiera resultado gracioso".

—Puedo ofrecerle una taza de té.

—No, gracias, querida. —Lillian hizo un gesto con la mano en dirección a Heather—. Lo que menos quiero es entrometerme en este momento. Solamente quería dejar la comida y conocerte. Colleen hablaba de ti todo el tiempo, ¿sabes?

—¿En serio? —Heather volvió a sonreír, pero esta vez con esfuerzo—. No nos llevábamos siempre bien, la verdad. Fui una chica muy difícil, como seguramente le habrá contado.

—No, en absoluto. —Lillian se quitó una pelusa de la manga—. Solo tenía elogios para su niña preferida.

Heather tuvo la repentina impresión de que Lillian mentía, pero asintió de todos modos. La mujer se dispuso a marcharse y le apretó suavemente el brazo al pasar.

—Si necesitas algo, querida, no dejes de avisarme. Como te dije, estoy muy cerca y con mucho gusto puedo cocinar o hasta lavarte la ropa si te sientes abrumada... —Heather la siguió por el pasillo como una colegiala descarriada; tenía la sospecha de que a menudo la gente seguía a Lillian así, arrastrada por su estela.

—¡Ah, pero mira eso! —Lillian se había detenido junto a la consola del vestíbulo, donde Colleen solía amontonar la correspondencia y dejar las llaves todos los días. Había una fotografía enmarcada de Heather que la mostraba de adolescente, sentada sobre la cama de su antigua habitación. Alta y desgarbada, con el cabello oscuro sobre los ojos, sostenía un diploma al mérito que le habían dado en la escuela por un ensayo o un cuento corto, ya no lo recordaba. Al ver la fotografía, Heather volvió a sentir la opresión en el pecho; estaba hecha unas semanas antes de que su padre muriera y las cosas entre su madre y ella comenzaran a envenenarse.

—Es la fotografía tuya que más me gusta —dijo Lillian, y sonó complacida por motivos que Heather no podía adivinar—. ¿No es encantadora?

Heather abrió la boca, sin saber qué responder. En la foto estaba vestida con una camiseta negra de *Expediente X* que le quedaba enorme y tenía una expresión malhumorada. No tenía ni idea de por qué su madre la había enmarcado, y mucho menos qué le veía de encantadora esta desconocida.

—Bueno, me voy entonces. —La mujer ya estaba afuera y su calzado blanco hacía crujir la grava—. Recuerda, querida, si necesitas algo, me avisas.

Heather recogió la correspondencia de la alfombra del vestíbulo y la dejó caer sobre la encimera de la cocina. Muchos folletos satinados, algunas facturas, varios menús de comida para llevar. Con un gesto de concentración, separó lo que necesitaría resolver y luego arrojó el resto al cubo de la basura. Algo en el fondo del recipiente se había podrido —un resto de comida, probablemente, de la última cena de su madre— y el repentino olor a carne putrefacta le revolvió el estómago. Sintiéndose descompuesta, Heather se dirigió a la puerta trasera, segura de que el aire fresco la haría sentirse mejor.

Los altos árboles de hojas perennes ocultaban la vista de los vecinos. Cuando era niña —cuando vivía allí, cuando se enredaba en las piernas de su madre—, los árboles eran más bajos, incluso más acogedores. Entonces ensombrecían el jardín, ocultaban a Heather y mantenían el mundo exterior fuera. Junto a la puerta trasera había un pequeño cuadrado de hormigón con dos sillas de hierro, una mesita y otra maceta de arcilla que solamente contenía tierra. *Vacía*. Con el aire fresco se sintió mejor. Se preguntó por qué se habría puesto a vagar por la casa, recorriendo habitaciones y contemplando fotografías. Revisando el tocador. "Porque me estoy cerciorando de que ya no está aquí", pensó, e hizo una mueca. "Una parte de mí todavía cree que la encontrará en el baño, limpiando el inodoro, o en la sala de estar, viendo la televisión. Estoy viendo si hay fantasmas".

—Me cago en todo. —Respiró hondo y esperó a que las náuseas retrocedieran—. Qué desastre, mamá. En serio.

Su mente volvió a la página arrugada y pensó en el estado mental de su madre en los días antes de que se quitara la vida. ¿En qué habría estado pensando? Era difícil imaginar a su madre —una mujer con sentimientos cuasi religiosos sobre la utilización de posavasos y marcapáginas— arrancando una página de un libro, y ni que decir de hacerla una bola como si fuera basura. Pero allí estaba el oscuro meollo de todo, la aterradora verdad a la que Heather no quería mirar de frente: su madre no había estado en su sano juicio. Algo había sucedido que le había quitado la razón; un desconocido cruel y mortífero había tomado residencia dentro de la cabeza de su madre.

—Nada de esto tiene sentido para mí. Nada.

Muy poco tiempo después de llamarla para que se hiciera cargo del cuerpo de su madre, la policía la había puesto en contacto con un terapeuta, que había sido muy amable y había pasado mucho tiempo hablando sobre el estado de shock, sobre cómo las personas con depresión severa podían ser muy hábiles ocultándola, aun de sus seres más queridos. Heather había escuchado con paciencia, asintiendo, aturdida; aunque comprendía perfectamente bien lo que explicaba el terapeuta, le había resultado... raro. Los viejos instintos se le habían comenzado a despertar, los que le decían cuándo una historia era disparatada y cuándo era veraz.

—No seas ridícula —se dijo escuchando lo fría y débil que sonaba su voz—. Estás paranoica.

Fuera, en la calle delante de la casa, alguien hizo sonar el claxon y Heather dio un respingo. Lágrimas calientes le corrían por las mejillas y se las secó, molesta, con el dorso de la mano. Después de un instante, sacó el teléfono del bolsillo y vio que una notificación de mensaje de texto le hacía guiños.

> Hola, cuánto tiempo. Oí que estás de vuelta por Balesford. ¿Quieres que nos veamos? Sentí mucho lo de tu madre, espero que estés bien. xxx

Nikki Appiah. Heather paseó la mirada por los árboles oscuros, preguntándose si los vecinos estarían observando e informando sobre ella de algún modo, desde detrás de sus cortinas de tul. Sorbió y parpadeó rápidamente para despejar los ojos antes de escribir una respuesta.

> ¿Estás de centinela del vecindario o qué? Sí, estoy de vuelta por un tiempo. ¿Estás por aquí? ¿Vamos al Spoons? Necesito una copa.

Hizo una pausa y luego agregó un emoticono con rostro verdoso de vómito.

La respuesta de Nikki apareció casi de inmediato.

> Son las once de la mañana, Hev. Pero sí, encontrémonos en el centro. Ha pasado demasiado tiempo y me gustaría verte la cara (aun si está verdosa). ¿Nos vemos en una hora? xxx

Heather guardó el teléfono. Se estaba poniendo más oscuro y el aire comenzaba a oler a minerales: la lluvia llegaría pronto y era mejor alejarse de allí. Una ráfaga de viento agitó los arbustos y, por un instante, a Heather le pareció que había demasiado movimiento allí, como si algo estuviera moviéndose con el viento, para ocultar sus pasos. Escudriñó las sombras, tratando de divisar una figura, luego regresó a la puerta trasera, convenciéndose de que su imaginación buscaba cosas de las que asustarse. La casa seguía pareciéndole vacía y desconocida, una cajita de vulgaridad.

—¿Qué estabas pensando, mamá?

Su propia voz le sonaba triste y desconocida, de modo que se secó las últimas lágrimas de la mejilla y atravesó la casa para salir hacia el coche de alquiler.

CAPÍTULO 3

El viento se había vuelto fresco durante la mañana y había alejado los nubarrones, dejando el cielo limpio, frío, pero a la vez estimulante. Beverly se sentía complacida. Sus nietos, Tess y James, por lo menos podrían pasar unas horas fuera en el jardín. Como todos los niños, vivían obsesionados con sus teléfonos y sus dispositivos, pero Beverly se enorgullecía de que todavía fuera posible tentarlos para salir al jardín cuando el tiempo era agradable, y con eso en mente, se puso el abrigo —el de entretiempo, pues el otoño todavía era templado— y salió por la cancela trasera. Su jardín era hermoso, pero no tenía castaños de Indias, mientras que en el campo de atrás había dos bellos árboles de los que tal vez ya habrían empezado a caer los frutos.

Delante de ella estaba la hilera de árboles que rodeaba el campo, los dos castaños inmensos y una mezcla de robles, abedules y olmos. A la luz del sol, las hojas brillaban como vidrios pintados de verde, amarillo, rojo, dorado, y sí, allí estaban los frutos de los castaños de Indias sobre el césped, con sus espinosas cáscaras verdes que dejaban al descubierto las entrañas lechosas. Beverly comenzó a llenarse los bolsillos solamente con los que habían sobrevivido ilesos a la caída, buscando las que tenían una cara plana, que eran las mejores para jugar al conkers, el juego en el que se atraviesan con un bramante y se golpean las del adversario hasta romperlas. Vio una o dos cuyas cáscaras se habían abierto solo parcialmente. Las pisó en un lado con la bota y sonrió con satisfacción cuando la castaña quedó liberada, suave y recién nacida. Consiguió una con la cara bien plana.

—Creo que esta la guardaré para mí.

Beverly se la introdujo en el bolsillo interno del abrigo. Jugar al conkers no era divertido si no podía ganarle al menos a uno de sus nietos. La castaña que recogió inmediatamente después de esa, que estaba en la hierba junto a las raíces del viejo árbol, le resultó extraña al tacto. Haciendo una mueca, la elevó a la luz, sin notar la mancha roja en sus dedos hasta que sintió el olor: el de la puerta trasera de la carnicería en un día de calor.

Beverly dejó escapar un chillido y soltó la castaña. La hierba alrededor de sus pies estaba oscura, saturada de sangre, comprendió demasiado tarde.

—Ese maldito perro —refunfuñó alejando la mano del cuerpo como si se la hubiera quemado—. Otra vez ha vuelto a cazar algo.

Pero no se veía ninguna liebre destripada, ni siquiera un pájaro, cosas que había visto en el campo en el pasado. Por el contrario, cuando se acercó al tronco del viejo castaño de Indias, vio que la sangre brotaba de las raíces, como si el propio árbol estuviera sangrando. La hondonada enorme junto a la base, por lo general llena de barro y hojas secas, había sido rellenada con otra cosa.

—¡Ay, madre mía! ¡Ay, Dios mío, no, por Dios!

Los brazos de Beverly le colgaban a los lados del cuerpo, sus dedos estaban inertes. Había una cara en el hoyo, un rostro de mujer con los ojos cerrados y la boca abierta como si rezase. Tenía las mejillas cetrinas y salpicadas de materia oscura y le asomaban flores entre los dientes. “Flores rosadas”, observó Beverly, que nunca más pondría flores de ese color en su casa. “Rosas silvestres, por lo que parece”.

Aplastados debajo de la cabeza de la mujer había un par de pies, desnudos salvo por un anillo de plata alrededor del dedo gordo y el esmalte de uñas rosado pálido, y también había un brazo, con la palma de la mano hacia arriba, como si la mujer estuviera buscando ayuda o llamando a alguien. De manera completamente incongruente, Beverly vio también la manga de una chaqueta roja, con los botones anchos del puño perlados de gotas de humedad. Todo estaba tan apiñado que no podía ver el color del cabello de la mujer ni nada de su torso, si es que aún lo tenía, pero sí un lienzo suave de algo como cuerdas violáceas cayendo a cada lado del brazo. En la corteza del árbol encima de la hondonada, habían tallado un corazón: sin duda, el gesto romántico de algún amante.

Al borde del desmayo, Beverly se alejó tambaleándose del árbol y echó a correr hacia la casa, con el rostro empapado de lágrimas.

CAPÍTULO 4

—Este lugar siempre fue un tugurio.

Heather puso los dos vasos sobre la mesa y dejó caer tres bolsas de patatas fritas junto a ellos. Nikki tomó uno de ellos, con sabor a sal y vinagre, y lo observó con aire crítico.

—Lo elegiste tú —le apuntó Nikki con serenidad.

Para fastidio de Heather, estaba igual que siempre. Llevaba el pelo negro trenzado y gafas más finas y elegantes; ambas cosas eran versiones más modernas del peinado y las gafas que había usado en la escuela. Hasta llevaba puesto un grueso suéter de punto azul que a Heather le recordaba el uniforme escolar.

—Sé que Balesford no está lleno de lugares de moda, pero sospecho que podríamos haber elegido algo mejor que Wetherspoons.

—Bueno, por los viejos tiempos.

Heather bebió un sorbo e hizo una mueca. Al llegar al bar, había vuelto a las antiguas costumbres y terminó pidiendo ron con Coca-Cola, la bebida que más asociaba con la época escolar. Nikki había pedido vino blanco con soda, aunque parecía más interesada en las patatas fritas.

—Siento no haberte avisado antes de que había regresado, pero... todo ha sido tan complicado. ¿Cómo te enteraste de mi vuelta? ¿Tienes espías vigilando la casa? ¿Trabajas para el MI5 ahora, acaso?

Nikki negó con la cabeza y sonrió.

—Mi tía vive en tu calle, ya sabes. Y ella *es* básicamente el MI5 de Balesford. Todo el mundo estaba esperando que aparecieras, después de que el señor Ramsey contó que ni siquiera tenías llaves de la casa de tu madre. —La sonrisa de Nikki vaciló—. Lo siento, Hev. Lo siento muchísimo. Es terrible. ¿Cómo estás?

Heather se encogió de hombros y abrió una bolsa de patatas fritas, evitando mirar a su amiga a los ojos. Nikki siempre había sido la buena, la amable, y ver bondad y comprensión en el rostro de otro ser humano era demasiado para ese momento, sobre todo después de haber estado en la casa. *Materia orgánica.*

—Estoy todo lo bien que se puede esperar, supongo. Hace un rato, mientras estaba en la casa, todo el tiempo me parecía que ella estaría allí, ¿sabes? Como si todo fuera un…, no lo sé, un error burocrático. Es… —Algo se le movió dentro del pecho y el local le resultó endeble, como si el suelo estuviera a punto de desmoronarse—. Hacía mucho que no venía a la casa. Y…, bueno, ya sabes que ella no era admiradora mía, precisamente.

—Eso no es lo importante.

—Sí, ya lo sé. —Heather bebió un sorbo de ron con cocacola y parpadeó al sentir el ardor en la garganta. El dolor de cabeza que había estado avecinándose se disipó y parte de la tensión se le aflojó de los hombros—. ¿Por qué se habrá suicidado, Nikki? No lo puedo comprender. Hay algo… hay algo que no parece estar bien. No tiene sentido.

Nikki parecía algo incómoda y se movió en la silla. El pub comenzaba a llenarse de gente que iba a almorzar, aprovechando el menú de curry por cinco libras.

—Al principio la tía Shanice no se lo quería creer. Decía que el señor Ramsey estaba delirando… Heather, el suicidio es difícil de entender. Tu madre debe de haberse sentido muy infeliz, muy atormentada, durante mucho tiempo, y es posible que nadie supiera que estaba sufriendo. Las enfermedades mentales pueden ser muy destructivas.

—Sí. Y yo iba a ser la última persona en enterarme, claro. Es solo que... —Heather se encogió de hombros—. Sé que recuerdas cómo era mi madre. Nunca armaba jaleo, siempre quería que todo fuera lo más tranquilo posible. Parece un gesto, como si me estuviera diciendo algo o quisiera..., no lo sé..., castigarme, quizá. —Al ver la expresión de Nikki, suspiró—. Lo sé, soy un cliché ambulante, negándome a aceptar lo que tengo delante porque la verdad es demasiado incómoda. Y haciendo que todo gire alrededor de mí, joder. Pero no puedo quitarme de encima la sensación de que algo se me está escapando. ¿Tu tía notó algo raro en ella? ¿Últimamente, quiero decir?

—Mira... —Nikki le apretó la mano por un instante y, de nuevo, Heather no pudo mirar a su amiga a los ojos—. Algunas cosas..., algunas cosas no pueden comprenderse ni desmenuzarse a fuerza de razonamiento.

Heather asintió, con los ojos fijos en la superficie pegajosa de la mesa.

—De todos modos, no hablemos más de esto, ¿de acuerdo? Son tonterías. ¿Cómo estás tú? Hace tiempo que no nos juntábamos así, a tomar algo sin haberlo planeado. ¿En qué andas? Sigues en la enseñanza, supongo.

—Así es, y me doy cuenta por la cara que pones cuando lo digo que te horroriza. —Nikki sonrió y bebió un sorbo de vino—. Ahora estoy dando algunas clases en una universidad, cosa que sabrías si alguna vez prestaras atención a mis publicaciones de Facebook. Estoy cubriendo los departamentos de Lengua e Historia. ¿Tú sigues en el periódico?

Heather hizo una mueca de desagrado y trató de ocultarla metiéndose varias patatas fritas en la boca al mismo tiempo.

—No funcionó. Hace un tiempo que estoy trabajando por mi cuenta, y lo prefiero así. —Más malos recuerdos. Se bebió el resto del vaso y arqueó las cejas—. ¿Otro?

Pasaron el resto de la tarde en el pub, y se cambiaron a los refrescos cuando la vista comenzó a nublárseles. En algún momento, una de las dos propuso pedir comida y pronto la mesa se llenó de platos y de manchas de salsa con curry de un amarillo alarmantemente intenso y trozos del pan plano, característico de la cocina india. Hablaron de la escuela y recordaron todas las viejas historias que por tradición deben ser rememoradas en momentos como ese. Poco a poco comenzó a llegar el público de la tarde y convinieron que era momento de regresar a casa, pues pasar todo un día en un pub no era —señaló Nikki— el aspecto ideal que debía mostrar una docente.

—Como tú digas, profesora.

Fuera, el día se había puesto gris y frío, y mientras Nikki llamaba a un taxi, Heather descubrió que la moderada cantidad de alegría que había podido acumular durante la tarde se le estaba escurriendo entre las sombras. No regresaría a su casa en ese momento, a su desordenada pero acogedora habitación en una casa compartida con otras personas desordenadas; volvería a la casa vacía de su madre, sin duda, a pasar una noche de malos recuerdos y preguntas sin respuestas. Algo debió de reflejarse en su rostro, ya que después de guardar el teléfono en el bolsillo, Nikki le tocó el brazo con suavidad.

—El taxi tardará unos minutos. ¿Todo bien?

Heather se encogió de hombros. Los refrescos burbujeantes se le habían acidificado en el estómago y se sentía demasiado cansada como para fingir.

—La carta de despedida fue realmente extraña, ¿te lo conté? —Nikki negó con la cabeza; sus ojos castaños parecían sombríos—. Como dijiste, se ve que no estaba bien y supongo que no se puede esperar que una carta de despedida tenga sentido.

Heather trató de sonreír, pero solo logró hacer una mueca desagradable, de modo que no siguió. Abrió el bolso y cogió un trozo de papel de su libreta. Era de color lila claro, con un dibujo de un pajarillo junto a un encabezado que decía "notas para ti". Por motivos en los que no deseaba ahondar, la había llevado consigo desde que la policía se la había entregado junto con las pertenencias de su madre. La letra apretada de su madre ocupaba el centro de la hoja. Se la pasó a Nikki, que frunció el ceño y la alisó cuidadosamente con los dedos.

—"Para vosotros dos. Sé que esto será un golpe, y lamento que tengáis que lidiar con todo este desastre, pero ya no puedo vivir con esto, sabiendo lo que sé, ni con las decisiones que tuve que tomar. Dicen que elegir este final es de cobardes; pues bien, los que lo dicen no saben con lo que he tenido que vivir, esta sombra terrible bajo la que he vivido desde siempre. Todos aquellos monstruos del bosque nunca se fueron, al menos no para mí. Y tal vez me lo merezca. Realmente lamento todo lo que vendrá, por si sirve de algo. A pesar de lo que podáis creer, os amo a ambos, siempre os amé".

Nikki no dijo nada; se limitó a fruncir los labios y mirar hacia la calle. Después de un instante, se llevó un dedo a la comisura del ojo y dejó escapar un suspiro lloroso.

—Hev, qué terrible. Pobrecita tu madre.

—¿Pero no lo ves? —Heather tomó la nota de sus manos, la dobló y la volvió a guardar en el bolso. Tenerla fuera de vista le hacía bien—. "Para vosotros dos. Os amo a ambos". ¿Qué significa? Solo soy yo. No le quedaba ningún otro familiar. ¿Y a qué se refiere con eso de las decisiones?

Nikki sacudió la cabeza lentamente.

—De acuerdo, es raro. Pero ¿tal vez se refería a ti y a tu padre? Si estaba muy mal, puede que hubiera olvidado que había muerto, o… o tal vez le hablaba al que fuera a encontrar su cuerpo.

—Pero *ambos* suena demasiado específico. Como si se estuviera refiriéndo a dos personas. ¿Y eso de *los monstruos del bosque*? ¿Qué diablos significa eso? —Heather suspiró—. Tienes razón, puede haber estado hablando de mi padre, pero me da rabia no saberlo. Pienso que voy a pasarme la vida preguntándome de qué hablaba; como si lidiar con toda esta mierda no fuera suficiente, tuvo que dejarme una carta de despedida vaga y misteriosa.

En algún lugar calle arriba, un perro ladraba; había comenzado a llover. La calle estaba casi desierta, pues la gente corría para escapar de la llovizna, pero cerca de la parada del autobús, una figura en la sombra se mantenía inmóvil. Un autobús pasó rugiendo, sin detenerse, y la figura apartó el rostro de la luz.

—Lo sé. Creo que te sentirás mejor después del funeral. Se supone que los funerales nos permiten pasar página, ¿no es así? —Nikki frunció los labios, como dudando de que fuera realmente así—. ¿Has comenzado a...?

—Ya está todo bastante encaminado. —Heather sonrió. Le hacía bien ver a Nikki, tener a alguien que la guiara de vuelta a las cuestiones prácticas—. Ya has visto cómo es de colaboradora la gente en este tipo de situaciones. El problema es que ella tenía el teléfono consigo, y... bueno, no sobrevivió. Así que necesito encontrar su libreta de direcciones, si es que la tenía. ¿La gente sigue anotando los números hoy en día? Supongo que si hay personas que lo hacen, mi madre sería una de ellas.

—Pues mi madre y la tía Shanice están más que dispuestas a ayudarte, así que cuenta con ellas para lo que necesites. Mira, allí está el taxi. —Nikki hizo un ademán con la cabeza en dirección a la acera.

***

Horas más tarde, Heather despertó en el dormitorio de invitados de la casa de su madre, y abrió los ojos a la oscuridad absoluta. Presa del pánico, cogió el teléfono de la mesilla de noche y la luz de la pantalla sumió la habitación en un conjunto de sombras grises. "Es solo el cuarto de invitados", se dijo, "son solo las estúpidas cortinas gruesas". La ventana del dormitorio de su propia casa daba a una farola de la calle, lo que hacía que nunca estuviera completamente a oscuras. Allí, con los árboles de fuera y las cortinas largas y pesadamente bordadas, se había despertado a una especie de ceguera. Temblando levemente, encendió la lámpara de la mesilla de noche y se incorporó, con el teléfono en las manos.

Oyó un ruido de movimientos directamente encima de su cabeza. Heather se frotó los ojos y se dijo que era una mujer adulta en una casa desconocida; era lógico que hubiera ruidos raros y que se sintiera asustada. El ruido se convirtió en una especie de aleteo y a Heather se le puso la piel de gallina.

—De acuerdo —dijo en voz alta—. Hay un pájaro en el desván. Se ha metido una paloma, o hay un nido de estorninos o algo así. —Su voz sonaba conocida, normal; asintió para darse ánimos—. Un pájaro no es más que un pájaro. No hay nada de qué preocuparse.

Permaneció en la cama unos minutos, escuchando los ruidos con creciente fastidio. Finalmente, hizo a un lado el edredón y salió del dormitorio al pasillo. Tal vez, pensó, el ruido de sus pasos asustaría al pájaro y lo haría irse. El pasillo le resultó particularmente oscuro después de la luminosidad de la luz de la lámpara, y Heather parpadeó varias veces, esperando que sus ojos se acostumbraran. Hacía frío y la alfombra debajo de sus pies estaba extrañamente helada.

—Puta casa.

La puerta del desván era una sombra casi invisible en el techo. Cuando Heather se detuvo debajo de ella, el ruido y el aleteo se detuvieron abruptamente, como si hubieran estado escuchando. Con curiosidad, y sintiéndose mucho más despierta que antes, permaneció allí unos instantes, escuchando y frotándose los brazos de tanto en tanto. Hacía tanto frío que le pareció que podía ver su aliento en el aire.

La casa estaba en completo silencio; hasta los golpeteos y crujidos de la estructura parecían haberse acallado.

Heather se volvió para regresar a la habitación y vio la ventana en el extremo del pasillo. Por un instante, captó un movimiento allí fuera, como si algo estuviera observando desde el espeso límite del bosque. Unos ojos, enormes, brillantes y absolutamente inhumanos escudriñaban desde el otro lado del cristal a oscuras.

—¿Qué...?

Un segundo después, una ráfaga de viento agitó los árboles y lo que fuera que hubiera causado esa ilusión se disolvió en la nada. "Porque era solamente eso", se dijo Heather, "tus ojos jugándote una mala pasada, boba". Aun así, se acercó a la ventana y miró fuera. No se veía nada salvo las luces de la calle filtrándose por entre las ramas de los árboles; el brillo de la luna creaba siluetas extrañas y a medio formar.

Enfadada consigo misma, volvió a la cama. Dejó la lámpara de noche encendida hasta la mañana. Y aunque no volvió a escuchar los ruidos esa noche, su mente seguía regresando a ellos, y cuando se durmió, soñó con plumas suaves y oscuras y con el rostro redondo de su padre, rojo de ira.

CAPÍTULO 5

LA MAÑANA SIGUIENTE NO FUE agradable para Heather.

Sabía que alojarse en casa de su madre le provocaría muchos sentimientos incómodos, por lo que no se sorprendió cuando, al despertarse en una cama desconocida, se sintió envuelta en una mortaja de tristeza.

En un tiempo, ese dormitorio había sido el trastero de su padre, y había estado lleno de bártulos de todo tipo: manuales viejos de coches, enormes cubos de plástico para hacer cerveza casera y un gran congelador que su madre solía llenar con comidas congeladas y envases de helado. De niña, a Heather le había encantado esa habitación; estaba convencida de que contenía todos los secretos de su padre. En ese momento, el dormitorio de invitados era pequeño, pulcro, carente de toda personalidad, pero, aun así, Heather no pudo evitar sentir la presencia de su madre allí, en las toallas apiladas sobre la banqueta, el pequeño tapete sobre el alféizar de la ventana, el florero vacío. Hacía frío y había demasiado silencio, de modo que se levantó, puso la calefacción al máximo y encendió la televisión y la radio a la vez. Cuando el nivel de ruido le resultó tranquilizador, se preparó un té bien cargado, se sentó a la mesa de la cocina y comenzó a escribir una lista de cosas que tenía que hacer.

Sorprendentemente, encontró la libreta de direcciones de su madre casi de inmediato; estaba olvidada en un revistero de madera en la sala de estar, así que lo más pronto que pudo, llamó a todos los que debían ser llamados, les transmitió las malas noticias y aceptó las condolencias. Cuando terminó con esa desagradable tarea, volvió arriba, casi sin darse cuenta, y apoyó la mano sobre el picaporte de la puerta de su antigua habitación. Conteniendo un suspiro, la abrió y entró. Todavía podía reconocerlo como su dormitorio: la funda del edredón sobre la cama, pulcramente doblada, era de un color que solamente una adolescente elegiría, y el papel de la pared aún tenía las pequeñas peladuras en los sitios donde la cinta adhesiva había sostenido los pósters que su madre había quitado, enrollado y guardado en tubos poco tiempo después de que ella se fuera. Durante sus visitas a través de los años, Heather se había acostumbrado al hecho de que esa ya no siguiera siendo su habitación, pero por primera vez notó que su madre, al parecer, la había comenzado a usar para otras cosas: había una pequeña mesa plegable en un rincón, cubierta de materiales para manualidades.

Con una media sonrisa dibujada en el rostro, Heather se sentó en la silla plegable y revolvió los objetos. Al parecer, su madre había rescatado un viejo regalo de cumpleaños que Heather había pedido una vez, unos caros botes de arcilla multicolor, y había estado haciendo alegres servilleteros decorados con muérdago y muñecos de nieve. Junto a las piezas terminadas había una nota autoadhesiva con la dirección de un asilo de ancianos cercano. ¿Habría tenido la intención de donarlos al asilo para el mercadillo de Navidad? Habían ido a ese mercadillo muchas veces cuando ella era niña, a comprar tartas y conversar con los ancianos. Heather tomó uno de los servilleteros redondos y se lo colocó en el dedo. Su madre les había dedicado mucho trabajo y había dejado uno a medio terminar.

¿Qué hacía que una persona dejara inconcluso su cálido proyecto artesanal y se pusiera a pensar en terminar con su vida?

La textura lisa de la arcilla contra el dedo le recordó las veces que había intentado crear objetos ella misma. Era difícil moldear la arcilla directamente del paquete; había que calentarla entre las manos, pero los deditos de Heather nunca habían sido habilidosos. De pronto, recordó estar sentada en esa misma habitación junto a su madre, con periódicos desparramados cuidadosamente sobre la alfombra y platos pequeños delante de ambas. Su madre había tomado cada trozo de arcilla colorida en las manos y lo había entibiado antes de pasárselo a Heather para que pudiera hacer algo con él.

Dejó el servilletero en su lugar con mano temblorosa. "Nikki tenía razón", pensó. "No tengo forma de saber cómo se sentía mamá. Estoy viendo misterios donde no los hay".

Aun así, cuando abandonó el dormitorio, al volverse a mirar por última vez la mesa de trabajo, no pudo deshacerse de la sensación de que había algo en alguna parte que no encajaba en absoluto.

Pasó el día siguiente recorriendo la casa, tomando notas y preguntándose cómo alguien podía acumular tantas cosas. A mediodía, calentó el guiso que Lillian le había dejado y lo comió en un bol delante de la televisión. Era sabroso y espeso, pero cuando terminó se sintió levemente descompuesta y se preguntó si habría esperado demasiado para calentarlo, si algún ingrediente se habría echado a perder. Lavó la fuente con cuidado, por si Lillian pasaba a buscarla.

En cada lugar de la casa había un sinnúmero de cosas en las que pensar: qué hacer con la ropa, los objetos, las fotografías, hasta lo más aburrido como la ropa de cama y las cortinas. Y con cada ambiente llegaba una nueva catarata de recuerdos, como si todos estuvieran repletos de fantasmas de su infancia. La mayoría de los recuerdos no eran tan agradables como modelar arcilla en el suelo de su habitación. De pie en la puerta del baño, mientras recordaba una pelea monumental que había dado como resultado que Heather pateara la bañera con tanta fuerza que tuvo que ir a urgencias, se preguntó por qué no había llevado a alguien para que la ayudara con todo lo que había que hacer. Terry, su compañero de piso, se había ofrecido para ir, pero ella lo había rechazado de manera automática. Nikki también, seguramente, se habría alegrado de quitarle un poco de esta desagradable carga de los hombros.

¿Qué había detrás de eso? ¿Le preocupaba acaso que Terry pensara mal de ella por esta infancia ordinaria de las afueras? ¿O temía que él la viera en estado de vulnerabilidad?

Revolver cosas y revisar papeles había levantado polvo, de modo que buscó la aspiradora y la pasó sin entusiasmo por la sala de estar. Cuando perseguía unos cabellos errantes, el extremo de la boca de succión golpeó contra algo sólido debajo del sofá. Heather se inclinó y extrajo lo que bloqueaba el paso de la máquina, sorprendiéndose al ver que se trataba de un libro, y muy antiguo, al parecer. Le quitó el polvo y la pelusa y contempló la cubierta con un gesto de preocupación. Era una recopilación de cuentos de hadas con la tapa blanda gastada; la ilustración de la cubierta mostraba un gran lobo negro, cuyas fauces abiertas dejaban al descubierto los dientes letales.

—Qué raro. —Lo dejó caer sobre una repisa y terminó de limpiar.

Dejó fuera, junto a la puerta de entrada, una bolsa de residuos para reciclar y respiró una bocanada del frío aire de otoño. Cuando tenía unos siete u ocho años, solía sentarse allí mismo con su lupa nueva para quemar haciendo agujeritos en hojas secas y trozos de papel, en todo lo que le caía entre las manos. Descubrió que las hormigas estallaban con un ruidito cuando las quemaba con la lupa, y pasó una tarde muy entretenida creando docenas de cuerpecitos chamuscados sobre el sendero hasta que su madre salió y la pescó.

Le prohibieron salir al jardín durante una semana, en medio del verano; recordaba con tanta claridad la furia que había experimentado que sintió calor en las mejillas. Atrapada en el dormitorio, se dedicó a otras formas mezquinas de destrucción: romper los platos en los que le llevaban sándwiches, tirar el perfume de su madre por el lavabo. Había estado terriblemente enfadada, y eso solo había empeorado las cosas.

"Por eso no quise que Terry viniese conmigo". ¿Quién iba a querer que sus amigos adultos vieran la clase de niña que había sido en el pasado? En el aire frío, Heather sintió una oleada de angustia en el pecho.

—Los fantasmas hacen demasiado ruido. —Se limpió las manos en la parte delantera de los tejanos y volvió dentro.

Después de pasar unas horas ordenando y catalogando, recordó el desván. No había oído más ruidos extraños, pero al pasar por debajo con una taza de té en las manos, no pudo dejar de levantar la vista hacia allí. "El Hombre del Altillo", pensó. "Cuando era pequeña, el abuelo siempre culpaba al Hombre del Altillo cuando algo se perdía".

El recuerdo no le resultó reconfortante y comprendió que tendría que subir y revisar el lugar o estaría condenada a pasar la noche en la cama esperando escuchar al Hombre del Altillo, o aún peor, los suaves pasos de su madre.

—Pero por el amor de Dios, ¿qué me pasa? No hay monstruos en el desván. Dos días sola en la casa y me comporto como una niñita histérica de cinco años.

Una hora más tarde estaba sentada con las piernas cruzadas en el desván, sorprendida por lo acogedor que era el espacio, revisando una caja de viejos discos de vinilo.

Había muchas bandas y cantantes con ropa extraña que no conocía, pero unos cuantos resultaron prometedores: Led Zeppelin, Siouxsie Sioux, David Bowie. Seguramente habían sido de su padre. Él le había contado una vez que, cuando salía con su madre, había estado tratando de formar su propio grupo; estaba aprendiendo a tocar el bajo, pero nunca le había pillado el truco.

Con una leve sonrisa, dejó los discos a un lado, decidida a guardarlos o venderlos por eBay, y cuando volvió a la caja vio que los discos habían estado ocultando una vieja y maltratada lata de galletas. La sacó de la caja y, al abrir la tapa, arrugó la nariz por el polvo. Apiñados apretadamente adentro, había dos gruesos fajos de cartas sujetos con sendas gomas.

Todas las cartas estaban dirigidas a su madre, y las del primer fajo parecían muy viejas; los sobres estaban manchados y arrugados y la tinta se había desteñido hasta el punto de ser solamente una sombra. Las de más arriba del segundo fajo parecían recientes; hasta reconoció una serie de sellos con viejos villanos de *Doctor Who*. Sin poder resistirse, Heather extrajo una carta del segundo fajo y comenzó a leerla. El remitente tenía una caligrafía grande y descuidada, y los trazos irregulares se extendían de un extremo del papel al otro. La ortografía era sumamente errática.

> Querida Colleen:
> Hoy estuvo tranquilo. Muy tranquilo. Tengo muy poco que hacer aquí y cuando termino de hacer los trabajos que me ordenan, siento que el bacío se cierra a mi alrededor. Está en las luces amarillas y los pisos limpios, un bacío que es más que bacío, es la nada. Un sitio tan rancio de cosas hechas por el hombre no contiene vida verdadera, así que pienso en el tiempo que pasamos juntos. En el cespez y en los campos, allí donde mejor nos fue. Desde aquí no veo cespez, ni árboles.

Heather parpadeó. Interrumpió la lectura y sacó otra carta de un sobre; reconoció de inmediato la misma caligrafía descuidada.

Describes muy bien esos lugares. Que sigas aciendo esto por mí después de todos estos años me dice que desde el principio tuve razón contigo. Cuando te uniste a la comuna me camvió la vida.

—¿Comuna?

Abrió otra carta y encontró lo mismo. Eran todas de la misma persona. Y, por lo visto, su madre le había respondido. No era la caligrafía de su padre, de eso estaba segura; él siempre había escrito en pulcras letras mayúsculas de imprenta, como consecuencia de su trabajo en construcción y la necesidad de que los recibos fueran legibles. ¿Quién era esta persona con sentimientos tan fuertes por su madre?

—Nunca me hablaste de un amigo por correspondencia, mamá. —Las palabras sonaron insulsas y extrañas en el aire cálido del desván, como si ellas también estuvieran cubiertas de polvo. Porque debajo de la sorpresa, y la sensación levemente divertida, algo helado comenzaba a comprimirle el estómago—. Creo que nunca te oí hablar de escribirle cartas a nadie.

Hay mucho ruido aquí por las noches. ¿Recuerdas el silencio en el canpo, debajo de las estrellas? Cuando estávamos en el bosque. Como si fuéramos las únicas personas en el mundo, aunque no lo éramos. La otra gente que venía a vivir debajo de las estrellas no lo sentía como nosotros Colleen.

Heather bajó la vista al final de la página, para descifrar el nombre que aparecía. ¿Michael? Junto a una firma tosca había un sello verde y luego, escritas con otro bolígrafo y otra letra, aparecían las palabras "Reave" y "Aprobado". Reave, pensó Heather. Michael Reave.

Hizo un gesto de preocupación. El nombre le resultaba extrañamente familiar, aunque no podía decir por qué. Heather se puso de pie, volvió a guardar las cartas en la lata de galletas y descendió con ella por la escalera. De nuevo en la cocina, se tomó el tiempo de prepararse un sándwich rápido y una jarra de café bien fuerte.

Les quitó las gomas a los dos fajos y durante la siguiente hora leyó unas veinte cartas. Cuando terminó, sentía la garganta caliente y le latían las sienes; el sándwich estaba abandonado sobre el plato. Con la mano ligeramente temblorosa, guardó las cartas en la lata y pensó en todas las cosas que sabía sobre su madre y en todo lo que no sabía.

Colleen Evans, callada, respetable y de buena posición económica, había estado escribiéndole a un hombre que estaba en prisión. Lo había hecho en vida del padre de Heather, desde los primeros años de su matrimonio. Aparentemente, su madre también había pertenecido a algún tipo de comuna hippy en algún sitio más al norte en los años setenta.

Heather se pasó una mano por los ojos, tratando de encontrarle sentido a esa nueva información. A su madre nunca le había dado por recordar y Heather nunca se lo había cuestionado. Entonces resultaba evidente que existía toda una parte de su vida que nunca había mencionado y de la que jamás había hecho insinuación alguna. Hasta donde ella sabía, su madre no había tenido relaciones serias con nadie que no fuera su padre. Y, sin embargo, allí estaba ese hombre de las cartas. Ese hombre que, por lo visto, estaba preso.

Y en ninguna de todas las cartas que Heather había leído, su madre había mencionado que tenía una hija. Ni una sola vez.

¿Quién era ese hombre? Sin quererlo, volvió a pensar en la carta de despedida, en las frases extrañas que había usado su madre, como si le estuviera hablando a alguien más además de a Heather.

—Ay, basta —murmuró para sí misma—. Ya estás poniéndote a sacar conclusiones.

Bebió lo que quedaba de café y sacó el portátil del bolso. A su madre nunca se le había dado bien la tecnología y se había negado hasta a tener internet por vía telefónica, de modo que Heather tuvo que compartir el internet móvil de su propio teléfono, pero al cabo de unos segundos, pudo abrir el navegador. Contempló el nombre, Michael Reave, en la barra del explorador.

Hizo una pausa antes de pulsar "buscar".

—Puede que no encuentre nada, ¿verdad? —le preguntó a la cocina vacía.

La primera imagen que apareció fue la ficha policial, y por supuesto que le resultó conocida: le era tan familiar como los rostros horrendos y laxos de Myra Hindley e Ian Brady, familiar como la cara de elfo feroz de Fred West. Por un instante, sintió que el sabor amargo del café le subía otra vez a la garganta y temió vomitar sobre la mesa de la cocina, pero enseguida, con un gruñido, el estómago se le acomodó. En la fotografía, Michael Reave miraba directamente a la cámara; el desordenado cabello negro no alcanzaba a llegarle al cuello de la camisa. No había nada de esa confusión que se ve a menudo en ese tipo de fotografías; Michael Reave parecía ofendido, hasta algo compungido, como si los policías que lo habían arrestado hubieran cometido algún error tonto del que pronto se arrepentirían. Estaba sin afeitar, pero la sombra de barba le sentaba bien y el mechón canoso en la sien no hacía más que darle un toque atractivo peculiar. Para ser una fotografía de ficha policial, era aceptable.

Un asesino en serie.

—De puta madre, mamá. De *putísima* madre.

Había una página de Wikipedia que en el breve párrafo introductorio explicaba que Michael Reave era un asesino en serie del Reino Unido, conocido en la prensa sensacionalista como el "Destripador Rural", "Jack del Prado" y más popularmente como el "Lobo Rojo". Había sido arrestado por fin en 1992, pero no antes de que asesinara a cinco mujeres en Lancashire y Manchester, con otras diez posibles víctimas en otras partes. El artículo mencionaba que se creía que era responsable de la desaparición de muchas otras mujeres, pero que Reave siempre había defendido su inocencia y continuaba haciéndolo. La página aparecía extrañamente cortada; Heather conocía Wikipedia lo bastante bien como para saber que cualquier cosa que tuviera que ver con asesinatos sangrientos tendía a incluir párrafo tras párrafo de detalles investigados con minuciosidad apasionada, pero en este caso había poca información. Leyó todo lo que encontró, con los labios apretados formando una línea delgada de repugnancia. Michael Reave era conocido por dejar flores junto a sus víctimas; en ocasiones las plantaba dentro de las heridas —Heather apartó la vista por un instante, para tratar de no imaginarlo—, y en otras, las trenzaba entre el cabello de las mujeres o se las dejaba dentro de la boca. El apodo "Lobo Rojo", al parecer, se lo había puesto él mismo cuando había dejado una nota junto a un cadáver que decía solamente "el Lobo Rojo caza".

Heather volvió a la página de búsqueda. Debajo de la pestaña de imágenes había fotografías de algunas de sus víctimas. En su mayoría eran mujeres jóvenes, atrapadas en el tiempo como moscas en ámbar por sus cortes de pelo anticuados, conectadas para siempre a través de imágenes con el hombre que las había matado.

La casa estaba en silencio. Heather se quedó pensando en su madre, sentada en esa misma cocina, ante esa misma mesa, escribiéndole carta tras carta a un hombre que había asesinado mujeres. Escribiéndole cartas a un asesino mientras su hija miraba televisión en la habitación contigua y su marido estaba en el trabajo.

Pensó en su madre sentada a la mesa de la cocina, escribiendo su carta de despedida.

"Los monstruos del bosque".

Sintiéndose descompuesta, Heather cogió el teléfono y su dedo vaciló sobre el número de Nikki. Tenía frío y se sentía desconectada, pero también era consciente de una cierta tensión en su interior, una especie de entusiasmo febril que le resultaba extrañamente conocido; era parecido a la sensación que tenía cuando le caía una historia gigante en el regazo. Se mordió el labio y pulsó el número. Cuando oyó la voz de su amiga en línea, de pronto tuvo dificultad para hablar, pero se esforzó por soltar las palabras.

—Nikki, ¿puedo ir a tu casa? Necesito hablar con alguien.

CAPÍTULO 6

FIONA DEJÓ POR FIN DE corregir trabajos y sonrió al ver el pequeño montón de tarjetas y obsequios sobre su escritorio. Sus alumnas de nivel avanzado habían estado trabajando sobre preguntas de exámenes anteriores y estaba bastante convencida de que el repentino interés que habían demostrado por su cumpleaños era una treta para ganarse su favor, pero esos objetos no eran lo peor que se podía encontrar sobre el escritorio al final del día; muchos profesores podían contar historias de terror al respecto. Además, Fiona estaba de humor generoso y dispuesta a perdonar el intento de soborno explícito; sentía tanto interés por leer ensayos sobre "Oportunidades de llevar una vida saludable y activa y sus efectos sobre la persona" como las alumnas por escribirlos.

Junto a ella, el radiador susurraba; acercó la silla un poco más hacia él. Seguramente haría más calor en su casa y el gato se ofendería porque tardaba en llegar, pero quería tener abiertas todas las tarjetas para no decepcionar a las chicas a la mañana siguiente.

Avanzó por el montón, sonriendo ante los mensajes de "Feliz cumpleaños, señorita Graham" y "¡Que tengas un gran día, Colo!".. Ser maestra y tener cualquier característica distintiva podía ser desastroso —un lunar facial, un leve ceceo, cejas muy pobladas—, pero Fiona sentía que no había pagado demasiado caro el hecho de ser pelirroja. Había escuchado algunos apodos antipáticos como "cabeza de zanahoria", un regalo de un grupo de desagradables niñas de octavo, pero a las chicas mayores parecía resultarles algo digno de admiración. Nada sorprendente, puesto que tenían la costumbre de teñirse el cabello de diferentes colores todas las semanas.

Los obsequios eran pequeños objetos: cajitas de bombones, un juego de protectores labiales de sabores. Una chica, Sarah, le había regalado una tarjeta de compras de la parafarmacia Boots, entre otras cosas.

—Cuando era niña, las maestras tenían suerte si les regalaban una manzana —murmuró al aula vacía.

Uno de los obsequios no tenía etiqueta ni estaba adherido a ninguna de las tarjetas. El papel de envoltorio era extraño: un estampado búlgaro anticuado, parecido al papel con olor a lavanda del guardarropa de su abuela, y había dos flores rosadas secas sobre el paquete.

Arrugando levemente el gesto, lo abrió; adentro solo había un guijarro grande y liso. Estaba frío y al tacto, y la hizo pensar en la playa. Alguien, con bastante torpeza, había rayado un corazón sobre una de las caras.

—Ajá. —Fiona arrugó más la frente, tratando de identificar quién podría haberlo hecho.

Cada cierto tiempo aparecía alguna chica artística, que disfrutaba de ser la que podía crear cosas osadas o distintas. Pero, sinceramente, muy pocas de ellas terminaban en una clase de Educación Física Avanzada. Todas optaban por Arte o Teatro.

Finalmente, puso todas las tarjetas en fila sobre la parte delantera del escritorio, y colocó la piedra junto a ellas, con el corazón hacia la clase. Luego se fue a su casa.

CAPÍTULO 7

Antes

El hombre lo llevó a su casa, aunque no era una casa en el sentido que el chico conocía. Era un sitio amplio, enorme, con pisos relucientes y muebles antiguos, oscuros, con lustre cálido. Estaba limpio, frío y silencioso, sin marcas en las paredes ni cubiertos sucios desparramados. El perro grande entró al trote y rompió el silencio con el ruido de las uñas sobre la madera, y el hombre entró detrás de ellos dos; se quitó el sombrero y lo colgó de un perchero.

—Puedes quedarte aquí ahora, Michael. *Eres* Michael, ¿no es así?

El chico no respondió. Observaba al perro, que había pasado delante de un espejo alto en la pared y por un instante hubo dos perros negros, con ojos como de fuego ambarino. El chico siguió al animal y vio otra criatura en el espejo: una figura delgada, mugrienta, con cabello negro. Una cosa oscura con manchas oscuras. De pronto, sintió el olor que despedía y la idea de estar en un lugar así de limpio y ensuciarlo le hizo brotar un ruido angustiado de la garganta. Sentía la piel caliente y como con espinas.

—Nah... Ahh...

—Ven, vamos. Te prepararé la bañera. —El hombre se acercó y bajó la vista hacia él y por primera vez el chico vio que había algo raro en uno de sus ojos: el blanco era demasiado blanco, y el color marrón del iris, demasiado liso—. Te sentirás mejor, muchacho.

El hombre lo dejó solo en el baño con una bañera llena de agua caliente y jabonosa. Estuvo dando vueltas durante unos minutos, nervioso por la cerámica blanca y resbaladiza y todo el espacio vacío. La luz potente y amarilla entraba por una ventana escarchada y se sintió expuesto. No se miró en el espejo que había encima del lavabo.

Al cabo de unos minutos, después de escuchar contra la puerta un buen rato, se quitó la camiseta y los pantalones cortos empapados; abandonados sobre el suelo, ni siquiera parecían prendas de vestir. Se sumergió en la bañera y permaneció allí hasta que el agua se enfrió por completo. Una película de suciedad gruesa y oscura se había adherido a la bañera.

Más tarde, se sentó a una mesa larga con un pijama que le quedaba grande, mientras el hombre le colocaba platos de comida adelante. Pan suave y blanco, beicon ahumado, crujiente y oscuro en los bordes; un trozo de mantequilla amarilla, un frasco de encurtidos, lleno hasta la mitad con sombras oscuras y misteriosas. Un vaso grande de leche.

—Cuando no estoy, la mujer que viene a limpiar trae a su hijo para que se quede —comentó el hombre—. Diría que es aproximadamente de tu edad, pero tiene más carne alrededor de los huesos. Supongo que no echará de menos un pijama, ¿no crees? —La voz del hombre era cálida y suave, despreocupada. El chico recordó cómo le había sonreído en la hierba, cómo había sonreído ante el cuerpo destrozado de su madre—. Puedes comerte la comida, muchacho. No te causará problemas.

¿No se los causaría, de verdad? El chico no lo sabía. Cerró una mano vacilante alrededor del vaso de leche, pero no lo levantó. La comida era una provocación, un castigo, un mito.

—¿Cómo te hiciste esas cicatrices en el cuello, Michael? ¿Y las marcas alrededor de las muñecas?

El chico levantó la vista. El hombre seguía sonriendo, pero la luz de los ventanales se acumulaba en el ojo de vidrio, convirtiéndolo en una pieza plana y opaca. Oyó el ruido de uñas contra la madera lustrada y supo que el perro negro estaba otra vez detrás de él.

—Siempre hay una familia de la que todos hablan en voz baja, en todos los pueblos —continuó el hombre. Sonaba ligeramente divertido—. Lo sé mejor que la mayoría. Una familia que guarda sus secretos y es reservada. De esas familias crecen rumores e historias, como hiedra en la pared de una casa, y muchas veces esos cuentos no son más que disparates malévolos de ancianas a las que les sobra el tiempo. Y de repente, a veces, las historias son ciertas, ¿no es así, Michael? Es algo sobre lo que sé bastante. —Inspiró lentamente por la nariz—. Ahora estás a salvo, muchacho.

—No puedo quedarme aquí. —Era la primera oración completa que decía en meses y le supo extraña, desconocida, en la boca—. Vendrán a buscarme. —No dijo quién.

La sonrisa del hombre se ensanchó.

—Solo haz lo que te digo, muchacho.

—Vendrán.

Transcurrieron tres días enteros hasta que llegaron.

En ese período, Michael se bañó cuatro veces más (el olor del armario prisión no se le iba) y durmió en un dormitorio anticuado con ventanales que daban a un cielo otoñal vacío y blanco. Por la noche dejaba la luz encendida y se levantaba de la cama varias veces para cerciorarse de que la puerta no estuviera cerrada con llave. No podía dejarla abierta, porque más allá se veía una parte de las escaleras. Durante el día tenía permiso para vagar por la casa; moviéndose en silencio, como era su costumbre, se dio cuenta muy pronto de que el hombre estaba solo, con excepción del perro, y que las habitaciones eran interminables. Algunas tenían la llave echada, lo que hacía que se le cerrara el estómago, pero Michael les daba la espalda y se dirigía a otras partes de la casa. En ocasiones veía al perro negro observándolo, una silueta borrosa en la cima de la escalera o al fondo del pasillo, y lo llamaba, pero el perro solo se limitaba a mirarlo con sonrisa babosa.

Cuando llegaron, Michael estaba en la habitación donde dormía, con las manos llenas de naipes de un mazo que le había dado el hombre. Se oyó un crujido de botas contra la grava *y lo supo*, comprendió inmediatamente quién era, y por unos peligrosos segundos los párpados se le cerraron y perdió sensibilidad en los dedos; se sintió al borde del desmayo. Pero un ladrido áspero del perro en alguna parte de la casa funcionó como una bofetada y lo hizo levantarse y correr a la ventana. Sonó el timbre.

Su padre, un hombre patizambo con cabello negro y ralo, estaba en el porche de entrada, pero a solas: no había abrigo rojo contra la grava, ni dedos blancos y afilados. Su hermana no estaba. Michael se apoyó pesadamente contra el alféizar, demasiado aliviado por un instante como para poder pensar o moverse, aunque sabía que si su padre lo veía en la ventana, estaría muerto. Luego su padre desapareció de vista y se oyó un portazo.

Hubo gritos. Michael pensó en el cuerpo de su madre. Lo habían dejado en la hierba e imaginó cómo se le llenaban los ojos de agua de lluvia y cómo los insectos le recorrían la bata amarilla en una danza delicada. Al cabo de unos minutos se dio cuenta de que el volumen de las voces había bajado y, sin pensar demasiado en lo que hacía, salió de puntillas al descansillo de la escalera y espió por entre las maderas de la barandilla. Allí estaba el hombre, con las manos entrelazadas detrás de la espalda como si estuviera admirando una obra de arte, y allí estaba su padre. Vestía un impermeable azul sucio y parecía extrañamente pequeño.

Trocitos de conversación le llegaban por la escalera. "Usted lo sabe tan bien como yo", y "asunto sórdido" y "cosas de las que mejor no hablar".

Michael pensó en otras palabras: "bestia, bestia inmunda, animal", pero cuando levantó la vista, vio que el perro estaba allí, observándolo.

Pasaron varios minutos y la puerta se volvió a cerrar, y cuando volvió a mirar, su padre ya no estaba. El hombre habló sin moverse; sabía, de algún modo, que Michael lo escucharía.

—Ya no tienes nada de qué preocuparte, pequeño lobo.

CAPÍTULO 8

Al entrar en la sala de estar de Nikki, a Heather le gustó ver varias estanterías llenas de libros y una televisión tan grande que dominaba una pared. El mobiliario era agradable y reconfortante y claramente había sido elegido por alguien a quien no le interesaba demasiado la decoración de interiores. Heather se detuvo frente a una pequeña vitrina y sonrió.

—Las recuerdo de la casa de tu madre. ¿Es algo genético o qué?

Nikki hizo una mueca. La vitrina contenía una pequeña colección de figurillas de cerámica de colores pastel que incluía cisnes, pastores, lecheras y damas con vestidos de encaje.

—Ni lo menciones. Mamá me compra una para cada cumpleaños y cada Navidad. No sé qué hacer con ellas. ¿Quieres una taza de té?

—Sí, gracias. —Heather siguió a Nikki hasta la alargada cocina al fondo de la casa, que olía a alguna agradable comida reciente con especias—. ¿Qué tal la escuela?

—Todo bien, los melodramas de siempre. —Nikki echó agua caliente sobre las bolsitas de té y un vapor fragante invadió la cocina—. ¿Estás bien? Parecías rara por teléfono.

Heather abrió la mochila y extrajo la lata de galletas.

Entonces que sabía lo que contenía, le pareció más pesada, como si estuviera acarreando una cabeza cortada más que un fajo de cartas. Abrió la tapa y miró con pavor la letra descuidada.

—Encontré estas cartas en el desván de mi madre, debajo de un montón de discos viejos.

—¿Cartas? ¿Qué clase de cartas?

—Bueno, yo... Creo que es mejor que les eches un vistazo.

Nikki tomó el fajo y comenzó a leer. Heather observó su rostro. Cuando Nikki hizo un gesto de desconcierto, Heather se puso de pie y terminó de preparar el té. Al volver donde estaba Nikki, vio que su amiga sostenía el papel como si pudiera morderla.

—¿Esto es lo que creo que es?

Heather lanzó una especie de risotada, aunque no estaba nada contenta.

—Tal cual. Puede que no haya estado muy en contacto con mi madre en los últimos años, ¿pero esto? Me ha dejado helada.

—Michael Reave. El Lobo Rojo. —Nikki sacudió la cabeza despacio, como para aclararse las ideas—. Heather, ¿no has escuchado las noticias?

—No. ¿A qué te refieres? —Parpadeó.

Por lo general, seguía de cerca las noticias; puesto que le gustaba seguir refiriéndose en broma a ella misma como periodista, tomaba como parte de su trabajo mantenerse al tanto de los acontecimientos, pero se dio cuenta entonces de que en los últimos días había estado evitando al mundo, escuchando los viejos CD de su madre y viendo películas antiguas. Era fácil hacerlo cuando no había internet en la casa.

Nikki dejó las cartas y regresó a la sala de estar. Volvió con un periódico y se lo alcanzó a Heather. El titular decía: "EL LOBO ROJO ATACA DESDE LA CÁRCEL" y la introducción debajo aclaraba: "La policía teme que se trate de un imitador".

Heather siguió leyendo, sintiendo la cabeza extrañamente ligera, como si fuera a elevarse flotando hasta el techo en cualquier momento.

—¡Estás de coña! —exclamó minutos después.

Mientras tanto, Nikki había ido en busca de su portátil y estaba leyendo rápidamente el mismo artículo de Wikipedia que había visto Heather. Tenía los ojos como platos.

—Oye, este tipo era un monstruo. Exhibía los cuerpos de esas pobres mujeres de manera elaborada, todos mezclados con plantas y..., no me jodas, creo que he visto un episodio de *CSI* basado en eso. Nunca encontraron algunas partes de los cuerpos. Creen que todavía hay víctimas que no han sido encontradas. Hev, ¿tu madre lo sabía? ¿Sabía lo que hacía este hombre antes de que lo arrestaran? ¿Crees que esto pudo haber tenido algo que ver con su..., bueno..., con...?

Heather negó con la cabeza.

—No he leído todas las cartas, pero en las que he visto, no hablan de que él haya matado a nadie. Pero, bueno..., yo qué sé. ¿Conocía acaso a mi madre? Este hombre, que cumple cadena perpetua por cortar mujeres en pedacitos, por lo visto conoce toda una faceta de mi madre que yo nunca he visto. —Heather tomó la taza caliente de té y la volvió a dejar—. Ella debió de conocerlo en el período en que mataba a esas mujeres, ¿pero sabía lo que estaba haciendo? No tengo idea. Además, no tengo ninguna de las cartas de ella. Quién sabe lo que le preguntaba. Quiero decir..., ¿sabía él que ella tenía familia? ¿Marido? ¿Sabía mi padre en qué estaba metida mi madre? —Lanzó una risa extraña y se volvió a sentir descompuesta—. De repente, me resulta una desconocida.

—Heather, no sé qué decir.

—Y también está esa nota que dejó. "Para vosotros dos. ¿Los monstruos del bosque?". Quiero decir, que todo eso ya me parecía extraño antes de encontrar las cartas, y ahora...

Se hizo un segundo de silencio. Heather oyó el tictac de un

reloj en el pasillo. Sacudió la cabeza. Contárselo todo a Nikki no hacía más que volverlo más inverosímil.

—¿Dices que ha salido en las noticias *últimamente*? ¿Qué ha pasado?

Nikki abrió en el portátil uno de los sitios más acreditados de noticias y empujó el dispositivo hacia Heather.

—"Una anciana encontró un cadáver en el campo en Lancashire, o al menos gran parte de un cuerpo. Había sido desmembrado y colocado en alcorque de un árbol. Es lo mismo que solía hacer el Lobo Rojo, excepto que el Lobo Rojo hace décadas que está encerrado en la cárcel". —Nikki hizo una pausa y apretó los labios formando una delgada línea—. "Y no es la primera. ¿Recuerdan, hace unas semanas, esa joven que desapareció en Manchester? Todos la estaban buscando".

Heather sintió frío.

—Sharon Barlow. La encontraron junto a un río, ¿verdad? Recuerdo que...

Pero lo horrible era que no recordaba demasiado. Una vez que la búsqueda terminó, la atención de los medios se disipó y Sharon Barlow se convirtió en otra mujer muerta a manos de un monstruo desconocido.

—La policía parece creer que fue el mismo tipo.

—Seguramente tienen información que no han dado a la prensa, cosas que conectan los dos casos. —Heather recordó sus días en el periódico, cuando husmeaba todos los pequeños detalles que la policía dejaba escapar—. Ay, Dios, no quiero ni pensarlo. —Levantó la vista del portátil, tratando de no imaginar lo que le había sucedido a Sharon Barlow—. Y entonces, ¿qué pasa? ¿Alguien le está rindiendo un homenaje?

—Desde el primer día dijo que no fue él, ¿sabes? —comentó Nikki—. Aun después de todos estos años, sigue diciendo que es inocente. ¿Y si tuvieran preso al hombre equivocado y tal vez... y tal vez tu madre lo sabía?

Heather cerró la mano alrededor de la taza caliente, buscando seguridad en ese contacto familiar. Un nuevo asesino en serie al acecho o una injusticia, un error judicial. ¿Sabría también ese hombre, que también había conocido una faceta de su madre que era completamente invisible para Heather, por qué ella se había suicidado? Lo supiera o no, necesitaba desesperadamente respuestas a esas preguntas.

—Oye —dijo Nikki al cabo de unos instantes—, tienes que entregar estas cartas a la policía. Pueden contener información que les resulte útil. Mira, hay un número aquí para que llame cualquiera que posea información.

Heather asintió lentamente. Pensó en el hombre de la fotografía de la ficha policial y se preguntó qué aspecto tendría entonces.

—Nikki —dijo—, ¿crees que me dejarían hablar con él?

—¿Qué?

—Este hombre sabe más sobre mi madre que cualquier otra persona en el planeta. ¡Por Dios, podrían haber estado hablando por teléfono, Nikki! Si ella lo hubiera visitado, yo no me habría enterado. Estoy segura de que si alguien sabe por qué se suicidó, tiene que ser él. Tal vez se refería a eso en su carta de despedida. Quiero hablar con él.

Nikki apoyó las manos abiertas sobre la mesa y suspiró.

—No lo sé, de verdad. Dudo que permitan que cualquiera se aparezca allí para hablar con esta gente.

—Bueno, pues no soy cualquiera, ¿no crees? —Heather cogió la tapa de la lata de galletas y la giró una y otra vez. Seguía con el estómago revuelto, pero entonces esa sensación se mezclaba con una tensa emoción en el pecho. Podía haber muchas respuestas allí—. Resulta que soy la única hija de la única amiga en el mundo que tenía. Nikki, necesito saber. Tengo que averiguar qué le sucedió a mi madre.

—Hev. —Nikki la miró a los ojos con firmeza y Heather volvió a ver en ellos esa expresión compasiva a la que costaba tanto enfrentarse—. A veces no hay respuestas. A veces la mierda simplemente sucede. Lo único que digo es... no te ilusiones demasiado, ¿de acuerdo?

Esa noche, Heather regresó a la casa como en trance. Había llamado a la policía desde el teléfono de Nikki y había logrado hablar con un hombre que se había presentado como el inspector Ben Parker. Al principio, había sonado impaciente, hasta molesto, pero a medida que ella comenzó a revelarle los detalles de lo que su madre tenía oculto en la buhardilla, la voz del policía se tornó más grave y pensativa. Heather había fotografiado varias cartas y se las envió, asegurándose de incluir las que habían sido escritas antes del arresto de Reave; él le agradeció su ayuda. Cuando Heather preguntó si podía ir a la cárcel a hablar con Reave, él descartó la sugerencia de inmediato, aunque con amabilidad. De pie en la puerta de la casa de su madre, peleando con llaves desconocidas, Heather se estremeció y miró con temor los árboles altos que la rodeaban.

—Como si esto no fuera ya lo suficientemente espeluznante.

Mientras travesaba el vestíbulo que daba a la sala de estar, se paró de pronto y sintió que una mano helada se le cerraba alrededor del corazón. El perfume de su madre colgaba en el aire, intenso e inconfundible, violetas y lirios, extraño y dulzón, el mismo aroma que cuando había volcado el frasco en el dormitorio de ella. Todas las Navidades, su padre le regalaba un frasco nuevo, y cuando él murió, su madre comenzó a comprárselos ella misma. Era el único perfume que había usado, a pesar de que era una fragancia que hacía pensar en ancianas.

Heather entro en la sala de estar olfateando el aire y, de pronto, el aroma desapareció.

"Debo de estar al borde de un derrame cerebral", pensó; arrojó la mochila sobre el sofá e hizo una mueca al escuchar el tañido de la lata de galletas contra alguna otra cosa en el interior. Suspiró y se sentó junto a la mochila, sumergiéndose en los mullidos almohadones.

—Dicen que cuando tu mente comienza a desconectarse, hueles cosas extrañas.

Dado que el sofá de su madre estaba tapizado con una tela estampada, le llevó unos instantes ver las tres plumas de color pardo sobre la tela. Tres plumas, pequeñas y suaves, con los extremos salpicados de motas más oscuras. Heather se puso de pie de un salto y recorrió la sala con la mirada, aunque no podría haber dicho qué estaba buscando.

—¿Hay alguien aquí?

Salió de la habitación y recorrió rápidamente la casa, asomándose a la cocina, el baño de abajo, el lavadero…, nada. En el piso superior sucedió lo mismo: cada una de las habitaciones estaba sumida en su propio pozo de silencio, intacta. ¿Podía ser que no hubiera visto las plumas antes? Parecía poco probable. Sin su madre allí para regañarla, había comido casi siempre en el sofá, con un plato sobre las rodillas, viendo alguna antigua película en la televisión. Después de pensar unos momentos, recorrió la casa y revisó las ventanas, pero estaban cerradas. No había posibilidad de que hubiera entrado un pájaro, hubiera dejado algunas plumas sobre el sofá y hubiera vuelto a salir. Volvió a la sala de estar y se quedó mirando las plumas.

—No significa nada —dijo en voz alta.

La casa se mantenía en silencio; solamente se oía el suave zumbido del frigorífico. Pero eran plumas de color castaño. Con bordes redondeados moteados de negro. Tenía la sensación de que las había visto antes, hacía muchos años, que eran las mismas plumas…

Heather sacudió la cabeza. La imagen de su madre, con el cráneo hundido y arena mojada en la camisa, dejándole estas plumas allí para que las encontrara le vino a la mente con demasiada nitidez y claridad. Su madre, todavía con aroma a violetas y lirios aunque le chorreaban por el cuello trozos de masa cerebral, con las plumas aferradas con fuerza entre los dedos fracturados.

A Heather le sobrevino una arcada. Con las comisuras de la boca apretadas, fue a la cocina en busca de un paño. Lo utilizó para recoger las plumas, luego las arrojó por el inodoro y oprimió el botón de la cisterna. Cuando terminó, se lavó las manos y encendió todas las luces, para luego servirse un vaso grande de limonada con el que aplacar su estómago.

"Cálmate, Heather. No es más que tu imaginación y una tarde que pasaste buscando asesinos en serie en Google. Todo va bien. No existen los fantasmas", se dijo.

Acababa de convencerse de que había reaccionado de manera exagerada cuando sonó su teléfono y se sobresaltó tanto que se derramó la bebida sobre la camisa. Mientras se dirigía a la pila de la cocina para dejar el vaso mojado, pulso el botón para recibir la llamada. No era de ningún número conocido.

—¿Sí?

—¿Señorita Evans? Soy el inspector Parker otra vez —carraspeó, incómodo—. Gracias por enviar las imágenes tan pronto.

—No hay de qué. —Heather se lamió una gota de limonada de la mano—. ¿Le resultaron útiles?

Nikki y ella habían pasado tiempo buscando más información en internet, y una mujer llamada Elizabeth Bunyon aparecía como la última víctima del supuesto imitador del Lobo Rojo. Habían visto la misma fotografía de la mujer en tantos sitios de noticias que Heather creía que nunca olvidaría ese rostro.

—Sí y no. Ya teníamos copias de algunas, desde luego, puesto que todo lo que Reave envía y recibe en prisión se supervisa.

—Me di cuenta, sí —interrumpió Heather—. Por los sellos.

—Pero las primeras cartas son interesantes. Señorita Evans,

creo que la clave de esto no está en las cartas, sino más bien en la reacción de él a las cartas. No sabía que su madre había muerto.

Heather sintió que un escalofrío le bajaba desde la nuca.

—¿Se lo contaron? ¿Qué dijo?

Hubo un instante de silencio mientras el inspector Parker tomaba aire.

—Muy poco, la verdad. Michael Reave casi nunca dice nada, lo que siempre ha sido muy frustrante. Pero necesitamos que hable cuanto antes. Seguramente usted entiende por qué digo esto.

En la cocina, Heather hizo una mueca de preocupación, preguntándose adónde quería llegar el detective con eso.

—Me lo imagino.

—Tampoco estaba enterado de su existencia, de que Colleen Evans tenía una hija. Ante la mención de su nombre, el comportamiento de Reave cambió. Yo... —El inspector Parker volvió a carraspear—. Sé que ya lo mencionamos antes, pero ¿usted estaría realmente dispuesta a ir a hablar con él? No es algo que solicitemos a la ligera, se lo aseguro.

Heather parpadeó. Esto era exactamente lo que había querido cuando se lo había mencionado a Nikki, pero entonces que se lo servían en bandeja, le parecía un tanto descabellado.

—¿Dice que él hablaría conmigo?

—*Quiere* hablar con usted. —Parker dejó escapar un gruñido entre divertido e irónico—. Solo acepta hablar con usted. Y como le dije, señorita Evans, necesitamos con urgencia averiguar qué sabe de estos nuevos... incidentes. Si es que sabe algo.

Heather levantó la vista hacia la ventana de la cocina y vio su propio reflejo. Estaba pálida y con los ojos perdidos dentro de oscuras ojeras. Recordó el último día en el periódico y la fuerza y furia que había sentido antes de que todo se hubiera ido a la mierda. Aquella Heather ni siquiera lo habría dudado.

—¿Puedo ver las otras cartas? ¿Las que le envió mi madre?

Hubo una pausa del otro lado.

—... Podría ser.

Heather asintió. Era un punto de partida.

—¿Cuándo puedo ir?

CAPÍTULO 9

El primer indicio de que algo no andaba bien fue el gato.

Por lo general, cuando Fiona entraba en su casa después de un día largo de convencer a adolescentes malhumoradas de que se pasaran la pelota unas a otras, Byron de inmediato pasaba a custodiarle los tobillos y se le enredaba con entusiasmo alrededor de las zapatillas hasta no dejarle otra opción que abrir una lata de comida para gatos. Pero cuando dejó caer la bolsa de la compra sobre la alfombra del vestíbulo —haciendo que un repollo saliera disparado—, el diablillo perezoso no apareció por ningún lado. La casa estaba en silencio. No se oía el ruido de arena para gatos en la cocina ni los golpes culpables de cuando salía de los armarios.

—¿Byron?

Mascullando por lo bajo, Fiona llevó la bolsa de la compra a la cocina y encendió las luces a su paso. Byron era un gato hogareño, demasiado sofisticado, caro y —había que admitirlo— estúpido como para estar afuera sin supervisión, pero cada poco tiempo encontraba algún escondite nuevo dentro de la casa y desaparecía durante unas horas. En una ocasión se había metido dentro de una maleta abierta debajo de la cama. Sin embargo, no solía hacerse el travieso a la hora de la cena.

Fiona comenzó a hacer más ruido de lo necesario en los armarios, mucho más de lo que se necesitaba para coger una lata de paté de pollo y vaciarla dentro de un recipiente de plástico. Por lo general, estos ruidos precisos hacían que Byron saliera de su escondite a la velocidad de un rayo, pero la casa permaneció en silencio. Dejó el recipiente en el suelo y esperó. Nada.

—¿Byron? Pequeña bestia.

En ese momento, recordó la ventana descolgada que había tenido intención de reparar en las últimas semanas. No era probable que Byron hubiera podido escabullirse por allí, ¿pero y si lo había hecho? Decidida a alejar la idea de su mente, se dirigió al piso superior. Lo mejor sería buscar por todas partes antes de ser presa del pánico.

El segundo indicio fue el olor. La golpeó en la escalera, un olor salvaje y desconcertante, como de jaulas en un zoológico. Puso cara de preocupación al llegar al descansillo, pensando que tal vez Byron se había sentido mal y había vomitado en alguna parte, aunque el vómito de gato nunca tenía ese olor tan fuerte.

—Byron, criatura del demonio, ¿estás bien? Tu comida es bastante cara, te lo advierto; te agradecería que no anduvieras vomitándolo por toda…

Las palabras se frenaron, devoradas por el silencio y el hedor.

—¿Byron?

Se detuvo junto a la puerta del dormitorio, sintiendo que se le comprimía el estómago en las sombras de la noche. El olor era peor allí. Era demasiado fácil imaginar que todo tipo de cosas horrendas aguardaban en la oscuridad: Byron muerto sobre la cama, cubierto de vómito, con su cerebro de gatito destruido por la fiebre. O tal vez otra cosa, algo peor. Una figura en la oscuridad, quizá, observándola.

Enfadada consigo misma, Fiona encendió la luz y vio con alivio cómo se le revelaba la habitación amplia y desordenada: las puertas del armario semiocultas debajo de prendas colgadas; la enorme cama, demasiado grande para ella, cubierta de almohadones. La mesilla de noche con el montón de novelas románticas con las puntas de las hojas dobladas por el uso. Fue hasta la cama y se sentó para desatarse los cordones de las zapatillas deportivas.

—Has encontrado un ratón, seguro —dijo a la habitación—. Lo has matado y has hecho un desastre y ahora te sientes demasiado culpable como para aparecer. Eso explicaría el olor.

Libre ya de las zapatillas, se inclinó para recogerlas... justo a tiempo para ver que una mano asomaba desde debajo de la cama y se cerraba alrededor de su tobillo.

El susto y el impacto fueron como un martillazo en todo el cuerpo. Fiona emitió un extraño sonido sibilante —fue como si el terror le hubiera cerrado los pulmones en un momento— y trató de desprenderse de un salto, pero la mano alrededor del tobillo tenía fuerza y tiró hacia atrás con violencia, haciéndole perder el equilibrio y caer pesadamente al suelo.

Cayó boca abajo y la gruesa alfombra no pudo mitigar el golpe del mentón contra el suelo. Cuando abría la boca para gritar, sintió un gran peso sobre la parte trasera de las piernas. Quienquiera que fuese el que había estado oculto debajo de la cama había salido y se estaba colocando rápidamente encima de ella. Fiona se retorció frenéticamente, intentando liberarse, pero la persona era más grande y más fuerte. Se volvió y tuvo un atisbo de un rostro oculto por una máscara negra de lana; enseguida le sobrevino otro golpe a la cabeza, lo que le nubló la vista.

—¡*No*, no no...!

Levantó los brazos y lo golpeó una y otra vez, horrorizada ante la extraña debilidad de sus hombros. El miedo le había quitado toda la fuerza; el hombre la empujaba contra la alfombra y la inmovilizaba con su peso. Durante un instante extraño y frágil, Fiona recordó cómo había guardado todos los bancos con sus alumnas de séptimo: lo hacían en grupos de tres, pero Fiona podía levantar uno ella sola, porque era fuerte, muy fuerte a pesar de su estatura, todos lo decían, todos decían que… Con otro espasmo de terror y vergüenza, se dio cuenta que se había orinado encima.

—¡Suéltame!

Por fin logró asestar un golpe y la cara del hombre retrocedió, pero volvió a abalanzarse sobre ella y la mordió, hundiéndole los dientes en la mano como si fuera un perro rabioso. El hedor, que no se había disipado, se intensificó hasta el punto de cortarle la respiración.

—¡Suéltame, socorro, *socorro*!

Con desesperación, Fiona se arrastró hacia atrás por la alfombra, sintiendo que las muñecas y la parte baja de la espalda le quemaban. Si lograba liberarse y bajar las escaleras, tal vez hubiera alguien en la calle. Le sangraba la mano y el corazón parecía salírsele del pecho. El hombre volvió a lanzarse sobre ella y, esa vez, Fiona vio que tenía un paño blanco en la mano enguantada que oprimió contra su cara. La agredió una mezcla de olores y sintió agujas de dolor en los ojos.

—Escúchame —dijo él en voz baja, como si estuvieran hablando en una biblioteca. Presionó el rostro contra la oreja de Fiona—. Escúchame. He venido a llevarte a casa.

Más tarde, cuando los dos humanos habían desaparecido, Byron salió del zapatero, arrastrando el abdomen contra el suelo. La casa seguía invadida por el olor que lo había asustado al principio, por lo que bajó sigilosamente a la puerta de entrada, que solamente olía a sangre.

CAPÍTULO 10

—¿ESTÁS SEGURA DE QUE QUIERES seguir adelante con esto? Todavía estás a tiempo de arrepentirte.

—Sí, estoy segura —respondió Heather enseguida.

Si había podido levantarse de la cama con esa nube de malos presagios sobre la cabeza, si había podido vestirse e ir hasta allí, hasta esta prisión y hasta este cuartito anónimo sin mirar atrás, de ninguna manera iba a acobardarse entonces.

El inspector Ben Parker la miró con expresión seria, como intentado identificar sus temores. Era un par de centímetros más alto que ella, más bien fornido, de pelo claro y ojos de color avellana; no era su tipo en absoluto en general, pero su aspecto desaliñado resultaba ligeramente atractivo: el nudo de la corbata estaba algo torcido y parecía haber querido peinarse de manera llamativa pero luego haber abandonado el intento debido a que tenía cosas más importantes en las que pensar.

—¿Tiene algún consejo para darme? ¿Alguna regla? ¿Tengo que evitar mirarlo a los ojos, o algo así?

—Es un asesino en serie, no Tom Cruise. No somos *monstruos*. —Le dedicó una sonrisa más con las cejas que con la boca—. Solamente recuerde que puede irse cuando lo desee. Él no la puede tocar y no está sola. Veamos, trate de hacerle hablar. Pero no lo provoque. No lo lleve de manera intencional hacia conversaciones que no pueda manejar. Y si le digo que se levante y se marche, hágalo inmediatamente.

—Bien. Perfecto. ¿Algo más?

—Todo va a salir bien. Si está lista…

Heather asintió para no soltar ninguna respuesta sarcástica. El inspector Parker la guio hasta una sala pequeña con paredes de un color amarillo pastel. Dentro había un par de fornidos agentes penitenciarios que la observaron con interés. Y sentado ante una ancha mesa gris estaba Jack del Prado, el Lobo Rojo. Michael Reave.

Heather se había preparado mentalmente para que le resultara patético, pequeño en la vida real y, de algún modo, digno de compasión, o al menos, eso era lo que había esperado. Pero en vivo parecía aún más vital y amenazador. Era alto y ancho de espaldas; el cabello negro estaba salpicado de gris, pero seguía siendo grueso y abundante, y aunque el hombre estaba pálido, tenía aspecto saludable. Vestía una sencilla camiseta blanca y un par de pantalones negros de deporte y calcetines, pero no zapatos. Tenía esposas alrededor de las muñecas.

—Michael, le hemos traído una visita.

Reave había estado contemplando la mesa, y cuando levantó la cabeza, Heather tuvo la extraña sensación de que se estaba preparando para un golpe. Y ciertamente, cuando sus miradas se encontraron, una expresión que ella no pudo identificar le cruzó por el rostro sin afeitar. Lo vio parpadear varias veces mientras se sentaba frente a él. El inspector Parker estaba cerca, con los brazos cruzados sobre el pecho. Había una pequeña caja negra sobre la mesa que Heather supuso que era algún dispositivo de grabación.

—Señor Reave, gracias por hablar conmigo hoy.

Llevaba un sobre con copias de las cartas, que colocó sobre la mesa.

—Eres la hija de Colleen. —No era una pregunta. Hablaba

con un suave acento del norte que en una situación normal a Heather le habría resultado atractivo—. Tuvo una niña.

—Así es. Soy Heather, señor Reave, y mi madre...

Hizo una mueca, como si ella lo hubiera abofeteado.

—Soy Michael. Para ti, soy Michael.

Por motivos que no podía descifrar, Heather sintió que se le erizaban los pelos de la nuca y bajó la vista hacia las manos de él; manos grandes, fuertes, con cicatrices en los nudillos. A pesar de sus bravuconadas y la confianza de que pasaría esta prueba como una periodista eximia, la idea de tutearse con un asesino en serie le helaba la sangre y no pudo responder nada. Extrañamente, fue Michael Reave el que la rescató.

—Lo siento, muchacha —dijo—. Quiero decir, siento haberme enterado de lo de tu madre.

Heather asintió mientras reflexionaba en lo extraño de recibir condolencias de un asesino en serie. Todo parecía demasiado estrafalario para ser real: el cuerpo de su madre aplastado contra las rocas, décadas de correspondencia con un asesino convicto. Esta sala amarilla y el hombre sentado allí. Heather carraspeó y se movió en la silla, tratando de no temblar.

—Gracias —repuso—. No la había visto demasiado en los últimos años, pero ha sido un golpe.

Estaba al tanto de que el inspector Parker no le había contado a Reave cómo había muerto su madre; Parker pensaba que oírlo de boca de Heather provocaría alguna reacción.

—Se suicidó.

Michael Reave asintió lentamente, sin apartar la mirada. No había un ápice de sorpresa en su rostro y, de pronto, Heather se alegró de haber tenido el valor de enfrentarse a él. *Tenía* que estar relacionado con todo el asunto. Allí podría descubrir las respuestas.

—No parece sorprendido. —Al ver que él no respondía, continuó—: ¿Le contó ella que tenía intención de hacerlo? ¿En las cartas?

—No, muchacha. —Reave le sostenía la mirada, sin apartar los ojos en ningún momento—. Pero la vida es dura, y a algunas personas las… las destroza.

—"Destrozar" es una forma interesante de decirlo. —Heather sintió, más que ver, el movimiento del inspector Parker a sus espaldas—. Señor Reave, ¿puede decirme algo sobre por qué se suicidó? A juzgar por las cartas, usted la conocía bastante bien.

La idea de que pudiera conocer esa respuesta, de que pudiera de algún modo hacer parecer lógica y comprensible la muerte de su madre y, sin embargo, decidiera negarle la información le resultaba insoportable. Respiró lentamente, concentrándose en lo que tenía delante. ¿Qué le había dicho su jefa, la editora Diane, años atrás, cuando Heather había sido asistente en el periódico y repartía cafés y tomaba pedidos para el almuerzo? "Oídos y ojos abiertos, siempre, Heather. Es la primera parte de tu trabajo".

Michael Reave ladeó la cabeza ligeramente y la miró con algo en los ojos que se parecía sospechosamente a la lástima.

—Eres su hija. Diría que deberías tener más idea que yo de lo que pasaba por la cabeza de tu madre.

Heather asintió despacio, dándole la razón.

—Es cierto. Pero es difícil perder a alguien de esa manera, con tantas preguntas sin respuesta en el aire. Creo que no hay pérdida más difícil que esa.

Michael Reave no respondió. Heather observó que sus ojos eran de un color verde oscuro, como el de agujas de pino contra la nieve.

—¿Por qué le escribía mi madre?

—Era una amiga. Una buena amiga.

—¿Se conocían desde hace mucho tiempo?

Él se encogió de hombros.

—Diría que sí.

—No tenía ni idea. —Heather esbozó una sonrisa forzada,

que sintió pequeña y extraña en los labios—. Tantos años de correspondencia y jamás me lo mencionó. Tal vez podría ayudarme a comprender el motivo.

—Todos tienen secretos, muchacha. —La observaba con tanta intensidad que Heather sintió que se le ponía la piel de gallina—. Supongo que es difícil para los hijos comprenderlo, pero hasta los padres ocultan cosas a veces. Tu madre tenía una vida antes de que nacieras, Heather.

Su nombre en boca de Reave le sonó como una amenaza. Heather se miró las manos, con una repentina desesperación por alejar la conversación de sí misma.

—Entonces, ¿usted le contaba sus cosas a mi madre? ¿Tan amigos eran? Verá, la madre que conocí nunca tuvo el menor interés por crímenes ni asesinatos. Ni siquiera quería ver las noticias porque le resultaban demasiado deprimentes. ¿Por qué hablaba con usted, entonces?

—Era mi amiga. Una vieja amiga. Y aquí no tengo nadie más con quien hablar, muchacha.

—Me cuesta creerle. —Una expresión de sorpresa cruzó por el rostro de Reave rápidamente y Heather sintió que había obtenido una pequeña victoria—. Ahora que su nombre está de nuevo en los medios, seguramente mucha gente querrá hablar con usted sobre los asesinatos que han sucedido más al norte.

El esbozó una sonrisita y tironeó suavemente de la cadena que unía las esposas, haciéndolas tintinear.

—No sé nada de eso. ¿Cómo podría saberlo? He estado en la cárcel desde antes de que nacieras, creo. ¿Cuántos años tienes? Todos me parecéis jóvenes últimamente. —Asintió en dirección al inspector Parker—. Como aquel. Todavía ni se afeita y allí está, echándome el mal de ojo.

—Cuando empiece a afeitarme, le pediré consejo —ironizó Parker.

—Bien, entonces… —Heather se inclinó hacia adelante y volvió a captar la atención de Reave. Él esbozó una media sonrisa y ella reprimió un escalofrío. Había algo en la forma en que la miraba: como una urraca que ha visto algo brillante entre la hierba. Parecía complacido con ella y Heather no sabía por qué.

—¿Qué hay de su pasado? ¿Puede decirme algo de los antiguos crímenes?

Él se echó hacia atrás en la silla y extendió los brazos delante del cuerpo.

—¿Quieres que te cuente una historia?

Heather se enderezó en la silla. ¿Dónde quería ir a parar?

—Si lo desea, señor Reave.

—Llámame Michael, por favor. —Se llevó la mano a la boca, ocultando la expresión por un instante—. Había una vez un hermano y una hermana cuya madre murió, dejándolos a cargo de su madrastra, que era una bruja. Ella les pegaba y los mataba de hambre, por lo que ambos huyeron lejos, al campo, donde esperaban encontrar la felicidad. Pero el viaje fue arduo y no habían llevado nada, así que pronto sintieron hambre y sed y no podían pensar con claridad. Después de un tiempo llegaron a un arroyo y se inclinaron para beber de él, pero justo antes de hacerlo, la chica oyó en el ruido del agua una voz que decía: "El que beba de mí se convertirá en un tigre. El que beba de mí se convertirá en un tigre".

Heather parpadeó. Lo extraño de la situación y las palabras de él la hacían sentir que estaba dormida, en medio de un sueño particularmente perturbador.

—Señor Reave…, creo que no…

—Verás, la bruja había echado un maleficio sobre todos los arroyos. La hermanita dijo: "Hermano, no bebas de ese arroyo o te convertirás en un tigre y me comerás". El hermano accedió a esperar, pero cuando llegaron al siguiente arroyo, ella volvió a escuchar la voz del agua, que cantaba: "El que beba de mí se convertirá en un oso. El que beba de mí se convertirá en un oso". De nuevo, la hermana le pidió al hermano que no bebiera, y esa vez, él accedió de mala gana. "Tendremos que beber pronto", le dijo, "o moriremos". Tiempo después llegaron a un tercer arroyo, uno muy ancho y acogedor rebosante de agua clara, y cayeron de rodillas, desesperados por la sed, con los labios agrietados y la boca seca. Esa vez, la niña escuchó: "El que beba de mí se convertirá en un lobo, el que beba de mí se convertirá en un lobo". Le suplicó a su hermano, con lágrimas en los ojos, pero esa vez no pudo detenerlo. El chico bebió el agua, se convirtió en un lobo y despedazó a su hermana.

Hubo unos segundos de silencio, en los que uno de los agentes tosió. Detrás de Heather, el inspector Parker suspiró levemente.

—Ajá. Qué historia tan encantadora. —Heather carraspeó—. Señor Reave, voy a ser franca: contar historias sobre chicas a las que se las comen no es la mejor forma de convencer a nadie de su inocencia.

Michael Reave rio por lo bajo y su rostro se iluminó con una diversión aparentemente genuina.

—Lo sé. La mayoría de los cuentos antiguos, los que coleccionaban los hermanos Grimm, parecen haber sido escritos por asesinos. Esa historia se llamaba "Hermano y hermana" y era una de las que coleccionaba tu madre. Tenía montones de cuentos, copiados de viejos libros o escritos de memoria.

—¿*Mi* madre? —Heather esbozó una media sonrisa de incredulidad—. Imposible. A mi madre no le gustaba que viese la tele después de las nueve de la noche. Todos los libros que me compraba cuando era niña eran de hadas del bosque y unicornios. Debe de estar confundido con otra persona.

Pero mientras hablaba, pensó en la página arrancada de un libro y hecha una bola que estaba sobre el tocador de su madre. Y en el libro viejo que había rescatado de debajo del sofá y dejado a un lado.

Michael Reave negó con la cabeza despacio, sin dejar de sonreír.

—Querías que te hablase sobre tu madre, ¿no es así? Le encantaban esos cuentos. En aquel entonces, amaba el campo igual que yo, no quería hacer otra cosa que estar bajo el cielo y caminar por los bosques. Esos cuentos eran para ella una conexión con aquel tiempo en el que vivíamos así. Un tiempo en el que le temíamos al bosque y conocíamos los ritmos del mundo. Lo que quiero decir es que seguramente hay muchas cosas que no sabías sobre tu madre, muchacha. La gente es así. Muchas capas, algunas más oscuras que otras. A tu madre se le daba bien ocultar las cosas. Mejor que a cualquier otro.

Heather cayó en la cuenta de que tenía las manos entrelazadas con fuerza debajo de la mesa, tan fuerte como para que se le estuvieran poniendo blancos los dedos. Las separó con algo de dificultad. Los recuerdos del día en la morgue seguían muy nítidos, cercanos, como si fuera a volverse hacia la derecha y ver una mesa blanca y fría, los rostros de los empleados funerarios blancos y fríos. Cerró los puños debajo de la mesa, concentrándose en el dolor sordo de las uñas contra la palma de la mano.

—La campiña, sí. En las cartas, usted habla de un lugar donde ambos vivieron durante un tiempo, una especie de comuna hippy en el norte. Creía que todo eso había desaparecido en los años sesenta, pero, al parecer, siguió durante algún tiempo. ¿Fue allí donde se conocieron? ¿Me puede contar algo sobre eso?

Michael Reave bajó la mirada a la mesa. La expresión animada que había tenido en el rostro mientras contaba el cuento macabro se había disipado.

—No hay razón para hablar de eso. Es agua pasada.

—¿Por qué? Todo eso de volver a la naturaleza, escapar de la lucha por la supervivencia y demás. En las cartas usted hablaba de un lugar llamado Fiddler's Mill. ¿Cómo era?

El hombre giró la cabeza hacia la pared, como si hubiera una ventana por la cual mirar hacia fuera.

—Creo que he terminado —dijo en voz baja—. Creo que quiero volver a mi celda ya. Basta de hablar. —Heather parpadeó, sorprendida por el repentino cambio de actitud. Cuando el inspector Parker le tocó el hombro, invitándola a retirarse, Michael Reave la miró a los ojos por última vez—. ¿Has entendido la historia, Heather? ¿Comprendes lo que debería haber hecho la hermana?

Heather no respondió.

—Debería haber bebido el agua ella también —dijo Reave.

El inspector Parker le ofreció llevarla en su coche, puesto que iba en la misma dirección, y Heather aceptó de buen grado, contenta de no tener que coger autobuses con esas nubes oscuras que anunciaban lluvia. El interior del coche estaba más desordenado de lo que hubiera esperado de un miembro de la policía: vasos aplastados del McDonald's, táperes vacíos, envoltorios de chocolatinas arrugados. Vio que Parker se ruborizaba ligeramente cuando ella quitó una tapa de plástico del asiento. Le pareció algo adorable.

—Disculpe el desorden —dijo él con una mueca mientras salían hacia las calles mojadas.

—No se preocupe, debería ver mi casa. —Heather hizo una pausa, divertida y horrorizada a la vez por la forma en la que la frase pareció quedar colgando en el aire entre ellos. "Joder, no puedo creer que ya lo esté invitando a mi casa"—. ¿Tiene una sirena escondida por aquí en algún sitio? Volver a casa como si estuviera en *Policía de barrio* significaría que no he perdido todo el día.

—Las sirenas son para emergencias, señorita Evans —masculló el inspector Parker—. Oiga, no se lo tome tan a la tremenda. Hizo un buen trabajo.

—¿En serio?

Parker levantó un hombro.

—Por algo se empieza. Debo decir que nunca le oí hablar tanto con alguien. Le interesa hablar con usted y puede que eso abra algunas vías de investigación nuevas. Tal vez deje escapar alguna información. Me gustaría que volviera a intentarlo, si no le parece mal.

Heather miraba por la ventanilla. Las gotas de lluvia habían convertido el mundo exterior en algo difuso, manchado de luces rojas y amarillas. A pesar de que había descrito la sesión como una pérdida de tiempo, tenía que admitir que le había resultado fascinante: tanto por Reave en sí, con su confianza perturbadora, como por las pizcas de información que había revelado sobre su madre.

—Fue algo increíble, hablar con… con alguien así. Si lo viera en un pub, no lo miraría dos veces, pero, aun así, *tengo la sensación* de que se está guardando cosas. Cosas sobre mi madre. —Miró brevemente a Parker, sintiéndose avergonzada—. Por Dios, una entrevista y ya me creo Miss Marple, ¿no?

El inspector Parker sonrió divertido.

—En fin, ese hombre me da miedo, inspector Parker, pero que haya estado hablando con mi madre durante tantos años, que exista toda esa faceta de ella sobre la cual no tengo la menor idea y que *luego* ella, sin venir a cuento, se suicide… —Sacudió ligeramente la cabeza—. Y encima este asesino nuevo… ¿Investigaron Fiddler's Mill? En el pasado, quiero decir.

—Se investigó cuando Reave fue arrestado. Al menos hasta donde pudo investigarse, es un terreno enorme. Y el Departamento de Investigaciones Criminales de Lancashire le volvió a echar un vistazo cuando detectaron la conexión con estas desapariciones recientes. Ahora está muy cambiado, sería difícil darse cuenta de que allí hubo una comuna. —Parker apretó el volante—. Tenemos muy poca información sobre el pasado de Reave. Todos aquellos que pudieron haberlo conocido de niño ya han muerto y casi no hay registros sobre él de aquella época, y nada de su vida adulta. Existe un certificado de nacimiento, una matrícula para preescolar y primaria y luego parece haber desaparecido de la faz de la tierra.

Heather frunció los labios mientras asimilaba la información.

—Reave tiene que saber algo. ¿Cuándo quiere usted que vuelva?

—Démosle un día o dos para que lo piense, pero lo antes posible.

—¿De verdad cree que podría servir? Para los crímenes recientes, digo.

—Hay muchas probabilidades de que Reave tenga información vital. —Parker tamborileó sobre el volante durante unos segundos—. Sea quien fuere esta nueva persona, creemos que tiene alguna conexión personal con Reave. Los asesinatos son demasiado parecidos.

—¿Se refiere a cosas que *solo el asesino podría saber*?

Parker resopló suavemente y se pasó la mano por el pelo. De pronto, Heather se dio cuenta de lo cansado que estaba.

—No puedo hablar de eso, pero sí. Los asesinatos originales del Lobo Rojo eran, bueno, singularmente raros, muy particulares. Michael Reave es un monstruo especialmente extraño y es muy positivo que esté preso. Pero sea quien sea este nuevo asesino, le ha estudiado, y mucho. —Carraspeó, como si se hubiera dado cuenta de que estaba siendo poco profesional—. De todos modos, ni a Elizabeth Bunyon ni a Sharon Barlow las encontraron en Londres, claro, pero nuestra mejor fuente de información hasta el momento está en una celda en Belmarsh. Estoy trabajando con el Departamento de Investigaciones Criminales de Lancashire en esto, dándoles toda la asistencia posible, pero… —Fuera, un semáforo se puso en verde y, por un instante, el coche se llenó del ruido de motores que aceleraban. El inspector Parker aparentemente conducía a más velocidad cuando estaba nervioso—. Los asesinos en serie son totalmente impredecibles.

—¿Están seguros de que se trata de un asesino en serie? ¿Se lleva recuerdos de las víctimas?

—¿A qué se dedica exactamente, señorita Evans?

—Hum…, bueno, soy escritora.

—Ah.

Heather se rio.

—Cositas aquí y allá. Por cuenta propia, por lo general. Redacto textos publicitarios, esas cosas… —Sonrió—. A veces escribo críticas de películas. De momento estoy haciendo mucha corrección de textos.

—Bien. —Tenía expresión pensativa y Heather tuvo la impresión de que estaba ordenando sus pensamientos en voz alta, casi como si ella no estuviera presente—. Les dedicaba mucho tiempo a los cadáveres y hay ciertas cosas, información que no fue revelada a la prensa sobre los crímenes originales del Lobo Rojo, que indican claramente que piensa seguir matando. —Carraspeo de nuevo, como si estuviese incómodo—. Estudié psicología criminal. Escribí algunos artículos sobre asesinos en serie. El asesino de Green River, Shipman. Cositas aquí y allá, como dijo usted.

—Si hay cosas en la forma de actuar de este nuevo asesino, y de las que el público nunca se enteró, que encajan con los asesinatos originales, ¿es posible que se haya tratado de otra persona desde un principio?

Durante varios segundos, Parker no dijo nada. Cuando volvió a hablar, parecía muy convencido.

—No. En última instancia, las pruebas contra Reave fueron contundentes, y mientras estuvo preso, no hubo más asesinatos como esos.

—Hasta ahora.

Parker hizo una mueca.

—Hasta ahora.

—Me encantaría saber más al respecto si tiene tiempo.

El tráfico se había ralentizado y el inspector pudo mirarla un instante.

—Por lo general no es un tema de conversación agradable, señorita Evans.

—Se nota que no conoces a demasiados escritores. Mejor nos tuteamos, ¿de acuerdo? A ese monstruo de Michael Reave le parece bien llamarme por mi nombre, así que supongo que tú también puedes hacerlo.

Parker no pudo contener una carcajada.

—De acuerdo.

Cuando llegaron a las afueras de Balesford, Heather le pidió que la dejara cerca de las tiendas. Por motivos que no comprendía del todo, no quería que la asociara con la casa de su madre. Al inclinarse para cerrar la puerta del coche, lo miró directamente a los ojos.

—Lo dije en serio, ¿sabes?, lo de tener una charla. Balesford es una mierda, pero hay un buen restaurante chino a pocos minutos de aquí. Tiene buenas costillitas Pekín.

—Pues… —Para sorpresa de Heather, él sonrió—. No sé si es lo adecuado, Heather. —Ella notó que no era ni un sí ni un no, técnicamente, así que le devolvió la sonrisa.

—Tienes mi número, inspector Parker.

De regreso a casa de su madre, Heather fue a la sala de estar y cogió el libro que había encontrado antes, el de cuentos de hadas con un lobo en la portada. Pensó en el tétrico cuento que le había contado Michael Reave del niño que se había convertido en lobo tras beber agua de un arroyo embrujado.

Así que Reave tenía razón. Su madre se había interesado por esos temas. ¿Pero por qué estaría el libro allí, debajo del sofá? Como si alguien le hubiera dado un puntapié.

Al recordar la página arrancada que había encontrado en el tocador de su madre, Heather se puso a hojear el libro, buscando el cuento que correspondía a esa página. Pero enseguida se dio cuenta de que iba a ser más difícil de lo que parecía: al libro le habían arrancado muchas páginas, que, por lo visto, habían ido a parar a la basura. Seguía habiendo ilustraciones de niños y niñas de mejillas regordetas, de osos, castillos y soldados, de hadas y duendes y espíritus malignos cada dos o tres páginas.

Pero no había lobos. No quedaba ni un solo lobo.

CAPÍTULO 11

—JODER, NIKKI, FUE TAN ESPELUZNANTE que no te lo puedes ni imaginar.

—Sí, eso parece.

Estaban otra vez en la sala de estar de Nikki, con restos de comida china para llevar desparramados por la mesa baja, que antes había estado prístina. Era tarde, y las ventanas estaban demasiado oscuras para Heather. Se alegraba de que su amiga hubiera encendido todas las luces; hasta la televisión sin volumen era una presencia reconfortante.

—Él no era para nada lo que me esperaba. Pero ¿qué es lo que uno espera? No lo sé. Algunos, como Fred West, parecen haber salido de debajo de un puente. Ian Brady tiene una cara que te dan ganas de darle un puñetazo. Bueno, al menos la tenía. Jeffrey Dahmer parece tener la palabra "degenerado" escrita en la frente. Pero Michael Reave parecía... No lo sé. El dueño de un pub del norte que cuida su aspecto. O... —emitió una risotada— ... ácida el típico personaje turbio y atormentado de una novela de Mills & Boon.

—Piensas que todos esos tienen aspecto malévolo o desagradable porque sabes lo que hicieron —señaló Nikki. Estaba sentada en el sofá con los pies debajo del cuerpo. Se había quitado la camisa y puesto un suéter largo y amplio morado, pero seguía con las medias que usaba para trabajar. Se le habían corrido unos puntos en una rodilla—. Piensa en Bundy, o en Harold Shipman. Tenían un aspecto normal. Shipman parecía un anciano bondadoso y es nuestro asesino en serie más activo.

—Ajá. —En las últimas horas, tanto ella como Nikki habían hecho un curso acelerado de asesinos en serie—. Bundy. Qué hijo de puta.

—Mi madre te mataría con sus propias manos si oyera el lenguaje que usas delante de mis figuritas de porcelana. Pero esa historia, por favor…

—¡Tal cual! —Heather cogió un pan de gambas y se puso a comérselo—. Qué cosa más rara eso que me dijo. Que mi madre era una gran aficionada a esos cuentos. —Se calló, pensando si debía contarle a Nikki lo del libro, pero decidió no hacerlo.

—La verdad es que cuesta imaginar a tu madre interesada en cuentos de hadas truculentos.

—Sí. El caso es que se trata de una historia real. Quiero decir, un cuento de hadas que existe. Bueno, más o menos.

Nikki se estaba llevando un pan de gambas a la boca, pero se paró en seco.

—¿En serio? ¿Cómo lo sabes?

Heather frunció los labios.

—He estado leyendo sobre el tema, hay mucha gente en internet que se pasa la vida analizando esas cosas. En fin, que los cuentos de los hermanos Grimm últimamente han sido pasados por el filtro de Disney, les han puesto almíbar y encaje para hacerlos más amigables, pero, al parecer, en un tiempo eran tan desagradables como el que me contó Michael Reave. Resulta que la historia "Hermano y hermana" existe, excepto que él le cambió el final. En la historia verdadera, en el tercer arroyo el hermano se convierte en un ciervo. Y luego viene todo un lío con reyes y una princesa y finalmente a la bruja la despedazan fieras salvajes. Debo decir que su versión era mucho más concisa y potente.

—Ah. —Nikki mojó otro pan de gambas en la salsa agridulce—. ¿Por qué piensas que la cambió?

—Muchas de estas historias cambiaron, como te dije, aunque algunas las hicieron todavía más violentas. Tal vez él no la recordaba bien o puede que haya estado tratando de decirme algo. —Al ver las cejas arqueadas de Nikki, Heather se encogió de hombros—. Dijo que me había contado esa historia para demostrar que había muchas cosas que yo no sabía sobre mi madre. Pero tal vez también hubiera otro mensaje.

—Ese mensaje podía muy bien ser: "Quiero ponerte los pelos de punta". ¿Piensas volver?

Heather asintió.

—Él sabe algo, Nikki. No se mostró nada sorprendido cuando le conté lo que le había sucedido a mi madre. Tal vez tenían un pacto o algo así, o las cartas estaban escritas en código. —Contempló la oscuridad del otro lado de las ventanas—. Sea lo que fuere, necesito averiguarlo.

Al volver a casa de su madre más tarde, Heather se descubrió pensando otra vez en el desagradable cuento de hadas de Michael Reave. Era cierto que su madre había sido estricta con respecto a la televisión y los hábitos de lectura de Heather, hasta tal punto que ella a menudo se quedaba en casa de alguna amiga para ver todo tipo de películas de terror en vídeo (el hecho de que su madre se las prohibiera solamente la había vuelto más rebelde), y en su armario había escondido debajo de los zapatos viejos una caja llena de libros y cómics que su madre no hubiera aprobado. La idea de que ella hubiera coleccionado historias macabras y las hubiera compartido con un futuro asesino en serie le resultaba inverosímil, una pieza del rompecabezas que no encajaba. Aun así, había algo que le resultaba familiar en el cuento.

"No es otra cosa que Caperucita Roja", se dijo. "Hayan tenido o no una madre sobreprotectora, todos los niños entran en contacto con historias sobre chiquillos a los que se los come el lobo, y tal vez nunca olvidan esa primera emoción de terror que sintieron tras comprender que el Lobo Feroz se ha comido a la abuela y tiene puesto su camisón. Esa sensación lobuna, ese miedo creciente a la bestia, hunde los colmillos en todos los cuentos antiguos".

—Es siempre la misma historia —mascullÓ—. Témele a la bestia, pues la bestia está hambrienta.

Ya adentro de la cancela, Heather se detuvo. Había dejado la luz de la sala de estar encendida para no tener miedo al volver, pero de algún modo, ese cuadrado ardiente de luz amarilla, borrosa y desdibujada por las cortinas de encaje solo la hacía sentirse peor, como si fuera un portal hacia algo que no quería ver: quizá los trozos de una de las víctimas de Michael Reave desparramados en un campo lejano, o a su madre, sentada a la mesa de la cocina con el cráneo destrozado por las rocas, escribiendo diligentemente otra carta a un asesino mientras le chorreaba masa encefálica sobre el papel.

Sacudiendo la cabeza, Heather caminó hasta la puerta y entró. La casa estaba en silencio y se dijo que tenía que dejar la radio encendida la próxima vez que saliera; el silencio se le antojaba demasiado expectante, demasiado ansioso de que ella lo llenara. Se dirigió a la habitación de invitados del piso superior, se puso el pijama y luego cruzó el pasillo hacia el baño.

En los segundos antes de abrir la puerta, con la mano sobre el picaporte, intuyó que algo no iba bien —un olor, un sonido leve—, pero fue demasiado tarde. La puerta se abrió y algo veloz y oscuro voló en dirección a su rostro.

Con un grito, Heather saltó hacia atrás, pero la cosa ya estaba en el rellano, volando en círculos frenéticos alrededor de la luz y chocando una y otra vez contra las paredes. Era un pájaro. Heather tragó el grito que pugnaba por salir de su pecho y golpeó el puño contra la barandilla.

—¡Pájaro de mierda!

Con el corazón todavía acelerado, Heather fue al armario de las cosas de limpieza y cogió una de las escobas viejas de su madre. Con cierta dificultad, intentó empujar el pájaro hacia uno de los dormitorios o de nuevo al baño, pero este se puso a volar con más desesperación, lanzando chillidos agudos de terror cuando golpeaba contra el techo, la lámpara, las paredes. Heather lo maldijo repetidas veces, sintiendo que el miedo en su interior se encendía y se convertía en furia. El pájaro se movía demasiado rápido como para poder verlo con claridad, pero era color marrón, con alas moteadas y un brillo levemente aceitoso.

"Un estornino", pensó con amargura. "Por supuesto, tenía que ser un puto estornino".

Al cabo de unos minutos, presa de la frustración y la impaciencia, golpeó al pájaro de lleno con la escoba y lo hizo caer a la alfombra con un ruido sordo.

—Ay. Ay, mierda.

Heather soltó la escoba y se acercó al pájaro, con una mueca de desagrado. El pequeño pecho se inflaba y desinflaba y el pico estaba entreabierto, lo que dejaba ver la afilada lengua negra. Estaba aturdido. Rápidamente, Heather volvió al armario y cogió una toalla con la que envolvió al pájaro. Era liviano, no pesaba casi nada, y cuando lo acercó a su pecho, una oleada de recuerdos amenazó con sepultarla: un pájaro envuelto en una de sus viejas camisetas, con el corazón latiendo contra el de ella; el rostro de su padre sonrojado, nervioso, de algún modo asustado. Y luego, las manos de su madre blancas contra un vestido negro, los puños cerrados.

Sacudió la cabeza y bajó corriendo las escaleras hasta la puerta de entrada. Fuera, sintió el impacto del aire frío contra el rostro acalorado y, de pronto, estuvo a punto de echarse a llorar.

—Pajarraco de mierda —mascullό cruzando por el césped hacia los árboles. Los calcetines se le empaparon y se le congelaron de inmediato—. Maldito pajarraco de mierda.

Se agazapó junto a los arbustos y abrió la toalla. El pájaro seguía aturdido, pero movía las patas, y a Heather le pareció que se recuperaría pronto. "Mejor dejarlo en el suelo", pensó. "Debajo de un arbusto para que no se lo coma un gato".

Pero en lugar de hacerlo, se quedó mirándolo y recordando. Volvía de la escuela caminando y se había detenido a pasar un rato en el parque con los de siempre. Volver a casa no le apetecía en aquel entonces, ya que cada conversación con su madre parecía descarrilarse hacia una pelea; peleas por la ropa, por lo que estaba estudiando, si estaba realmente "dando lo mejor de sí" o haciendo solo lo mínimo. Nikki y los otros, Kirsty, Aaron y Purdeep —sonrió al recordar los nombres— habían estado hablando sobre un grupo de música que a ella no le interesaba, de modo que se alejó hacia el límite del bosque. Había silencio allí y se había sentido muy a gusto; más que en su casa, con su madre al acecho por las habitaciones.

Fue allí donde había encontrado el pájaro. Una cosilla rota en la hierba. Había tomado una camiseta del bolso y lo había recogido, sintiendo el aleteo de vida bajo los dedos. De pronto, la invadieron la vergüenza y la culpa, dolorosas e inesperadas como un puñetazo en el estómago. De pronto, estancarse en viejos recuerdos se le antojó una estupidez. Heather se puso de pie, deseando lavarse las manos, y vio que una figura oscura se cernía sobre ella. Por segunda vez esa noche, gritó y dio un salto hacia atrás; resbaló sobre el césped mojado, pero cuando volvió a mirar, la figura había desaparecido…, si es que había estado allí realmente. Cansada y furiosa, dejó el pájaro debajo del arbusto, sobre la toalla, y volvió a entrar en la casa.

CAPÍTULO 12

Antes

Una noche, Michael despertó en una oscuridad tan completa que zumbaba. La luz eléctrica segura y cálida que ardía en la lámpara del techo había desaparecido, arrojándolo a la negrura, enviándolo, en un instante, de nuevo al armario. De pronto ya no sabía dónde estaba, quién era, qué era arriba y qué abajo. Inspiró con desesperación bocanadas de aire caliente y fétido, aire que sabía a ropa húmeda, a comida vieja y mierda fresca, al abrigo rojo, al abrigo rojo, al abrigo rojo...

Extendió los brazos, y cuando las uñas se toparon con viejos paneles astillados, comenzó a gritar. Pronto su madre subiría como una tromba para ver qué era todo ese ruido, con los brazos carnosos temblando de furia, o su padre, tal vez ya quitándose el cinturón, o peor aún, tal vez iría *ella*, sonriendo, amable, buscando su piel con las manos afiladas..., pero los ruidos que provenían de su garganta no se detenían; era un animal herido atrapado en una trampa, despedazándose a sí mismo. De pronto, sintió un hocico cálido en la mano, un soplido de aliento húmedo entre los dedos y la sensación lo sorprendió tanto que cerró la boca, mordiéndose la punta de la lengua al hacerlo.

Un segundo más tarde, el hombre estaba en la puerta y el haz de luz de una vieja linterna eléctrica alejó los confines del armario y reveló el dormitorio, que seguía igual. El perro no estaba.

—Es solo un corte de luz, muchacho. —Deslumbrado por la linterna, el chico no podía ver la cara del hombre, pero su silueta era tan distinta de todo lo que había en su propia casa (el abrigo rojo, el abrigo rojo, el abrigo rojo) que sintió que el aire se transformaba, se aclaraba y quedaba limpio y libre de terror—. Ven abajo si vas a ponerte así, he encendido todas las velas. ¿Te está sangrando la boca?

Al día siguiente llovía y soplaba viento, pero el hombre le hizo ponerse un abrigo —otra vez demasiado grande para él, le llegaba hasta las rodillas— y salieron a caminar. La zona alrededor de la casa era verde y estaba aislada; Michael podía ver campos y cercos de plantas, también un bosque oscuro. El hombre lo llevó hacia allí y muy pronto se les empaparon los pantalones con el agua de la hierba crecida; cuando caminaban debajo de los árboles oscuros y retorcidos, Michael se estremeció y parpadeó, sintiéndose más despierto de lo que se había sentido en días.

—Este es el bosque Fiddler —dijo el hombre—. Es muy antiguo. —Había una clara nota de orgullo en su voz—. Prímulas, anémonas del bosque, sonajeros amarillos, rosas silvestres, campanillas en primavera. Flores que significan que un sitio es antiquísimo, un vestigio de la Edad de Hielo. —Bajó la mirada hacia Michael con el ojo de vidrio apagado—. Supongo que no te interesan las flores, pero no es eso lo que voy a mostrarte.

No muy lejos del extremo del bosque, llegaron a una pequeña construcción abovedada, hundida en la tierra negra. Había sido construida originariamente con ladrillos rojos, pero los colores del bosque se habían adherido a ella. Estaba cubierta de musgo verde y líquenes amarillos hasta tal punto que parecía parte de la naturaleza, algo que había crecido del suelo. En la parte delantera había una puerta baja con candado.

—Es una cámara para almacenar hielo —explicó el hombre—. Muchas casas antiguas las tienen. Quiero que pienses en tu madre, muchacho. —Apoyó una mano sobre el hombro de Michael y él sintió que el miedo le caía encima como una lluvia de piedras.

—¿Qué hay allí adentro?

—Tu madre no era una buena mujer, pero imagino que lo sabes mejor que nadie. Toda tu familia es... —Se interrumpió y empujó al chico ligeramente hacia adelante—. Pero no quiero que recuerdes eso, muchacho. Quiero que recuerdes la última vez que la viste. ¿Lo recuerdas? ¿Me estás escuchando, niño?

Dio un paso adelante, sacó una llave del bolsillo y abrió el candado. El aire frío golpeó el rostro del chico. Olía salobre y extraño, como el agua que se deja en un balde durante semanas.

—¿Estás pensando en eso, muchacho? ¿En la última vez que la viste?

El chico no se movió. Recordaba la sensación extraña de ingravidez en el estómago mientras caían por las escaleras, la sensación deliciosa de dañar a aquello que le había hecho daño.

—Recuerda el momento en el que tenías todo el poder sobre ella —prosiguió el hombre.

Volvió a apoyar las manos sobre los hombros de Michael y lo empujó suavemente por la puerta de la cámara de hielo. El suelo se inclinaba delante de ellos y Michael sintió que las botas holgadas que llevaba se movían por el barro pedregoso. La luz de la puerta iluminaba una habitación húmeda, con moho en las paredes; hacía frío allí, mucho más frío que fuera. Delante de ellos había una figura tendida sobre un banco de piedra bajo. Michael la miró. El hombre le apretó los hombros.

—Recuerda el *poder* que tenías en ese momento, muchacho. Recuérdalo.

La figura era su madre. Se la veía pequeña, como acurrucada sobre sí misma. Sus extremidades estaban oscuras, como si la piel fuera un solo gran hematoma y todavía se veía el brillo del hueso blanco asomando por el brazo donde se había roto. La bata amarilla ya no era amarilla. El rostro de su madre miraba hacia el otro lado, pero pudo ver las líneas de la mandíbula y del pómulo, que parecían más grandes que antes. La imaginó mirando la pared, la imaginó susurrando en la oscuridad: *animal mugriento, bestia sucia.* Un ruidito extraño brotó de la garganta de Michael.

—No —dijo el hombre con firmeza—. Mira lo que es ahora. No es nada. ¿Lo ves?

Empujó al chico hacia adelante con fuerza, y casi lo hizo caer sobre el cadáver. De pronto, Michael se encontró a centímetros de la carne desgarrada de su madre; sus dedos descompuestos parecían palillos oscuros.

Y entonces, lo vio.

Vio que ella era algo digno de lástima, una figura rota en el paisaje de su furia.

—Eso es, mi muchacho. Eso es. Cuando eres un lobo, las que son como ella son solo carne. Carne putrefacta.

CAPÍTULO 13

Tras llegar a Belmarsh con una hora de anticipación, Heather se había instalado en una cafetería barata de Thamesmead. Sentía una especie de afecto por Thamesmead, aunque no quería admitirlo; al igual que Balesford, se adhería al fondo de Londres como una especie de costra, pero al menos tenía el sentido común como para estar repleto de edificios de arquitectura brutalista de los años setenta: moles de hormigón gris por todas partes daban la vaga sensación de que alguna vez ese paisaje urbano había existido solo en las hojas de diseño de un arquitecto sumamente optimista.

Pidió un sándwich de huevo y beicon ahumado y una taza de té, y se sentó cerca de la ventana que daba a una calle principal llena de locales de apuestas y de pollo frito. Después de varios minutos, sacó una carpeta con cartas escaneadas. Ben Parker le había dado algunas copias de las cartas que había enviado su madre y Heather las leyó con febril concentración sintiéndose indignada, pero al final, no le brindaron demasiada información. En su mayoría, las cartas eran breves y amables y hablaban de temas intrascendentes como el cambio de estaciones, el clima o los planes que tenía para la cena. Heather no les encontraba pies ni cabeza;

nadie diría que le estaba escribiendo a un asesino en serie condenado. De tanto en tanto, su madre se dejaba llevar brevemente a la deriva y mencionaba algún lugar que había visitado en la juventud, pero siempre volvía a encarrilarse enseguida. Heather le había preguntado a Parker por qué no le mostraba todas las cartas y él le explicó que hasta los asesinos tenían derechos: si bien la correspondencia de Reave se monitoreaba, solamente hacían copias de las cartas cuando creían que contenían algo que podía resultar útil. Por lo general, no lo hacían. Eso podía cambiar con el avance de la investigación, pero por el momento, querían tener a Reave de su lado.

De manera inevitable, Heather terminó concentrándose en las cartas del propio Michael Reave, esas misivas que, por lo visto, habían sido tan preciosas para su madre que las había escondido en el desván.

> [...] Sé que no podías estar conmigo, Colleen. Me siento más feliz aquí bajo el cielo. Estaría más feliz con tigo, pero no puedo tener todo. Siempre lo supe. [...]
> [...] en toda mi bida, no me he sentido cercano a nadie, solo a ti [...]

Heather dejó la carta. Sentía que los cimientos de su vida eran débiles, espectrales, algo que podía desaparecer del todo según la luz de la luna que los iluminara. Pensó en el pájaro que había quedado atrapado en el baño. Aun en una cafetería llena de gente, que olía a beicon ahumado y café, era difícil no considerarlo un presagio… En ese instante, la camarera le llevó el sándwich y el té y Heather se aferró a esa relación cotidiana con desesperación, sonriendo y asintiendo con tanta vehemencia que la camarera pareció molestarse. Cuando la mujer volvió a refugiarse detrás del mostrador, Heather se concentró nuevamente en las cartas.

[...] Nunca vi una tormenta así. Dijeron por televisión que pasaría sin causar daños, pero ¡cómo se equivocaron! Deberías aber estado aquí, Colleen, donde se pone realmente oscuro. El aullido del viento era tan fuerte que era como una voz. Y cayeron muchísimos árboles. Me apena ver el bosque tan destruido [...]

[...] Se vende la casona de Fiddler's Mill. Va a ser un sitio de descanso para ricachones ¿puedes creerlo? Hombres y mujeres que quieren salir de la ciudad y estar en el verde, pero no saben por qué, así que se ponen albornozes y pagan para que les agan masages.

Heather dejó las cartas y sacó el portátil del bolso. No había wifi en el café, lo que era de esperar, de modo que de nuevo tuvo que compartir datos de su teléfono. Buscó en Google unos instantes y averiguó varias cosas: que una gran extensión de tierra conocida como Fiddler's Mill había alojado realmente —durante más tiempo de lo esperado— una comuna en los años setenta, que perseguía los ideales de paz, amor libre y abundante consumo de drogas. En ese momento, parte de la casona ubicada en Fiddler's Mill era un elegante complejo de spa, creado en la década de los noventa. La tierra y el spa pertenecían a una organización benéfica medioambiental llamada Oak Leaf y era cierto que se dedicaban al cuidado del medioambiente, la vida saludable, tratamientos de desintoxicación y otras cosas que, a Heather le resultaban indignantes por naturaleza. Para una mujer que acababa de perder un trabajo de periodista con un salario modesto, todo era impúdicamente costoso.

Abrió una página nueva e investigó un poco más sobre la Fiddler's Mill del pasado, la que había existido antes del spa lujoso. Muy pronto se perdió por un laberinto subterráneo de blogs mal escritos y páginas web mal diseñadas por gente demasiado mayor como para sentirse cómoda online, pero que no se daba por vencida porque quería compartir sus recuerdos. Al principio, todo le pareció bastante inofensivo: la mayoría de las personas recordaba mucha música, mucho alcohol y mucha juventud pasándolo bien. Había algunas fotografías que mostraban gente con pelo largo y aspecto desaliñado, más guitarras acústicas de las que Heather pensaba que eran saludables y mucha comida cocinada al aire libre. Se veía el edificio principal, una casona del siglo XVIII bastante señorial, los jardines, muchas tiendas de campaña y caravanas, algunos cobertizos construidos de forma temporal y gran cantidad de coches.

Sin embargo, había cierta tensión en todo eso. Tal vez se debiera a que los años sesenta habían pasado y estaban hundidos en la hostilidad de la década de los setenta, pero en las fotografías Heather observó muchas miradas duras, mucha gente que estaba demasiado delgada. Vio la imagen de una mujer embarazada sentada junto a una fogata con una mano sobre el dilatado vientre; en lugar de reflejar una satisfacción maternal en el rostro, su expresión era rígida y distante, como si estuviera tallada en piedra. Heather se preguntó, al ver las fotografías, si la única droga que se habría consumido en Fiddler's Mill sería marihuana y tuvo serias dudas. Y en los blogs, diarios personales y artículos, descubrió un hilo de disconformidad que hablaba de malas instalaciones, maltratos y también fraude.

—Mi madre estuvo allí —murmuró. Decirlo en voz alta lo acercaba un poco a la realidad—. *Mi* madre. Debió de haber sido muy distinta en aquel entonces.

Después de leer algunos de los relatos más críticos, encontró varias publicaciones subidas por una mujer que se hacía llamar brujablanca59, que alegaba que habían ocurrido todo tipo de cosas turbias en Fiddler's Mill en los años setenta y ochenta, aunque en ningún momento las detallaba. En la esquina superior derecha de la página web había una foto de la mujer, que mostraba un rostro de roedor debajo de un gorro de lana que solamente podía haber sido tejido a mano. Heather leyó los relatos, buscando detalles sobre los cuales construir una historia, pero terminó con la impresión de que la mujer seguramente había estado buscando un lugar donde entablar amistades y relaciones, pero en lugar de eso, había consumido muchas drogas y había terminado más sola que antes.

Eso sí, sus fotografías eran dignas de atención. Al pulsar sobre una pestaña que decía "galería" en la parte superior, se encontró con una larga página de fotografías y dibujos, todos de lo que parecía ser la campiña y en algunos casos, específicamente, la propiedad llamada Fiddler's Mill. Heather reconoció la mansión del siglo XVIII que dominaba la escena en algunas imágenes y que en otras ocupaba el fondo en la distancia. Todas las fotografías eran en blanco y negro, lo que les daba un aspecto sombrío; había algo perturbador en ellas. Campos de trigo debajo de un cielo vacío, de aspecto opaco, y primeros planos de la hierba, con piedras y palitos dispuestos en diseños extraños, concéntricos. También había varias fotografías de árboles, muchas de ellas oscuras y en sombras, como tomadas al final del día, cuando caía el crepúsculo, o dentro de un bosque muy cerrado. Las fotografías causaban una sensación claustrofóbica y Heather se descubrió estudiándolas con la frente arrugada.

También había dibujos con una paleta igualmente limitada de negros y grises, verdes y amarillos. Árboles que parecían dedos curvos desgarraban un cielo amarillento, figuras blancas y sombreadas se movían por un campo iluminado desde dentro con luz verdosa. En uno de los dibujos, Heather reconoció la forma sólida de la casona de Fiddler's Mill, agazapada, solitaria, en la cima de una colina; muy a la derecha, saliendo del bosque, había una figura vestida con una prenda roja sin forma.

Heather estudió este último dibujo durante varios minutos hasta que la camarera fue a retirarle el plato. El té se le había enfriado.

Heather marcó el sitio web de brujablanca59 como favorito solo porque sentía que iba a querer volver a estudiar esas imágenes. Siguiendo un impulso, fue a la página de "Contacto" y le envió un mensaje rápido:

> Hola, me llamo Heather Evans, ¿cómo está? Me encanta su trabajo y me gustaría conversar con usted sobre él y sobre el tiempo que pasó en Fiddler's Mill. Puedo conectarme con usted online, o si vive en Londres, me gustaría invitarla a tomar un café.

Agregó su dirección de correo electrónico y pulsó "enviar".

Una vez hecho, se le ocurrió otra idea. Sacó un viejo lápiz de memoria USB del bolso y pasó unos minutos copiando algunas de las fotografías y dibujos al dispositivo. Un poco más allá había un cibercafé que hacía impresiones; lo había visto durante el trayecto de ida. Tal vez Reave se mostrara más dispuesto a hablar de Fiddler's Mill si lo veía en fotografías.

Desde fuera, la Prisión de Su Majestad de Belmarsh parecía una planta industrial, pero de cerca era una impresionante monstruosidad de ladrillos oscuros. Esa vez no estaba el inspector Parker esperándola; se encontró, en cambio, con un hombre bajo con un bronceado anaranjado falso que se presentó como el agente Turner y le dedicó unos tres segundos de atención antes de volver a concentrarse en el teléfono. Parker, explicó con expresión ausente, estaba otra vez en el norte. Heather se sorprendió ante la oleada de desilusión que sintió.

—¿Qué sucedió? ¿Hubo otro asesinato?

Él levantó la cabeza y la miró, como si se acabara de dar cuenta de su presencia.

—No estoy autorizado a hablar de eso, bonita.

—Muy bien. No me llame bonita, ¿vale? Gracias.

El hombre se volvió, dejando escapar un suspiro de impaciencia y Heather supo de inmediato que jamás forjaría amistad duradera con el agente Turner. La verdad era que, por lo general, no le molestaba que los hombres le dijeran bonita, querida o hasta bombón si no tenían el aspecto de idiotas con obsesión por los rayos UVA. "Inspector Parker, con tu atractivo cabello despeinado y tus ojos castaños, vuelve, te lo perdono todo".

—¿Hay algo especial sobre lo que quieren que intente hacerle hablar? Estaban fuera de la sala de interrogatorios y Heather pudo ver a Michael Reave ya sentado, con las manos esposadas delante de él sobre la mesa. El agente Turner la miró con las cejas levantadas.

—Haga lo que pueda… —abrió la boca y Heather sintió que el "bonita" colgaba allí, a medio formar—, señorita Evans.

Esa vez, cuando entraron, Michael Reave se irguió y la observó mientras se sentaba. Había un vaso de plástico con agua delante de él y se había peinado con esmero hacia atrás. También se había afeitado, pero parecía ser uno de esos hombres a los que la afeitadora los libera de la barba incipiente solamente por unas horas. Vestía un suéter azul marino de manga larga, y se inclinó hacia adelante cuando ella se sentó, apoyando los codos sobre la mesa.

—Hola, señor Reave.

Una media sonrisa se le dibujó en el rostro.

—¿Qué tengo que hacer para que me llames Michael?

—¿No haber asesinado a una caterva de mujeres, tal vez?

La respuesta surgió antes de que Heather pudiera contenerse, pero ante su sorpresa, la sonrisita de él se hizo más grande por un instante, y luego desapareció dándole una expresión extrañamente aniñada.

—No lo hice, pero no puedo culparte por que creas que fue así. —Ladeó la cabeza y recorrió con la mirada la sala, las cadenas alrededor de sus muñecas y los corpulentos agentes que estaban a sus espaldas—. Nos han permitido otra conversación, muchachita. Debes de haberles causado una buena impresión.

Heather se encogió de hombros.

—Creo que el mérito es suyo, señor Reave. ¿De qué le gustaría hablar hoy?

—Quería contarte otro cuento. Uno que también le gustaba a tu madre. ¿Te apetecería escucharlo?

Heather guardó silencio unos segundos.

—Me gustaría hablar de mi madre, sí. Y de Fiddler's Mill. Me gustaría saber cómo era ella cuando estaba allí y, también, cómo era esa comuna.

Reave fijó los ojos en la puerta. Heather notó que tenía las manos cubiertas de pequeñas cicatrices blancas; eran las manos de alguien que trabajaba al aire libre, con cuchillos.

—Te hablaré de ese lugar —dijo por fin— si escuchas el cuento.

—De acuerdo. —El agente Turner no le había ofrecido una taza de té ni nada para beber, y Heather no sabía qué hacer con las manos. Incómoda, las apoyó sobre la mesa—. Cuéntemelo entonces.

—Había una vez —de nuevo apareció esa sonrisa juvenil— un rey que tenía una hija muy bella. La princesa buscaba marido, pero exigía que aquel que se casara con ella la amara de tal modo que cuando ella muriera, él accediera a que lo encerraran vivo en su sepulcro.

—¿Les contaban estas historias a los niños?

Reave sonreía, pero tenía una expresión fría en los ojos; Heather sospechaba que no le gustaba que lo interrumpieran.

—Estas historias se contaban alrededor de las fogatas, por las noches. Enseñaban a la gente cómo vivir bien, cómo ver los peligros del bosque. —Se irguió levemente y prosiguió—: El rey era rico, y la princesa, hermosa, pero todos sus pretendientes huían de las condiciones exigidas para el matrimonio. Con el tiempo, un joven soldado del ejército del rey, conocido por su fuerza y su valor, conoció a la princesa y se enamoró profundamente. Dijo que no temía sus condiciones y se casaron. Durante un tiempo, fueron muy felices. Todo el reino fue feliz.

—Cuánto me alegro. Pero no vivieron felices para siempre, supongo.

—Al cabo de unos años, la princesa enfermó gravemente, y después de un tiempo, murió. El soldado, que entonces era príncipe, recordó con horror lo que se había comprometido a hacer y pensó en huir del palacio, pero el rey puso guardias en todas las puertas y ventanas y lo hizo vigilar a todas horas. Cuando llegó el día del funeral, el soldado no pudo hacer nada, salvo permitir que lo escoltaran hasta el sepulcro de la princesa y lo encerraran allí con ella.

—Creo que la princesa estaba loca, claramente, al igual que toda su familia. Lo lógico hubiera sido que el rey dijera, de acuerdo, ella tenía sus manías, la echaremos increíblemente de menos, pero ahora ya no tocaremos nunca más el tema.

Heather lo observaba atentamente buscando provocar alguna reacción, un hombre que cortaba mujeres en trozos seguramente tendría mal carácter, pensaba. Pero Michael Reave se limitó a asentir ligeramente, como si estuviera de acuerdo con ella y prosiguió:

—Le habían dejado velas, de modo que encendió una y aguardó la muerte, contemplando el cuerpo de su amada. Tenía flores en las manos, eran violetas del bosque, y tenían el mismo color que sus labios. Con el correr de las horas sintió hambre y sed, pero no había nada que hacer. Tiempo después, apareció una víbora por una grieta de una pared. Era pequeña, verde y veloz. Temiendo que quisiera morder a la princesa muerta, el soldado se puso de pie de un salto y la mató, cortándola en tres pedazos.

Reave hizo una pausa y se pasó los dedos por los labios, como si recordara algo.

—Minutos después, apareció otra víbora pequeña por la grieta y, al ver a su hermana muerta, retrocedió de inmediato. Pero pronto volvió trayendo tres hojas en la boca. Las colocó sobre los trozos del cuerpo de la otra víbora y, en un instante, esta revivió. Desaparecieron juntas por la grieta en la pared, dejando las hojas en el sepulcro. El soldado, sin poder creer que fuera cierto, las tomó y las colocó sobre los ojos y la boca de la princesa y, en un suspiro, la sangre volvió a fluir hasta sus labios azulados y ella se incorporó, llena de vida. Juntos golpearon las puertas del sepulcro hasta que los guardias fueron y los liberaron. El soldado y el rey estaban felices y la comarca lo festejó durante siete días y siete noches.

—¿Cuál es el propósito de esto, Reave? —interrumpió el agente Turner—. No la hemos traído hasta aquí para cuentitos de miedo.

—En realidad vine por mi propia cuenta y quiero escuchar el final.

Si a Reave le gustó que lo apoyara, no lo manifestó. Continuó como si ninguno de los dos hubiera hablado.

—Pero la princesa había regresado diferente. Con sus renovados labios rojos vinieron un nuevo poder y nuevos apetitos. Recorría la cocina y las despensas robando trozos de carne cruda para comer. Los perros y gatos del castillo comenzaron a desaparecer y, de pronto, los mendigos que aguardaban junto a los portones traseros del castillo cada vez fueron menos. Los dones se obtienen a un cierto precio. Existe una transformación, hay que…

Se interrumpió y la miró a los ojos.

—Un día, la princesa fue a la sala de armas, se vistió para la guerra, fue directamente a los aposentos del rey y lo mató.

No mató al soldado, sino que los guardaba sumiso en su habitación, y fue ella la que gobernó el reino hasta el fin de sus días.

Se hizo un silencio incómodo en la sala, en el que el agente Turner tosió y resopló detrás de Heather. A ella también le parecía que le había cambiado el final a ese cuento, como lo había hecho con el del hermano y la hermana; ni siquiera las desagradables historias de los hermanos Grimm podían terminar de forma tan extraña.

—No sé si eso es un final feliz o no.

Michael Reave se encogió de hombros.

—A Colleen..., quiero decir, a tu madre, le gustaba ese cuento. Le interesaban los papeles de las mujeres en estas historias. Eran brujas, la gente las detestaba, pero tenían poder.

—¿Hablaba de esas cosas en Fiddler's Mill?

Él la miró como para regañarla; era evidente que se daba cuenta de sus intenciones.

—Así es.

—¿Fue allí donde se conocieron? ¿Cuántos años tenían cuando estuvieron allí?

Reave hundió el mentón contra el pecho y soltó un suspiro lento.

—Mi familia vivía allí cerca y... a medida que fui creciendo, simplemente terminé en ese lugar. Le hacía trabajos sencillos al dueño del lugar: cuidaba la propiedad, reparaba cosas. Se convirtió en mi hogar. Colleen apareció allí en... en la primavera de 1977, creo que fue.

—En 1977 mi madre tenía quince años... ¿Es que vagaba así como así por la campiña? Era una niña. ¿No iba a la escuela? —Se interrumpió, consciente de que hablaba como una tía escandalizada y de que Michael Reave se estaba riendo de ella.

Él se encogió de hombros.

—Las cosas eran diferentes en aquel entonces. Colleen era rebelde, no se llevaba bien con su padre ni con la escuela...

Era más fácil para los adolescentes irse de casa. No había cámaras, estaba lleno de sitios perdidos donde esconderse. Y el dueño de esas tierras sabía cómo hacer desaparecer los problemas.

Heather parpadeó, tratando de imaginar a su madre como una adolescente rebelde. Unas semanas atrás, la idea le habría parecido absurda, pero entonces su madre era una presencia cambiante, alguien que podía transformarse en otra cosa en cualquier momento.

—¿Quién era ese hombre? El dueño, quiero decir.

—No lo recuerdo.

Una mentira obvia. Heather la pasó por alto.

—Estuve investigando el lugar, leyendo blogs y artículos. Parece haber sido la central de la vida loca si eras parte de la banda. ¿Muchas drogas y amor libre?

Reave se encogió de hombros. Heather intuyó que estaba perdiendo interés.

—¿Conoció a muchas personas allí, Michael? ¿A muchas mujeres?

—Algunas.

—Mucha gente cree que usted es responsable de la desaparición de varias mujeres que todavía no han sido halladas. ¿Quiere hablarme de eso?

Esa vez ni siquiera se encogió de hombros y su rostro permaneció impávido.

—Señor Reave…, Michael, mire, todos creen que mató a esas mujeres. Todo el país lo llama el Lobo Rojo. —Le pareció ver cierto brillo de emoción en sus ojos ante esas palabras—. Si lo desea, piense en mí como una persona neutral. —Se encogió de hombros—. Antes de encontrar esas cartas, no sabía nada de usted. Nada que no hubiera estado en los titulares de los periódicos sensacionalistas al menos. Tal vez podría aprovechar esta oportunidad para contarme como veía *usted* las cosas. Para contarme su historia.

Él la miró entonces con la frente ligeramente arrugada. Se movió en la silla y Heather se dio cuenta de que lo estaba pensando.

—¿Mi historia?

Ella asintió.

—Mi historia. —Reave se echó hacia atrás en la silla y contempló la pared. Los agentes se movieron; uno cruzó los brazos sobre el pecho. Se los veía aburridos—. Yo era un chico pobre de campo. Mi padre hacía trabajos para otros, creo que no siempre legales. Mi madre siempre estaba enfadada. No me tenía demasiado cariño, pero creo que no se lo tenía a nadie. Era fría e introvertida, en ocasiones se pasaba días sin hablar. Recuerdo que atizaba el fuego de la cocina hasta que escupía chispas y se quedaba sentada allí durante horas, mirando la nada, hasta que todo un lado de su cuerpo se le llenaba de manchas rojas. Cuando se enfadaba conmigo, me encerraba. —Carraspeó y miró a Heather a los ojos—. Cuando una coneja tiene crías, Heather, necesita sentirse completamente a salvo. Si no se siente segura, si intuye que hay un depredador en el bosque… ¿sabes lo que hace? —Heather negó con la cabeza—. Se come a sus propios hijos para salvarse. Un conejillo recién nacido es puro olor y sangre caliente, Heather; no sabe que es como un faro para animales hambrientos. Los atraerá hasta la coneja, y eso es algo que ella no puede permitir. Se come sus propios hijos para salvarse.

El agente había descruzado los brazos y miraba a Reave con evidente desagrado.

—Pero…

—Suena monstruoso, pero algunos seres simplemente no nacen con instintos maternales. Algunos seres, como los conejos, nacen con miedo.

—¿Había un depredador en su casa durante su niñez, Michael?

Él sonrió; una sonrisa genuina que desconcertó por completo a Heather porque parecía *vulnerable*. Parecía perdido.

—A nadie le importa mi historia, muchachita. A nadie le importan los chicos pobres que se crían en casas sucias que están siempre frías ni las cosas que se ven obligados a hacer para sobrevivir. O para salir de allí. Ni siquiera a ti, muchacha.

"A mí sí me importa". Las palabras permanecieron en sus labios por un instante, pero no pudo pronunciarlas. Esas palabras podían ser la clave para que siguiera contando su historia, pero Heather solo podía pensar en las fotografías de las chicas que estarían conectadas para siempre al nombre de él. "Sí que me importa", pensó. "Me importan ellas y mi madre. Me importan Sharon Barlow y Elizabeth Bunyon".

—¿Fiddler's Mill fue su forma de salir de allí, señor Reave? ¿Fue el lugar adonde escapó?

No hubo respuesta.

Sin quitarle los ojos de encima, Heather sacó la carpeta del bolso y cogió las imágenes impresas. Había hecho copias en tamaño A4 de todas las fotografías y dibujos de brujablanca; eran ligeramente más grandes de lo que el archivo podía soportar, pero el granulado de las imágenes las tornaba más llamativas aún. Deslizó la primera fotografía hacia él. Mostraba campos inhóspitos, un grupo detiendas de campaña a la derecha y la casona de Fiddler's Mill a lo lejos.

Reave miró la imagen sin moverse ni hablar. Heather intuyó que se estaba guardando algo, como la primera vez que se habían visto.

—¿Le traen recuerdos estas imágenes?

El ladeó la cabeza y dio una respuesta evasiva.

—Supongo que si pasas tus primeros años allí, es difícil de olvidar.

Ella colocó la segunda fotografía encima de la primera: esta mostraba más tiendas, gente borrosa que iba y venía y humo que se elevaba de varios lugares.

—Las encontré en internet; fueron tomadas por una mujer que usa el apodo de brujablanca, ¿se lo puede creer? Estuvo allí en Fiddler's Mill también en los años setenta. ¿Tiene algún recuerdo de ella?

Él apartó la mirada; una cierta tensión en la mandíbula dejaba ver que no estaba a gusto. "Está molesto". Heather pensó en el cuerpo de su madre al pie de un acantilado, en los rostros de las mujeres que aparecían cuando escribía en Google el nombre de Michael Reave. Con movimientos exagerados, le mostró las fotografías, una detrás de otra. Reave las miraba, impávido, como si fueran aburridas fotografías de vacaciones de una compañera de trabajo.

—Esta mujer tomó muchas fotografías y también es artista. Supongo que el lugar la inspiraba. ¿Qué significaba para usted, Michael? ¿Y para mi madre?

—Muchachita, comprendo el dolor que sientes por tu madre, de verdad —dijo Reave despacio, en un débil remedo de compasión—. Quieres comprender lo que hizo. Pero tal vez no haya forma de entender algo así. No se puede entender el miedo que te hace comerte tus propios bebés o el miedo que te hace quitarte tu propia vida.

Heather no respondió.

Después siguieron los dibujos de brujablanca; la que mostraba la figura con abrigo rojo que emergía del bosque se deslizó por encima del montón y casi fue a parar al regazo de él. Michael Reave bajó la mirada hacia ella y, de pronto, tironeó de la cadena que le rodeaba las muñecas con tanta fuerza que Heather sintió que la mesa atornillada al suelo se movía debajo de sus manos. Dejó escapar un grito y dio un salto hacia atrás. Reave estaba de pie, tirando de la cadena, como queriendo arrancar todo de cuajo.

—Se acabó.

Sintió que la mano del agente Turner le agarraba el hombro sin demasiada delicadeza, y sin darle tiempo para que pudiera terminar de comprender lo que sucedía, la empujaron afuera de la habitación. Justo antes de que la puerta se cerrara de golpe, vio que los dos agentes se dirigían hacia Reave y captó la expresión de su rostro: estaba furioso, tenía encendida la parte superior de las mejillas. Después, ya no pudo ver más.

—¿Qué…?

De repente, Heather se dio cuenta de que las piernas no la sostenían del todo y se apoyó contra la pared. El detective Turner le dirigió una mirada furibunda mientras se frotaba la nuca con la mano.

—Creo que eso va a ser todo, señorita Evans.

—Yo… ¿Qué ha pasado?

Le costaba respirar; se sentía igual que la vez en la que un coche había doblado una esquina inesperadamente en la calle Peckham y casi la había atropellado. La repentina erupción de Reave, de calma aburrida a ira violenta, la había dejado mareada.

—Lo ha cabreado. —Turner se encogió de hombros—. Es imposible predecir el comportamiento de esta gente, guapa, así que no se sienta mal por lo sucedido.

—¡Pero estábamos avanzando!

—Todo esto cuesta dinero, ¿sabe? No esperaba que lo supiera. —Hizo una mueca irónica, luego se esforzó por poner una expresión compasiva—. Los agentes, yo mismo, que tuve que quedarme con usted… Todos tenemos cosas mejores que hacer, sobre todo yo, puesto que tenemos otro demente como él al acecho.

—Oiga, ustedes me pidieron que lo hiciera. —Heather se apartó de la pared—. ¿Dónde está el inspector Parker? Quiero hablar con él de este asunto.

Turner rio e hizo un ademán hacia el pasillo.

—Veamos, el inspector Parker tiene cosas más importantes que hacer que hablar con usted, lamentablemente. Es hora de irnos.

—¿Puedo recuperar las fotografías impresas, al menos?

Turner dejó escapar otro suspiro teatral y Heather pensó en clavarle el codo en la nariz para hacerle resoplar de verdad. El incidente ocurrido en el periódico estaba fresco en su mente: el ruido de las arcadas, la sangre sobre la alfombra color tostado. Cerró los puños con fuerza.

—Si Reave no las rompió, puede llevárselas.

Una hora más tarde, cuando estaba sentada en un bar de Lewisham, con una medida de whisky para calmar los nervios, la llamó el detective Parker. Heather carraspeó y contestó esforzándose por hablar con voz serena y profesional.

—Una pena no verte hoy, inspector Parker. Belmarsh es mucho más interesante cuando estás tú. Además, tu compañero Turner no vale un céntimo.

—¿Cómo te fue con Reave?

—¿Me estás diciendo que no lo sabes?

Hubo un instante de silencio antes de que Parker respondiera.

—Era de suponer que se mostrase tan temperamental. Que fuese difícil de entender. Pero sus reacciones aún pueden resultarnos útiles.

—Sabe más de lo que dice sobre la muerte de mi madre, estoy segura. —Heather tomó el vaso de whisky y visualizó el rostro de su madre por un instante, severo y tenso, como solía estar siempre—. Me gustaría seguir si fuera posible.

Parker emitió un sonido evasivo.

—Nuestra prioridad es tu seguridad.

—Ay, me conmueves. Pero está encadenado a la mesa y tus gigantones están allí. ¿Qué podría hacerme?

—No siempre el daño es físico, señorita Evans.

Heather bebió un sorbo de whisky e hizo una mueca al sentir el ardor en la garganta. Pensó en la morgue y en el cuerpo roto de su madre. No lo había visto, por supuesto —había sido identificado por medio de su historial dental y el anillo de boda grabado que todavía llevaba en el dedo—, pero era curioso cómo algunas frases permanecían en la mente, sobre todo si se tenía una gran imaginación. Los huesos de su madre, convertidos en astillas letales; el pelo de su madre, lleno de arena y trozos de piedras. "Daños físicos. Materia orgánica". El bar, que comenzaba a llenarse de gente, subía y bajaba a su alrededor como si estuviera sobre la cubierta de un barco; Heather se concentró en la voz de Ben Parker, que estaba hablando.

—... no hay forma de saber si está relacionado, pero me huele que sí. Ya debe de estar en los periódicos.

—Disculpa, ¿cómo dices?

—Una mujer llamada Fiona Graham parece haber sido raptada violentamente de su casa. Existen motivos para creer que es nuestro imitador otra vez.

—¿Fiona Graham? —Heather parpadeó. Fue como si la hubieran sumergido en un balde de agua fría—. Creo que conozco ese nombre.

—¿En serio? ¿De dónde?

—No estoy segura. —Hizo un esfuerzo por recordar, pero a pesar de que sentía que había escuchado el nombre antes, no le venía ningún otro detalle a la mente—. Tendré que pensarlo mejor —dijo en tono poco convincente.

—Si lo recuerdas, házmelo saber.

—Sí, claro. Oye... —Se mordió el labio. La familiaridad del nombre de Fiona Graham le había vuelto a despertar el entusiasmo, a pesar de la desagradable tarde que había pasado en la cárcel. Allí había pistas, partes de un rompecabezas mayor, y solamente tenía que ordenarlas para obtener las respuestas. Es más, tal vez la mejor persona para hacerlo fuera ella—. ¿Qué te parece si nos tomamos algo y conversamos? El episodio de hoy me impactó mucho y me vendría bien ver una cara amiga.

—Heather, aquí estamos hasta arriba de trabajo, y ni siquiera estoy en Londres...

En el bar, Heather cerró los ojos e hizo una mueca.

—... pero ¿qué te parece si nos vemos a mi regreso?

Heather dejó el vaso sobre la mesa.

—Perfecto. Llámame.

A partir de ese momento, la conversación se tornó incómoda y Heather lo sintió alejarse mentalmente de ella. De pie en el bar, tenía las mejillas arreboladas de vergüenza, pero no se sentía del todo mal por haberlo invitado a salir de manera tan descarada; más tarde, volvería a una casa vacía, con nada en qué pensar salvo mujeres asesinadas y la muerte de su propia madre. ¿Acaso era tan terrible querer compañía? El whisky de repente se le antojó agrio en la boca, por lo que, tras despedirse de Parker, se lo terminó con desgana.

CAPÍTULO 14

Antes

MICHAEL VIVÍA EN LA CASONA, pero el bosque Fiddler era su hogar. Pasaba la mayoría de los días allí, sin importar qué tiempo hiciera, vagando por entre la vegetación, sentado con la espalda contra un tronco o siguiendo senderos semiocultos hacia sitios que parecían significativos: un árbol seco y de tonos grises, quemado por un rayo décadas atrás; una zanja profunda llena de rosas silvestres; un trío de abedules que habían crecido juntos, entrelazados y moteados por la luz. Bajo la lluvia, el viento y el sol que se iba debilitando, creció en estatura y en fuerza. Las cicatrices en el cuello y las muñecas se le borraron y volvió a crecerle el pelo en la sien, aunque entonces era del color de la luna.

Seguía teniendo pesadillas la mayoría de las noches. Soñaba con el armario, o con los dedos gruesos de su madre enredados en su pelo, con su rostro contraído por la furia, o laxo y ausente. A veces soñaba con un paisaje plano, rojizo, con el cielo de un rosado polvoriento; había criaturas allí, cosas desesperadas que aullaban, y de estas pesadillas se despertaba gritando, pero pensar en el bosque que había fuera de la ventana —oscuro, fresco y verde— le resultaba un bálsamo.

Michael no iba a la escuela; no recordaba haber ido en su vida. Tenía recuerdos muy vagos de haber sido dejado en un sitio con muchos niños que no querían hablarle y tenía la impresión de que no había permanecido allí demasiado tiempo. Pero el hombre le permitía mirar los libros de uno de los salones de la casa que estaba lleno de ellos, y Michael descubrió con sorpresa que las palabras cobraban algo de sentido. El hombre lo dejaba por su cuenta la mayor parte del tiempo; le daba comida cuando Michael volvía del bosque cubierto de barro o a veces caminaba por la campiña con él; el enorme perro negro corría delante de ellos.

Un día de primavera, el hombre lo encontró en la puerta justo cuando se estaba poniendo las botas.

—Quiero mostrarte algo hoy, muchachito —dijo—. Ven conmigo.

Emitió un silbido, el perro se escabulló por el suelo de madera y salieron bajo un cielo azul violáceo. En lugar de dirigirse al bosque, el hombre se dirigió a un viejo cobertizo. Michael nunca le había prestado atención. Al fin y al cabo, el cobertizo no era el bosque.

—Ven. Mira esto. Súbete a ese cubo.

El cobertizo era grande y casi no se utilizaba. Había herramientas y cajas, enormes palas oxidadas y sacos que se habían descolorido en la base. Las vigas que sostenían el techo eran viejas y estaban llenas de ampollas, y había un agujero de buen tamaño en el techo por el que se veía un trozo de cielo. Michael trepó al cubo de acero dado vuelta y observó el rincón justo debajo del agujero. Había un nido de pájaros con tres pichoncitos. Solo entonces se dio cuenta de que los había estado escuchando piar desde que habían entrado en el cobertizo.

—Ahora mira allí abajo. El hombre lo señaló. En el suelo, entre el polvo y restos de serrín estaba el cuerpo de una regordeta hembra de mirlo. El cuello estaba doblado en un ángulo extraño y el ojo, como una burbujita de tinta, miraba a la nada.

—Debe de haberla matado un gato —dijo el hombre. Michael supo de inmediato que no era verdad. Nunca había visto gatos en la propiedad, ni en el campo ni cerca de la casa, ni siquiera en el bosque, y además, estaba seguro de que el perro no lo hubiera permitido. Como si lo hubieran llamado, el perro trotó hasta ellos y hundió el hocico contra el cuerpo del pájaro, jadeando ruidosamente en el reducido espacio—. Estos pichones morirán en un par de días. ¿Qué vas a hacer al respecto?

—¿Yo?

—Ahora son tuyos. Toma. El hombre estiró el brazo, cogió los pichones en sus manazas como palas y se los acercó a Michael. Con temor y algo de repugnancia, Michael los recogió dentro de su suéter. Piaban más fuerte en señal de protesta y se debatían débilmente en sus brazos; las cabecitas, demasiado grandes, oscilaban de un lado a otro.

—No sé qué mierda hacer con ellos.

—Haz lo que quieras —dijo el hombre. Michael lo miró—. Esa es precisamente la cuestión. Tócalos, siente que son seres vivos y luego haz lo que quieras.

El hombre y el perro se marcharon, y sin saber qué otra cosa hacer, Michael llevó los pichones al bosque. Mientras caminaba, evaluó las diferentes posibilidades; pensó en las ideas que suelen ocurrírseles a los niños de esa edad. Tal vez encontraría una familia de mirlos en el bosque que quisiera adoptar unos pichones, o podría buscar lombrices y alimentarlos él mismo, a mano. Con el tiempo, se convertirían en sus mascotas y acudirían cuando los llamara. La idea le agradaba.

Transcurridos varios minutos, llegó a uno de sus sitios favoritos: una orilla cubierta de hierba junto a un arroyito fangoso. Allí los árboles se abrían un poco, permitiendo que el sol formara un cuadrado de luz que le daba a la hierba rala un tono verde brillante, casi sobrenatural; el espacio debajo de la orilla ocultaba un rincón de barro fresco y grueso, donde ocasionalmente había sapos. Michael dejó los pichones sobre la hierba y observó cómo se retorcían. Habían dejado de piar, como si intuyeran que ya no estaban en la seguridad de su nido, como si supieran que había depredadores en la zona.

Con suavidad, presionó la punta del dedo contra el pecho de uno de los pichones. Sintió los pequeños latidos, increíblemente rápidos y frenéticos, y la tibieza algo pegajosa de la piel. Imaginó la sangre que le recorría el cuerpo, lista para hacerle crecer las plumas, aunque el pajarillo no supiera nada de dónde estaba ni qué era. Era una vida, nada más, esperando para desplegarse.

Michael levantó el pichón con una mano y bajó a la orilla del arroyo. El barro era blando y suave, con pocas piedras, y le llevó solamente unos segundos cavar un hoyo. Una pequeña tumba.

Colocó el pichón dentro y observó cómo se retorcía. Michael no comprendía por qué, pero su corazón latía muy rápido, casi tan rápido como el del pájaro. Apretó los dedos contra el pichón, hundiéndolo en el barro, y pudo sentir su propia fuerza, lo fácil que sería presionar hasta que los huesecitos se quebraran, hasta que las entrañas recién formadas se convirtieran en pasta. El paisaje rojo y brutal estaba muy cerca. Si cerraba los ojos con fuerza, estaba seguro de que lo vería.

Arrugando levemente la frente, cogió un puñado de la tierra que había dejado a un lado y la aplastó encima del pajarillo, que dejó de piar. Recogió más tierra mojada, la apretó con fuerza y luego permaneció sentado con la mano contra el suelo, contando segundos mentalmente. Cuando pasaron dos minutos enteros, escarbó otra vez en la tierra. Al principio, no lo encontró, como si la tierra hubiera absorbido al pichón hasta lo más profundo de su corazón —la idea lo emocionaba—, pero luego sus dedos se toparon con una resistencia fofa. Extrajo el pichón y se horrorizó al ver que seguía con vida: tenía tierra negra en la garganta y una de sus patitas estaba quebrada, pero seguía moviendo la cabeza lastimosamente. Michael lo levantó en alto, fastidiado y asombrado a la vez.

—No —le dijo al pichón—. El que decide soy *yo*. —Volvió a hundirlo en el barro.

Horas más tarde, cuando regresó a la casa, el sol comenzaba a hundirse en el horizonte y el hombre no estaba. No era extraño. El hombre tenía coche y en ocasiones se iba durante varias horas y regresaba para cenar o trayendo bolsas de provisiones. Michael no prestaba demasiada atención; no le parecía importante. Subió a su dormitorio, donde vagó de un lado a otro durante una hora o más sin poder concentrarse. Se miró la tierra debajo de las uñas y pensó en cómo se había detenido el corazón de cada pichón. Por fin.

Cuando oyó que el hombre estaba de regreso, no se movió de la cama hasta que escuchó que lo llamaba desde abajo. Allí, el hombre lo miró con atención y pareció notar que tenía los pantalones con manchas de barro y tierra en las manos. Sonrió, y el ojo de vidrio brilló en la luz anaranjada del crepúsculo.

—Tengo otra cosa para ti.

Sobre la mesa de comedor había una bolsa tosca de arpillera con una palabra impresa: "DARDOS". La bolsa se movía levemente. Sin necesidad de que le dijera qué hacer, Michael fue hasta ella y la abrió; adentro había cuatro gatitos, todavía con los ojos cerrados y pelaje negro y blanco. Introdujo la mano y, cuando levantó uno, sintió la caótica calidez de ese cuerpecito contra su piel. Tan vivo y tan indefenso.

—Michael, muchachito, ¿has oído hablar del *barghest*?

Michael acurrucó el gatito contra el pecho.

—¿El qué?

—Es una criatura demoníaca en forma de perro, un lobo, en realidad, que acecha por los caminos y sitios solitarios. Una antigua leyenda del norte.

—¿Como… un cuento de hadas?

El hombre sonrió, mostrando sus dientes largos y amarillentos.

—En realidad no, muchacho. El *barghest* es un presagio, pero también se lo considera un espíritu de la tierra, un símbolo de la muerte y el renacer. Cuando camina, no hace ruido ni deja huellas, pero si te muerde, la herida nunca sanará.

—Ajá —dijo Michael, sin saber qué responder.

—El lobo tiene un papel importante, muchacho, ¿sabes? Le entrega vida a la tierra, porque la tierra está siempre hambrienta. —El hombre se dirigió a la bolsa, donde los otros gatitos maullaban y se acurrucaban entre ellos. Los cubrió con un trozo de arpillera—. Hay gente que no reconoce el poder que hay en eso. Tu querida madre, para empezar. Las mujeres, muchacho. Ellas tienen un papel diferente que desempeñar. —Michael hizo una mueca—. Pero ese problema tú ya lo has resuelto, ¿verdad? —Se volvió hacia el chico y su expresión volvió a cambiar; cualquiera lo hubiera tomado por un tío bondadoso, contento de haberle hecho un obsequio a su sobrino—. Los gatitos son tuyos, para que juegues.

Michael asintió.

CAPÍTULO 15

Nerviosa y muy cansada, Heather abrió la puerta de la casa de su madre, casi esperando encontrarse con más pájaros atrapados. La reacción de Michael la había asustado, pero más que eso, se sentía perseguida por mujeres muertas: por Sharon Barlow y Elizabeth Bunyon, por todas las mujeres asesinadas décadas atrás y, sobre todo, por su madre. Reave, con sus manos llenas de cicatrices y sus ojos verdes, estaba conectado con todas esas muertes; si simplemente pudiera descubrir de qué modo lo estaba…, tal vez ella pudiera terminar con todo eso. Y quitarse de encima parte de la culpa implacable que sentía.

En lugar de pájaros, la recibieron el sonido suave de la radio y el leve aroma del café que había preparado esa mañana. La normalidad de la situación la reconfortó, así que se preparó una cantidad abundante de huevos revueltos sobre una tostada y comió delante del ordenador, sentada, por una vez, a la mesa de la cocina.

Ni leer los nombres de las víctimas ni ver las fotos de cuando todavía estaban con vida le había transmitido realmente la monstruosidad de lo que Reave había hecho. Nikki y ella habían andado en círculos alrededor de ese tema con su propia investigación sobre asesinos en serie, pero con un acuerdo tácito entre ellas de no desenterrar nada que no pudieran manejar. Pues aquel día había tenido un atisbo de la bestia que era Michael Reave realmente y tal vez fuese hora de aceptarlo.

Volvió a la breve página de Wikipedia, pero había muy poca información sobre su pasado y los detalles de los asesinatos, lo que confirmaba lo dicho por el inspector Parker en cuanto a que el pasado de Michael era un misterioso espacio en blanco. Iba a tener que buscar la información que deseaba en otra parte.

Cuando trabajaba en el periódico, había aprendido a escarbar en los rincones más oscuros de internet y entonces, bebiendo un sorbo de vino de tanto en tanto, con el plato vacío salvo por unos restos de huevo, se puso a buscar la realidad cruda de los asesinatos del Lobo Rojo. Enseguida se le llenó la pantalla de sitios web de aspecto muy básico, con desagradable preferencia por colores como el negro, el verde y el rojo. Ostentaban títulos como "Combustible de pesadillas", "Amantes muertos" y "Rostros de cadáveres".

Estos foros estaban creados y manejados por gente que buscaba con regularidad los detalles más sangrientos de lo peor del ser humano, y Heather no tardó mucho en encontrar un hilo largo que detallaba el caso de Michael Reave. Había fotografías de escenas de crímenes y cadáveres. En algunos casos, solamente trozos de cadáveres. A juzgar por la iluminación clínica y la falta de ángulos dramáticos, algunas de las imágenes parecían genuinas, robadas de archivos policiales o de investigaciones realizadas en los años ochenta y noventa. Al verlas, algo en ella, una barrera cuya existencia desconocía, se rompió en pedazos. Pensó en las imágenes de las víctimas de Reave que ya había visto, en esos rostros sonrientes o vacilantes captados en fotografías que se harían tristemente célebres; allí era donde terminaban. Por culpa de Michael Reave.

Una de las primeras fotografías mostraba a una mujer joven tendida desnuda, boca abajo, en un campo. Tenía los brazos atados detrás de la espalda y el pelo largo, rojo y brillante, le caía sobre los hombros y sobre la hierba. La piel parecía dolorosamente blanca y alrededor de su cuerpo había una guirnalda tosca de flores silvestres, claramente puesta allí con meticulosidad y esmero.

A Heather, que no sabía prácticamente nada sobre plantas ni naturaleza, le pareció reconocer algunas flores: campanillas; margaritas; prímulas amarillo pálido y las cabezas oscilantes de las dedaleras, rosadas, violáceas, obscenas de algún modo. Junto al cadáver había una prenda difícil de reconocer, tanto por cómo estaba tendida en el suelo como por el hecho de que estaba empapada en sangre.

La siguiente fotografía también había sido tomada al aire libre y la mujer estaba tendida con los ojos hacia el cielo. En el centro de su pecho había un orificio grande, casi redondo, del cual crecía un arbolito joven, de esos que se compran en los viveros listos para ser trasplantados. Heather pudo ver la oscura humedad del interior del pecho, aunque el orificio en sí estaba relativamente limpio. Tenía puesta lo que parecía ser una camisa blanca, desabrochada, manchada de un rojo oscuro, casi castaño; solo una parte pequeña del cuello revelaba el hecho de que en algún momento había sido blanca.

—Las viste —masculló, sintiendo que se le revolvía el estómago, que los huevos revueltos le estaban resultando pesados y nada bienvenidos—. Viste los cadáveres, los arregla. Esas mujeres le importan más muertas que vivas. Le importa ese cuadro que está creando.

Desplazó la pantalla hacia abajo, preguntándose por qué había decidido castigarse de ese modo. ¿No le había bastado con el día que había tenido?

Había algunas publicaciones de gente que especulaba sobre los motivos del Lobo Rojo y hablaba de posibles conexiones con el paganismo y la adoración del demonio. Nunca se habían encontrado los corazones de las víctimas, ni tampoco algunos otros órganos blandos; el autor creía que el asesino podía haberse comido algunos de ellos, como Jeffrey Dahmer o Albert Fish. Heather se levantó para servirse más vino y echó una mirada nerviosa a las ventanas. Ya estaba oscuro, y solo le mostraban su propio reflejo.

Sonó el timbre; Heather se sobresaltó y dejó la copa sobre la mesa. Cerró el portátil y fue a la puerta. Atisbó por la mirilla antes de abrirla.

—¿Lillian?

—Hola, querida. —La mujer pasó junto a ella, entró en la casa y luego, como si pudiera ver la expresión ofendida de Heather, levantó una bolsa que llevaba—. Disculpa, sé que es tarde. Solo vine a buscar mi fuente, si puede ser. La necesito para la cena de mañana. Espero que te hayas comido el guiso, porque ya se debe de haber estropeado.

—Sí, por supuesto, no hay problema. Ya está lavada y lista. Venga a la cocina...

Pero Lillian ya estaba allí; había localizado la fuente azul y la estaba guardando cuidadosamente en la bolsa. Heather miró los platos sucios del día anterior —siempre había sido perezosa con las tareas del hogar— y sintió que se ruborizaba.

—¿Quiere una copa de vino? —Carraspeó sintiéndose absurdamente formal.

Lillian arqueó las cejas y sonrió. Como la vez anterior, iba elegante con un traje ajustado de tweed verde, un prendedor de plata con dos peces entrelazados en la solapa y un bolso de cuero negro con aspecto de ser caro. Llevaba pendientes de perlas pequeñas, un brillo blanco y discreto en las orejas.

—Cómo no, querida. Una copita nada más, si no te molesta. —Cuando Heather le alcanzó la copa, bebió un sorbo diminuto—. ¿Cómo estás llevando todo esto? ¿Bien? —Sus ojos grises la miraban con expresión bondadosa—. ¿Cuándo es el funeral? Me gustaría muchísimo asistir. Colleen era una gran amiga mía.

Heather bebió un largo sorbo para ocultar su incomodidad. Había estado tratando de no pensar en absoluto en el funeral; la mayoría de las decisiones se habían tomado en cuanto liberaron el cuerpo de su madre de la morgue y, desde entonces, ella solo había hecho lo mínimo indispensable.

—El miércoles próximo, a la una de la tarde. En el crematorio de Balesford. Invité a todos los que encontré en la libreta de direcciones de mi madre, pero se me debe de haber escapado su nombre. —Esbozó una sonrisa forzada—. Está invitada, por supuesto. No creo que seamos muchos: mamá no tenía parientes vivos y era bastante reservada.

—Pues creo que te sorprenderías. —El tono cómplice de Lillian hizo que Heather levantara la vista, pero la mujer ya parecía estar pensando en otra cosa e hizo un mohín de disgusto—. ¿Una cremación? ¿Eso es lo que quería Colleen?

Heather se encogió de hombros.

—Está clarísimo en su testamento.

Lillian emitió un ruidito y luego señaló con la copa las fotografías sobre la mesa.

—¿Estás trabajando en un reportaje? Hubiera pensado que estarías demasiado dolida como para algo así.

Con espanto, Heather se dio cuenta de que había dejado todas las fotografías de brujablanca a la vista, pero antes de que pudiera quitarlas, Lillian ya había cogido una con su mano libre. Asintió levemente.

—¿Fiddler's Mill? Madre mía, esta sí que debe de ser una fotografía antigua.

—¿Lo conoce? —Heather no podía disimular la sorpresa en su voz.

—¿Yo? No lo conozco personalmente, querida, pero tu madre hablaba mucho de ese lugar. Creo que fue un tiempo memorable para ella.

Heather dejó la copa de vino.

—¿En serio? Me sorprende, sinceramente, porque jamás me lo mencionó.

—Bueno, pues... —Lillian se encogió de hombros con delicadeza—. Hay cosas de las que no quieres hablar con tus hijas, al menos mientras son muy jóvenes.

—Tal vez podría decirme lo que recuerda. —Heather hizo un ademán hacia los taburetes de la cocina y se sentaron juntas—. Cualquier cosa que mi madre haya dicho sobre el lugar me resultaría muy útil.

—¿Entonces *estás* escribiendo sobre ello? —preguntó Lillian—. Colleen también hablaba mucho sobre tu carrera como periodista.

—En realidad, no. —Suponía que su madre no habría mencionado el hecho de que la habían despedido vergonzosamente del periódico—. Simplemente siento curiosidad sobre..., bueno, su vida, su pasado. Siento como que me he perdido cosas que eran importantes para ella.

—Pues no sé si puedo ayudarte. —Lillian bebió un sorbo de vino y miró hacia la puerta de la cocina como si los recuerdos la estuvieran esperando allí afuera—. Mi memoria no es lo que era, ¿sabes? —Sonrió con vivacidad—. No envejezcas, querida, es aburridísimo.

Heather le devolvió la sonrisa, mientras pensaba en las fotografías de mujeres con cuerpos desmembrados en el campo.

—Es mejor que la alternativa. ¿No hay nada que me pueda contar?

—Ella hablaba de estar en comunión con la naturaleza y de comer muy mal. Puede que hubiera un novio. —Heather estaba inmóvil, tratando de no prestar atención al espanto que comenzaba a sentir con cada palabra—. Tal vez más de uno. —Lillian se rio—. Como te dije, no son cosas de las que hablas con tu hija, mucho menos si quieres dar buen ejemplo. Deberías viajar allí, querida. A ver un poco todo eso.

—¿Allí?

—A Fiddler's Mill. Podría ser… —Levantó un hombro—. ¿Cómo decís los jóvenes? Pasar página. Una forma de aceptar tu dolor. Ir a ver ese sitio que fue tan importante para tu madre.

"Importante para mamá", pensó Heather. "Y también para un famoso asesino en serie. Fantástico".

Cuando se disponía a marcharse, Lillian se detuvo en la puerta y miró el cielo, que había estado amenazando con lluvia.

—¿Va muy lejos? ¿Quiere que le deje un paraguas?

—No, gracias, querida, no es necesario. Voy cerca, calle arriba. —Pero cuando se volvió hacia Heather, estaba seria—. No te quiero preocupar, pero hoy me pareció ver a alguien merodeando entre los árboles. Un hombre.

—¿Cuándo ha sido eso?

Heather pensó en la figura que creía haber visto la noche anterior, cuando había sacado al pájaro. Se había convencido de que había sido su imaginación, pero tal vez…

—Esta misma tarde. No habrás dejado por ahí algún amante despechado, ¿verdad?

Heather no pudo evitar sonreír ante lo antiguo de la expresión.

—No lo creo. Estaré bien, Lillian. Gracias por pasarse hoy por aquí.

Pero se quedó mirándola caminar hasta el final del sendero, y cuando desapareció, se quedó un rato contemplando la oscuridad que rodeaba el jardín. ¿Sería alguien del periódico? Al menos una persona de allí estaría más que dispuesta a molestarla, si no a hacerle daño. Minutos después comenzó a caer una pesada lluvia otoñal y cerró la puerta.

Más tarde, Heather se dejó caer sobre la cama del cuarto de invitados y abrió el portátil. Activó el teléfono y le envió un rápido mensaje a Nikki para preguntarle cómo estaba y resumirle su día en Belmarsh; luego revisó su correo electrónico. Sorprendida, vio que había un mensaje de brujablanca59, que, por lo visto, poseía el nombre bastante más prosaico de Pamela Whittaker; le encantaría encontrarse con ella para conversar y deseaba saber si podría ser esa misma semana. Heather le respondió y sugirió una hora, preguntándose si se estaría metiendo de cabeza en una incómoda media hora de disparates hippies paranoicos.

Navegando por webs de noticias, comprobó que el inspector Parker tenía razón: había desaparecido una profesora de educación física de Lancashire y se solicitaba información sobre su paradero. Junto al titular había una foto de ella, tomada en algún tipo de festival deportivo de la escuela, y eso encendió una luz difusa en la cabeza de Heather. Salió al pasillo y buscó una de las cajas que había bajado del desván. Contenía un montón de fotografías sueltas que su madre nunca había organizado ni colocado en ninguno de los muchos álbumes con tapa de cuero.

Llevó la caja a la cama y, tras instalarse cómodamente, comenzó a revisar las fotografías. Sabía cuál estaba buscando y sabía que tenía que estar en esa caja. Su madre no la habría puesto en un álbum, de eso estaba segura.

Imágenes del pasado fueron cayendo sobre su regazo, las más antiguas levemente ásperas bajo los dedos, las más nuevas brillantes y frías. Había muchas fotografías de las fiestas que organizaba su padre para la empresa de construcción que tenía, llenas de hombres anónimos de rostros colorados y aspecto cansado que bebían ponche; en algunas vio a su padre y se detuvo a contemplarlas durante unos segundos más y a acariciar ese rostro rubicundo con la yema de los dedos. Y de pronto, allí estaba, en el fondo. Una única foto de un festival veraniego al que Heather había asistido cuando tendría unos seis años.

La sacó de la caja y la estudió con atención. No era una foto demasiado buena, estaba levemente sobreexpuesta y algunos de los niños mostraban en los ojos ese perturbador efecto rojo. Era un grupo numeroso de niños y adultos alrededor de una manta de picnic cubierta de sándwiches de huevo y paquetes de galletas. Heather se reconoció de inmediato. Una chiquilla pálida y algo solemne con cabello oscuro y una tartera rosa apretada contra el pecho. Allí estaba su madre, con una sonrisa que era casi una mueca. Y de pie, una niña pelirroja, un año mayor que Heather, vestida con pantalones cortos azules, sonriendo directamente a la cámara. Tenía la cara manchada de nata por la tarta que se había estado comiendo.

"Fi". Heather recordaba el nombre con claridad porque había estado segura de que Fi no podía ser un nombre real. Fi era el primer renglón de la rima del gigante en el cuento "Jack y las habichuelas mágicas". "Fi, fai, fo, fum, huelo la sangre de un humano". Heather recordaba muy bien ese día porque su madre se puso a temblar y llorar de repente y habían tenido que volver a casa.

Nunca le dijeron por qué se había alterado de ese modo su madre, pero recordaba que le había dado pena dejar a Fi, que era alegre, fortachona y muy hábil para trepar a los árboles. Habían intercambiado nombres, repitiéndoselos una y otra vez, para poder volverse a encontrar en el futuro; cuando eres niña, los nombres te resultan mágicos. Fi. Fiona Graham.

Por supuesto, nunca más la volvió a ver y tampoco volvieron a ese festival veraniego. Quizá se lo había imaginado. Miró a la niñita con rizos rojos y pecas y recordó su mano tibia en la de ella.

Entonces, al mirar la fotografía en la web de noticias, sintió frío. Parecía que ambas eran la misma. Fiona Graham, por lo visto, se había convertido en una buena persona, en maestra. Una mujer que no había hecho nada malo, salvo llevar adelante su vida como siempre, y alguien se había metido en su casa y probablemente le había hecho algo malo. Seguro que Fiona Graham había ayudado a muchos más niños de los que creía; les había secado las lágrimas y los había llevado a la enfermería cuando se habían caído y se habían hecho heridas en las rodillas. Probablemente sus alumnos pensaban en ella con cariño, o lo harían cuando estuvieran lo suficientemente lejos de la escuela como para tener sentimientos positivos sobre los maestros.

Pero nada de eso la había salvado.

Había un vídeo de los padres de Fiona en una conferencia de prensa, pidiendo la colaboración de cualquiera que tuviera información; se los veía impactados y frágiles, como si de un día para otro los hubieran ahuecado por dentro y la menor brisa pudiera desparramarlos en pequeños fragmentos. Resultaba difícil creer que tuvieran que ver con la vibrante y risueña pelirroja que estaba con un grupo de colegialas en pantalones cortos. Inevitablemente, Heather volvió a pensar en las imágenes que había visto esa noche. ¿Acaso Fiona Graham había sufrido el mismo destino?

Estaba guardando las fotos de nuevo en la caja cuando recibió un mensaje de Nikki en el teléfono.

> Disculpa, estaba terminando de corregir trabajos. ¡Qué miedo! ¿Por qué no estaba el inspector Parker contigo? ¿Cómo hizo tu madre para ocultar todo eso? ¿Crees que es cierto? ¿Estás bien, Heather?

¿Estaba bien o no? Tras dejar la caja de nuevo en el suelo, Heather se cubrió las piernas con las mantas mientras lo pensaba. Por un lado, sabía más sobre su madre; nunca habría sospechado que había sido una chica alocada y rebelde, que se había escapado de su casa a los quince años ni que sentía fascinación por los cuentos de hadas truculentos. Sin embargo, toda esta información nueva no había hecho más que horadar lo que ella había considerado real, dejando profundas ausencias que parecían llevar a algo más oscuro y terrible, como las horrendas heridas en los cuerpos de las víctimas del Lobo Rojo.

No sabía si la policía le permitiría volver a hablar con Michael Reave, pero iba a tener que llenar esas lagunas de algún modo.

CAPÍTULO 16

Abi se levantó la capucha y cruzó los brazos alrededor del cuerpo, maldiciendo el delgado material de la camiseta. Si hubiera estado pensando con claridad, habría llevado un abrigo, pero los continuos picores provocados por la abstinencia no le dejaban demasiado espacio para pensar con claridad; había estado deseando salir de la casa de su hermano para poder darles a él y a su pareja un poco de intimidad. Él le había dicho más de una vez que no era necesario que se fuera, claro que no, pero ella lo había visto en su rostro: pocas cosas echan a perder una cita tan rápido como tener a una hermana drogadicta durmiendo en el sofá.

Caminó hasta el final de la calle y se quedó un instante pensando hacia dónde ir. Sentía un leve dolor en la zona lumbar. Estaba demasiado mayor para dormir en sofá, pero era la tercera vez que perdía el trabajo y no tenía alternativa. Hacía frío para estar en la calle, pero tampoco tenía dinero para hacer otra cosa. Abi decidió girar hacia la derecha y se puso a caminar otra vez.

Era la parte más fea de la ciudad, donde la mayoría de las tiendas estaban cerradas definitivamente o mostraban anuncios de locales de apuestas; algunas de las farolas callejeras estaban fundidas. Había un pub llamado The Joiners en la esquina, y Abi miró con ilusión las ventanas iluminadas, pero la idea de entrar allí solo porque hacía calor le resultaba humillante; peor aún era esperar que alguien la invitara a una copa. No había tenido el valor de decirle a David que no tenía dinero para "salir a hacer algo divertido" esa noche ni que la cita romántica de él la condenaba a una noche de gélido aburrimiento.

Abi pasó junto al pub sin un destino en mente. Giró en otra esquina y tomó una calle todavía más sórdida mientras se preguntaba si ya habría alguien en el parque. Podía verlo al final de la calle, oscurecido por una cerca de alambre y un portón feo de acero. Allí estaban los columpios y el tiovivo oxidado, la sombra del tobogán, pero no veía a nadie. A veces, recordó, cuando hacía frío, se sentaban debajo del tobogán y se pasaban las golosinas.

Abi estaba tan concentrada en llegar al parque que casi no vio a la figura que iba hacia ella, un hombre alto y fornido que también llevaba capucha y tenía el rostro en sombras. A pesar de las ansias, de pronto sintió miedo y mantuvo la cabeza baja, deseando haber prestado más atención y haber pensado en cruzar la calle. Cuando él se acercó, ella olió un vaho de algo putrefacto y salvaje, y por un segundo, tuvo la certeza de que le iba a gritar o la iba a atacar: olía a locura inhumana.

Pero el hombre pasó de largo y desapareció; sus pasos rítmicos se perdieron calle abajo. Abi se detuvo en la entrada de un callejón y lo observó irse. Seguía sintiendo ese olor, lo que la hizo fruncir la nariz y toser; justo estaba pensando que tal vez el olor no había venido del hombre encapuchado, después de todo, cuando una figura oscura salió del callejón y le pasó un fuerte brazo alrededor del cuello.

CAPÍTULO 17

BRUJABLANCA59 O PAMELA WHITTAKER, COMO seguramente la conocerían sus compañeras de canasta, vivía en un edificio de protección municipal, en la esquina de Elephant y Castle. Mientras subía por las escaleras, Heather miró el teléfono, pero no había llamadas perdidas del inspector Parker. Cuando le había llamado esa mañana, respondió el contestador y ella dejó un mensaje algo extenso sobre la fotografía de Fiona Graham; luego la había fotografiado con el teléfono y se la había enviado por correo electrónico.

Tras llegar al segundo piso, llamó a la puerta del apartamento 87; esta se abrió y Heather vio a una mujer de unos setenta años, con mucha menos cara de roedor de lo que había sugerido la fotografía de su perfil, aunque miraba a Heather con expresión algo nerviosa. Vestía una chaqueta caqui de punto que le llegaba hasta las rodillas y tenía las mangas sucias con manchas de pintura. Llevaba el pelo canoso apartado del rostro por una diadema rosa de plástico.

—¿Señorita Evans?

—Heather, por favor. —Sonrió con calidez y se colocó la correa del bolso sobre el hombro—. ¿Todavía le apetece conversar un rato, señorita Whittaker?

Pamela Whittaker le hizo un ademán para que entrara. El apartamento estaba abarrotado, y el papel de la pared anaranjado y marrón se estaba despegando en aquellos lugares que no estaban cubiertos por cuadros enmarcados.

—¿Un té? ¿Un café?

Pamela Whittaker le indicó un sofá. La sala contenía sillones, mesitas y vitrinas, todo complementado con atriles y rollos de papel, paletas con costras en tonos marrones y verdes, tazas salpicadas de pintura en un arcoíris de colores. Sobre una mesa cerca del sofá, Heather vio una gran fotografía enmarcada, que claramente ocupaba un sitio destacado entre el caos general, y mostraba a una joven Pamela Whittaker con los brazos alrededor de una mujer bajita y curvilínea. En algún lugar en ese desorden, una pantalla negra de televisión miraba todo con su único ojo negro.

—¿Licor? Tengo algo en alguna parte.

—Un té estaría muy bien, gracias.

Pamela desapareció por una puerta estrecha, luego volvió casi al instante con dos tazas humeantes de té; debía de haberlo tenido listo en la tetera, dedujo Heather. La mujer se sentó en un sillón frente a ella, sosteniendo la taza con ambas manos.

—Vi sus trabajos online, señorita Whittaker, y me parecieron excelentes. Muy convincentes, crean una atmósfera potente. Estoy escribiendo un artículo sobre Fiddler's Mill y me pareció que sería interesante contar con el punto de vista de una *artista.*

Una mezcla de emociones pasó por el rostro de Pamela y Heather la observó con atención, tratando de identificarlas. Placer ante el elogio de su trabajo. Incertidumbre, miedo, ante el nombre Fiddler's Mill. Y orgullo por ser considerada artista. Pamela se inclinó hacia adelante, con la vista fija en el té.

—Sí, pues..., gracias. Verás, soy completamente autodidacta. Mis padres no podían pagarme la universidad para que estudiara arte, así que lo hice por mi cuenta. Ha sido el trabajo de mi vida. Capturar... capturar el verdadero rostro de la naturaleza, en toda su desnudez.

Heather asintió con seriedad, como si comprendiera lo que la mujer quería decir con eso. Había entrevistado a varias personas cuando trabajaba en el periódico y la clave estaba en cargar las tintas con elogios: a todos les gustaba hablar de sí mismos. Al fin y al cabo, era el tema que más conocían.

—¡Pero qué interesante! Y me alegra ver que lo sigue haciendo. ¿Sigue trabajando con el paisaje rural? ¿Fue en Fiddler's Mill donde comenzó con eso?

Pamela curvó los dedos alrededor de la taza.

—Sí, sí, supongo que sí. Eres muy intuitiva. —Le dirigió una sonrisa breve y tímida—. Estuve allí cuando tenía unos treinta años. Había estado viajando durante bastante tiempo por toda Europa, sobreviviendo a base de latas de judías y trabajos de camarera, pero había muchas cosas que ver, ¿comprendes? Y terminé de nuevo en Inglaterra; muchos de mis amigos hablaban de ese lugar en Lancashire, donde supuestamente conectabas con la tierra. —Pamela asintió, como confirmando algo para sí misma—. Y me pareció que se alineaba perfectamente con mi trabajo.

—Las obras que creó en aquel período recrean muy bien la atmósfera —comentó Heather, y bebió un sorbo de té—. ¿Le resultaba inspirador Fiddler's Mill?

El rostro de Pamela pareció cerrarse nuevamente; la mujer miró hacia la ventana, aunque daba al corredor y no había mucho que ver. Mientras Heather aguardaba que Pamela llenara el silencio, se concentró en el desorden de la sala; había muchos dibujos y láminas enmarcadas; algunos claramente eran obra de Pamela, y otros, de artistas desconocidos para Heather. Uno que le resultó particularmente perturbador mostraba una figura masculina desnuda dibujada con trazos gruesos de negro y rojo; la cabeza había sido reemplazada por la de un lobo rugiente.

—Podría decirse que sí —respondió Pamela finalmente. Se llevó una mano a la cabeza y jugueteó nerviosamente con la diadema—. Es un sitio con mucha energía. Hay que ir allí para sentirla... —Pero el entusiasmo previo había desaparecido de su voz por completo y ella contemplaba otra vez el té.

—¿Cómo era? ¿Qué hacían? —Heather sonrió con expresión alentadora—. ¿Fumaban marihuana, escuchaban música? ¿Una especie de culto a la naturaleza? Estuve leyendo bastante online.

Pamela contrajo el rostro.

—Había un grupo, al que yo no pertenecía del todo, digamos que estaba en la periferia, que sí estaba muy involucrado en venerar la naturaleza. La idea del paisaje encantado, de volver a un tiempo primitivo en el que la gente llevaba la tierra bajo las uñas, en el que los seres humanos conocíamos los ritmos del bosque...

Heather pensó en Michael Reave, sentado en la sala de la prisión, diciendo cosas parecidas.

—Disculpe, señorita Whittaker, pero ¿a qué se refiere con eso? ¿Cantaban himnos, hacían hechizos? ¿Esa clase de cosas?

Pamela levantó la vista enseguida, como esperando una burla, por lo que Heather mantuvo el rostro cuidadosamente inexpresivo.

—El amanecer, el atardecer, los cánticos... —Se estaba volviendo evasiva y otra vez miraba por la ventana—. Bailábamos, y consumíamos drogas, sí. Había dos sacerdotisas que se creían mejor que el resto y actuaban con prepotencia. Pero eso era..., eso era el lado más amable del asunto. Si te adentrabas más...

De pronto, la actitud de Pamela Whittaker cambió por completo. Sacudió la cabeza y apoyó con fuerza la taza sobre la mesa baja, haciendo que pequeñas olas de té salpicaran por encima de los bordes y mancharan una servilleta bordada.

—Señorita Whittaker, ¿qué...?

—¡Vi muchas cosas! Cosas terribles. Usaban a las mujeres y les hacían daño, pero cuando me quejaba, me decían que me lo estaba imaginando, o aun peor, que estaba celosa porque yo no era parte del círculo interno. Me decían que no lo comprendía, porque... —Sus mejillas amarillentas se habían teñido de rosado intenso—. Veía sangre en el bosque, pero no se podía hablar de eso.

A pesar del calor en la sala, Heather sintió que le bajaba un escalofrío por la espalda.

—¿No fue a la policía?

Pamela Whittaker le dirigió una mirada desdeñosa por encima de las gafas.

—¿Una hippy lesbiana colgada que denuncia abusos en el bosque? Me habrían echado en dos segundos. Es decir, si no me arrestaban por consumir drogas.

Heather la volvió a estudiar con atención. Sí, brujablanca59 tenía el lado neurótico e inestable del artista, pero también había una veta férrea de realismo en ella.

—Era un lugar maléfico. —Pamela se miró las manos y una expresión de odio le contrajo las facciones. —Un lugar del *mal.* Como te dije, creo que hay que estar allí para sentirlo. Si hay algo que sigo pensando de esos días, es que el paisaje tiene memoria: en lo más profundo, en sus raíces de roca, el paisaje recuerda todas las cosas terribles, toda la sangre derramada sobre él. Fiddler's Mill es un lugar así. No volvería allí aunque me pagaran.

—Pamela, ¿podría decirme exactamente lo que vio? Si hubo crímenes, deberíamos buscar repararlos a través de la justicia. Podría ayudarla a hacerlo. ¿Puede describir lo que sucedía allí?

La mujer pareció desangrarse de ira y certezas y la línea de su boca se tornó húmeda y temblorosa.

—Fue hace tanto tiempo... Aun con la mejor voluntad, las cosas se me mezclan. Pinté algunas de ellas, pero otras no pude pintarlas. Bebés que lloraban, sangre en la tierra...

—¿Cómo dice? ¿Sangre en la tierra?

Pamela Whittaker negó con la cabeza, pero no respondió.

—Pamela, ¿sabe que Michael Reave estaba allí, en la comuna?

La mujer se quedó inmóvil, como un conejo entre la hierba cuando hay un perro en el bosque.

—¿Sabe a quién me refiero cuando digo Michael Reave? ¿El Lobo Rojo?

—Creí que dijo que quería hablarme de mi trabajo artístico. —La voz de Pamela Whittaker se había convertido en una cosilla insignificante, levemente quejosa—. Siento que la he dejado entrar bajo falsas pretensiones. Usted es periodista, lo sé, o solía serlo. Sé utilizar Google, ¿sabe?

Heather se encogió de hombros, sintiendo que toda la anterior admiración que le había inspirado Pamela Whittaker se disipaba. No quería pensar en su antiguo trabajo ni en cómo lo había perdido.

—¿Pero no le parece interesante? Me está diciendo que Fiddler's Mill es un lugar maléfico, que vio cosas terribles, y durante todo ese tiempo había un asesino en serie allí. Creo que eso vuelve más creíble su historia, pero no parece demasiado dispuesta a hablar de eso. ¿Por qué?

Pamela Whittaker apretó los labios.

—Sí, él estaba allí. También había otros. Se lo dije a la policía tiempo después, cuando salió todo el asunto… No puedo hablar de eso ahora.

—¿Qué sucedió? ¿La amenazaron? ¿Quién más era parte de este círculo?

La anciana negó con la cabeza lentamente, con el rostro arrugado de repugnancia.

—Corrían muchos rumores. Rumores sobre fiestas sexuales en el bosque y a lo que llevaban esas fiestas, lo que sucedía después. Conocí a una joven llamada Anna. Era muy frágil, muy vulnerable, y no debería haber estado en un sitio así... No lo comprendí hasta que fue demasiado tarde, por supuesto.

—¿Qué le sucedió a Anna allí?

—¿La verdad? No lo sé. Pero se fue de Fiddler's Mill profundamente cambiada. No le voy a mentir, señorita Evans, Anna no estaba bien desde un principio. De la cabeza, quiero decir. Pero cuando la vi después, me contó que se había quedado embarazada allí y que había tenido al bebé en el bosque. Y que después vinieron criaturas y se llevaron el bebé, se lo robaron.

—¿Unos monstruos le robaron el bebé? ¿Dijo eso? ¿Usted la vio embarazada mientras estaba allí?

Pamela Whittaker encogió los delgados hombros.

—Yo no estaba permanente allí. Entraba y salía todo el tiempo, buscando empleo en la zona, pero sí recuerdo que hubo una época en que Anna parecía feliz. No me decía por qué, pero siempre estaba con la mano sobre el abdomen. Debería agregar —miró a Heather por debajo de las pestañas— que en ese momento no parecía embarazada y era una cosilla diminuta. Un embarazo se hubiera notado como si hubiese tenido una pelota dentro.

—¿Y no se le ocurrió ir a la policía si creyó que le habían robado el bebé?

—No lo entiendes. Anna no era..., no era estable, no era creíble. Una mujer así hoy en día recibiría ayuda, tomaría todo tipo de medicamentos, pero en aquel entonces... Bueno, nadie le prestaba la atención que merecía, y Fiddler's Mill lo empeoró. Sentía mucha tristeza por ella. Todavía la siento hoy en día.

Heather se echó hacia atrás contra el respaldo mullido del sofá. No tenía forma de saber si algo de lo que le estaba contando Pamela era de alguna utilidad.

—¿Anna conoció a Michael Reave?

La mujer miró hacia otro lado.

—Que yo haya visto, no. Pero él era un enigma. Iba y venía todo el tiempo; yo no sabía quién lo conocía realmente. Esto es todo muy perturbador, como comprenderás. Rememorar todo aquello…

—Pamela, disculpe, pero creo que mi madre también estuvo allí y realmente necesito saber por qué. ¿Es posible que la haya conocido? Se llamaba Colleen y era adolescente. Muy delgada, rubia.

—¿Tu madre? ¿Esto se trata de tu madre? No tengo tiempo para mentiras, jovencita.

De pronto, Pamela Whittaker se levantó y salió de la sala de estar. Heather se quedó mirándola, preguntándose si volvería con un rodillo de amasar y la echaría del apartamento. Frunció los labios. Había sido demasiado brusca, como siempre, y la había asustado.

Pero Pamela volvió con lo que parecía ser un grueso álbum negro de fotografías que le alcanzó a Heather. Su expresión se había cerrado otra vez, y las mejillas habían recuperado la tonalidad amarillenta habitual.

—No conocí a ninguna Colleen, pero éramos muchos allí. Toma, aquí están mis trabajos de aquel período, hice copias. Es así como archivo todo, como lo mantengo ordenado. Tal vez encuentres algo.

Heather abrió el álbum. En lugar de fotografías familiares, estaba lleno de impresiones de buena calidad, a color, de pinturas y fotografías, la mayoría en tamaño A4. En la cubierta de cuero estaba escrita una fecha con típex: 1978-83.

—Llévatelo, te lo dejo. Todo lo que tengo que decir de Fiddler's Mill está aquí adentro. Tal vez te ayude con lo que sea que estés haciendo, señorita Evans. —Inspiró hondo, y se quedó de pie junto a Heather, con obvios deseos de que se fuera—. Ve a hablar con Anna. Te he escrito la dirección en un pósit que he pegado dentro. Dudo que logres que te diga algo cuerdo, yo no he podido conseguirlo en años, pero no lo sé, tal vez a Anna le haga bien creer que a alguien le importa su *bebé*, o lo que fuera. —De pronto parecía al borde de las lágrimas—. Sucedían cosas terribles allí, señorita Evans, pero tienes que disculparme, no quiero volver a exponerme a eso, ni siquiera intentando recordar los detalles que buscas. —Se estremeció—. Es una herida que nunca cicatriza.

Heather levantó la vista, pero Pamela Whittaker ya se estaba alejando. Pensó otra vez en la carta de despedida de su madre: los monstruos del bosque.

—Disculpa, pero tengo muchas cosas que hacer.

Mientras bajaba por los fríos escalones de hormigón, sonó el teléfono. Heather se detuvo junto a una vieja cabina de teléfonos y pulso el botón para responder.

—¿Heather Evans?

—Ah, inspector Parker. Hola.

—Recibí tu mensaje. ¿Tienes algo sobre Fiona Graham?

—Sí, te envié un correo electrónico. No es mucho, pero creo que tengo una foto de ella. Mi padre la tomó hace años.

—¿Crees que tus padres conocían a Fiona Graham?

La pregunta la desconcertó por un momento. ¿Qué estaba sugiriendo?

—Pues..., no lo sé. Seguramente no tenga nada que ver.

—¿Vendrías a la oficina mañana? Ya estoy en Londres.

—Y yo creyendo que había perdido la oportunidad de volver a verte.

Él dejó escapar una risita y Heather se sorprendió al ver cuánto le agradaba haberlo divertido, aunque fuera un poco. Era bueno poder sonreír después de la desagradable conversación con la señorita Whittaker.

—No tendrás esa suerte —comentó él.

—¿Significa eso que habéis encontrado a Fiona Graham?

Hubo un silencio y Heather imaginó todo tipo de destinos

terribles para la chica que tal vez había conocido en la niñez. Permaneció inmóvil, contemplando el vidrio rayado de la cabina.

—Oye, te contaré lo que pueda mañana, si es que puedes venir.

—Eso es una cita. —Esperó la risa de él, pero esta vez no hubo nada.

Cuando Heather llegó a la casa de su madre, se encontró con Lillian en la cancela, con un gran táper en los brazos. Al ver su expresión desconcertada, la mujer tuvo la elegancia de mostrarse avergonzada.

—No quiero que pienses que me meto en lo que no me incumbe, querida, pero te veo muy delgada y me preocupa que no estés comiendo bien. —Cuando Heather abrió la boca para objetar, Lillian levantó una mano—. Lo sé, qué vieja entrometida, no es el papel que quería desempeñar yo tampoco, pero aquí me tienes. Me preocupo. —Se colocó el pesado envase entre los brazos—. Algo dulce. Para rellenarte un poco. Lo hice esta mañana y después supuse que estarías en tu casa. Estaba debatiéndome aquí si debía dejártelo en la puerta como un hada madrina.

Heather pensó en los platos sucios de la noche anterior, en las filas de vasos y copas usadas e hizo una mueca.

—Es usted muy amable, Lillian. Pase, por favor.

Una vez adentro, Lillian llevó táper a la cocina y lo depositó a un lado, echando solo un breve vistazo al caos alrededor del fregadero.

—Listo, entonces. Es solo budín de pan, pero está rico y es contundente, y si le pones un poco de helado, queda de maravilla, sin falsa modestia. —Hizo una pausa y apoyó una mano tibia sobre el brazo de Heather—. Ya me voy, pero prométeme que si necesitas algo, me avisarás, ¿verdad? ¿Estás bien, Heather? No me gustaría nada que estuvieras sufriendo, y para tu madre, eso sería terrible.

Los ojos grises de la anciana eran vivaces y firmes y la miraban con avidez. Por un instante, Heather se sintió al borde del llanto y estuvo por contarle todo a Lillian, el terror paralizador que había experimentado cuando la policía la llamó para informarle del suicidio de su madre, la culpa interminable que había sentido todos los días desde la muerte de su padre; también la presencia perturbadora y acechante de Michael Reave. Abrió la boca para soltarlo todo y los ojos de Lillian se agrandaron un poco. Por algún motivo, la expresión en el rostro de la mujer rompió el hechizo y, en lugar de hablar, Heather esbozó una sonrisa.

—Gracias por venir, Lillian. Y por el budín de pan.

La mujer asintió sonriendo mientras recogía su bolso, pero Heather tuvo la clara impresión de que estaba decepcionada.

—Lo que necesites, querida. Tal vez deberías pensar en tomarte unos días, después del funeral, para irte a algún sitio tranquilo. Te hará bien. —Fueron juntas hasta la puerta y en el momento en que salía, añadió—: El táper se puede meter en el lavavajillas, por si te soluciona algo.

Después de despedir a Lillian, Heather calentó una buena porción de budín de pan en el microondas y se sirvió una copa generosa de vino. Todavía era de día, pero la casa, protegida por los árboles y arbustos, ya estaba sumida en las sombras de la noche. Heather decidió aceptar la sugerencia y, tras ponerse el pijama, se instaló en el sofá con el budín, un montón de notas y el portátil. Comió a buen ritmo y se sirvió una segunda porción y bebió otra copa de vino. Con el correr de los minutos, comenzó a sentir sueño y ya no pudo concentrarse en las notas sobre la conversación con Pamela Whittaker ni en las webs de noticias; en todas se podían ver imágenes de Fiona Graham. Abrió la boca en un enorme bostezo.

Revisó el teléfono y vio que había mensajes perdidos de Nikki, pero la idea de ponerse a escribir alguna respuesta aumentó la creciente sensación de náuseas. Dejó el teléfono a un lado sobre un mullido cojín y se puso de pie, solo para lamentarlo de inmediato.

—Mierda. —Su estómago y la sala de estar parecían moverse en direcciones opuestas. Dos copas de vino por lo general no eran suficientes para emborracharla, pero solamente había comido un sándwich para el almuerzo. Le echó la culpa a una bajada de azúcar en sangre—. Mejor me voy a la cama.

Con dificultad, subió lentamente la escalera hasta el baño. Al mirarse en el espejo, se dio cuenta de por qué Lillian se había preocupado: estaba pálida como la tiza y tenía ojeras, como viejos hematomas. Su pelo se veía grasiento y tenía mechones adheridos a la frente. Hizo una mueca y quiso coger el cepillo de dientes, pero no estaba sobre el lavabo donde siempre lo dejaba, ni tampoco se había caído al suelo. Supuso que lo habría guardado en el botiquín esa mañana, cuando había estado distraída pensando en la reunión con Pamela, y abrió la puerta. Algo voló por el aire y cayó al lavabo.

Era un papel color lila y un puñado de plumas color castaño. Sintiendo la bilis en la garganta, Heather recogió el papel antes de que se mojara. Al darle vuelta, vio el pajarillo impreso en la parte superior: era el mismo papel que había usado su madre para la nota de despedida. Había un mensaje escrito con bolígrafo negro, en pulcras letras mayúsculas.

—¿Cuál es el problema? —dijo a la habitación—. Es solo un papel que dejó olvidado mamá. Y las plumas del maldito pájaro. Nada más.

Aun así, el estómago se le revolvió antes de que leyera las palabras.

Sé lo que eres y creo que tú también lo sabes.

Y debajo, había un pequeño corazón negro.

CAPÍTULO 18

Antes

MICHAEL CRECÍA EN ESTATURA Y fuerza a un ritmo impresionante; había desarrollado los músculos y ya era casi tan alto como el hombre. Aunque carecía de contacto humano, no le molestaba, ni tampoco pensaba en ello; pasaba los días fuera, en el bosque, o en la biblioteca del hombre. En ocasiones dibujaba, aunque escondía los dibujos cuidadosamente debajo del colchón en la madrugada. A veces venía la mujer que limpiaba y él se mantenía alejado, alerta cuando escuchaba el ruido de la aspiradora o sus leves suspiros mientras limpiaba la plata; otras veces iban hombres a la casa: hombres de campo fornidos y ruidosos que dejaban olor a humo de cigarrillos y a cerveza. Cuando llegaban, Michael abandonaba la casa y se quedaba toda la noche en el bosque, contemplando la luz violácea del amanecer entre los árboles y cuidando sus tumbas.

Una tarde, volvió a la casa y la encontró llena de una presencia nueva, algo que no podía nombrar. Se quedó en la entrada, oliendo cuidadosamente; había una fragancia, algo floral y exótico, y una energía diferente en el aire. El perro apareció en el vestíbulo y luego salió. Un segundo después, oyó que el hombre lo llamaba.

—¡Michael! Tenemos invitadas. Ven a conocerlas.

Era verano. En la sala de estar hacía calor y no corría aire. Había motas de polvo en el ambiente que le hicieron pensar en agua estancada dentro de una pecera olvidada. El hombre estaba sentado en una de las sillas de madera, inclinado hacia adelante con entusiasmo para ver la expresión de Michael. Sentadas sobre el gran sofá verde había dos mujeres; ambas eran mayores que Michael, pero menores que el hombre. Una tenía la piel blanca como la tiza, brillantes labios rosados y unas cejas que parecían haber sido dibujadas con un lápiz. Llevaba un vestido azul ajustado con agujeros en un lado; la carne pálida asomaba como masa de pan cruda. La otra tenía un abundante pelo rubio que llevaba recogido sobre la cabeza, y vestía un incongruente abrigo de piel blanca por encima de una falda negra corta y una blusita con lunares. Michael se dio cuenta de que el abrigo no era de piel verdadera; se inflaba alrededor de ella como si estuviera sentada en los brazos de un gran oso blanco. La mujer le sonrió, dejando ver unos dientes pequeños y bien alineados.

—Este es tu chico, ¿verdad? Qué muchacho tan grandote. —La otra mujer rio y arqueó las falsas cejas para darle un significado que Michael no comprendió.

—Ven a saludar. —El hombre le hizo un ademán con el brazo—. Son amigas mías.

Michael no se movió. La extraña fragancia floral provenía de estas mujeres, y en el encierro de la calurosa sala de estar, le resultaba abrumadora. Eran demasiadas las cosas que debía asimilar acerca de ellas y sintió que el corazón comenzaba a latirle demasiado rápido: gruesos anillos plateados alrededor de los dedos huesudos, zapatos rojos con tacones como cuchillos, carne suave que parecía desbordarse por todas partes. La chica de las cejas se inclinó hacia adelante, a punto de desparramarse de su ajustado vestido.

—No tendrá miedo de nosotras, ¿no?

—Claro que no —dijo el hombre, y Michael vio la expresión con la que lo miraba; con interés, al borde del enfado.

Se suponía que Michael tenía que tomar una decisión en aquel momento —como con los pichones de mirlo— y estaba a punto de no hacerlo. Pero de repente, no le importaba. Le repugnaban estas extrañas y coloridas mujeres y su fuerte olor. Alteraban la paz de su hogar y dejaban el aire cargado y extraño. Por primera vez sintió rabia hacia el hombre, como si lo hubiera traicionado. Se suponía que ese lugar era *seguro*.

Abandonó la sala de estar, haciendo caso omiso de la carcajada tintineante de una de las mujeres, y salió otra vez a la tarde que se alargaba. Caminó y caminó desviándose por los senderos que más le gustaban, a través del bosque Fiddler y luego a través de campos y más allá, cruzó cercas hasta llegar a caminos asfaltados. Siguió caminando, más lejos de lo que había ido nunca; sentía el calor del sol en la cabeza y mantenía la mente cuidadosamente en blanco.

Cuando llegó a las afueras de un pequeño poblado, el sol ya caía hacia el horizonte. Vio coches aparcados fuera de las casas retiradas del camino y, más hacia el centro, el letrero de un pub que colgaba de un edificio negro y blanco. Comprendió que allí había gente. Gente que podía preguntarse qué estaba haciendo un chico desconocido de catorce años caminando solo, gente que podía conocer a su familia. Dio un respingo como si le hubieran arrojado un balde de agua y giró abruptamente para regresar a la campiña; de pronto se sentía terriblemente expuesto —era el ratón que había salido en la oscuridad y estaba atrapado en la sombra del búho—. Fue entonces cuando la vio.

Una figura enfundada en un abrigo rojo, de pie junto a un muro bajo de piedra seca. Estaba inclinada hacia atrás, con el pálido rostro levantado hacia los últimos rayos de sol, y sonreía. Sus dedos blancos y afilados estaban abiertos sobre la piedra gris, pero él sabía que se movían muy rápido. Podían tocarlo en instantes.

Echó a correr.

Hubo un movimiento cuando pasó junto a ella, e intuyó que se volvía a mirarlo, intuyó que extendía los brazos y comprendió que si volvía a sentir esos dedos como plumas, perdería el conocimiento y allí terminaría todo, estaría de vuelta en el armario, a merced de su familia otra vez: a merced de su madre, que le pegaba; de su padre, que lo detestaba, y de su hermana…, que lo buscaba de noche, con su abrigo rojo y su sonrisa afilada.

Ella no lo atrapó. Michael corrió como una criatura salvaje por el campo hasta que estuvo otra vez debajo de los benditos árboles, y con el correr de los minutos, el terror se convirtió en otra cosa. En algo rojo. Se frotó el rostro con fuerza, furioso por las lágrimas que le caían y por el dolor pulsante en el costado del cuerpo.

"No está bien".

No estaba bien que fueran con sus caras sonrientes y manos afiladas y le quitaran su seguridad. No estaba bien que le hicieran sentirse débil, cuando él era el más fuerte. Ellas eran débiles, al fin y al cabo, lo había visto: la blandura de las carnes debajo de la ropa; había olido su aroma atávico de presas en los perfumes florales que se echaban encima. Las mujeres eran peligrosas y difíciles, como le había dicho el hombre. Siempre serían letales para él, algo a lo que temer.

Cuando volvió a la casa, el hombre no estaba por ningún lado, pero la puerta de la sala de estar estaba abierta y Michael vio que una de las mujeres seguía en el sofá. Era la del abrigo de piel blanco y estaba tironeando de un hilo suelto de un almohadón, con expresión aburrida. La otra chica no estaba. Michael bajó a la cocina y tomó uno de los cuchillos grandes de carne; había visto al hombre usarlo para cocinar a veces, para cortar carne asada de vaca o una pata de cerdo. Cuando regresó, la chica seguía allí, y en las sombras alargadas del atardecer, Michael se dio cuenta de que ella no podía verlo a él fuera de la sala de estar. Se imaginó a sí mismo en el bosque, silencioso y confiado, una fuerza depredadora. Pensó en todos los pequeños fantasmas que había enterrado con pulcritud en la tierra negra, en cómo lo reconocían por los pasos silenciosos cuando pasaba sobre sus tumbas.

Con el cuchillo en una mano, entró en la sala y cerró la puerta.

Tarde, mucho más tarde, Michael tomó conciencia de que el hombre estaba en la puerta, observándolo. Parpadeó rápidamente. La sala de estar parecía haber cambiado: era un sitio diferente, una habitación en un paisaje rojo lleno de silencio.

—Michael. —El hombre hablaba en voz muy baja—. No podemos dejarla aquí, muchacho.

Él negó con la cabeza.

—La llevaremos al bosque.

—No. —El hombre dio un paso dentro de la sala de estar, pero luego se detuvo—. Eso también es demasiado cerca. Tendremos que llevarla bien lejos, Michael, para estar seguros.

—Pero es lo que le prometí, un lugar debajo de los árboles.

Michael no recordaba haber hecho ninguna promesa de ese tipo, pero la última hora transcurrida ya se estaba convirtiendo en un borroso delirio afiebrado y le pareció correcto decirlo. Ella tenía que estar en el bosque Fiddler con el resto, para que pudiese sentirlo caminar en silencio sobre su tumba.

—No va a ser posible, muchacho —dijo el hombre, con una nota peligrosa en la voz. Michael apartó la vista del sucio desastre que había sobre la alfombra y lo miró. El hombre era una criatura de sombras negras y grises y la luz de la única lámpara encendida le hacía brillar el opaco ojo de vidrio—. Has estado muy bien, pero ahora me vas a escuchar, ¿entendido? Vas a escuchar cada palabra, prestar atención y aprender ¿de acuerdo?

Finalmente, le entregaron el corazón al bosque. El resto lo cargaron en la vieja camioneta del hombre y condujeron muy lejos. El aroma caliente y dulce del cuerpo de ella inundaba la cabina y el hombre hizo una mueca de asco. Anduvieron hasta encontrar un sitio adecuado y remoto y la bajaron del vehículo a la hierba. El cielo del este comenzaba a volverse plateado y el hombre ya quería irse de allí.

—Hay que limpiar y ordenar todo, muchacho, y no creas que te salvarás de hacerlo. Es importante que aprendas. Limpiar bien te salvará el pellejo.

Michael no le prestó atención en ese momento. La mujer en la hierba se veía extrañamente serena, con los ojos hacia el cielo, que ya aclaraba; debajo de la clavícula, todo era una carnicería. Sabía por qué tenía una expresión tan pacífica: porque su corazón estaba en la tierra fría y negra, en las raíces profundas del bosque ancestral. Con un dedo enguantado, dibujó con sangre un corazón sobre una de las pocas extensiones de piel que no estaba destrozada.

—Un corazón por otro corazón —dijo.

Y el abrigo. El abrigo, que había sido tan blanco, estaba entonces empapado de rojo profundo. Sonrió y se impregnó de la escena antes de subir de nuevo a la camioneta.

CAPÍTULO 19

En la habitación de invitados, con la luz todavía encendida, Heather estaba sentada sobre la cama con las rodillas contra el pecho, esperando que se le pasaran las náuseas. Había un cubo en el suelo junto a ella. Había arrugado la nota y la había arrojado a la papelera del baño, pero no podía dejar de pensar en las palabras, tan pulcras y tan condenatorias. No parecía ser la letra de su madre, pero, al fin y al cabo, ¿cuánto conocía ella su caligrafía? Además, estaba escrita en letras mayúsculas, como su padre solía escribir las notas: mensajes en posits en la nevera para recordar que se había terminado la leche o recibos del trabajo. Recordó que Nikki le había dicho que los suicidas no estaban bien de la cabeza, que era probable que no pudieran pensar con claridad cuando escribían sus cartas de despedida; tal vez, ese mensaje lo había escrito su madre en su peor momento y no acusaba a nadie en particular, sino a ella misma. Deseaba creerlo, por el ápice de seguridad que le daba, pero era imposible hacerlo.

Sabía que la nota era para ella.

Tenía sentido. Se parecía mucho a las cosas hirientes que le había dicho su madre en los meses antes de que ella se fuera de casa. En aquel entonces, en los días oscuros que siguieron al funeral de su padre, habían estado en guerra: todos los conflictos que las separaban habían quedado expuestos por la pérdida de la única persona que las había mantenido unidas.

Hubo largos períodos de silencio, otros largos períodos en los que se evitaban mutuamente, pero de forma inevitable algo hacía estallar a una de ellas: una deportiva de su padre debajo de la mesa plegable, o un envase del helado que a él más le gustaba abandonado en el congelador. Y entonces, como astillas que se meten debajo de la piel, estos pequeños recuerdos de su ausencia —de lo que Heather había hecho— volvían a abrir todas las heridas.

Sin quererlo, recordó cuando había llevado a casa en brazos el pájaro herido envuelto cuidadosamente en la camiseta. Lo había escondido en el dormitorio, dentro de una vieja caja de zapatos en la que puso trocitos de tela. Llenó un pequeño recipiente de agua, robó un puñado de cereales para desayuno, pensando que podían gustarle. Al mirar atrás, no podía creer que lo hubiera hecho: resultaba obvio que no iba a poder ocultarlo allí mucho tiempo, y no tenía la menor idea de cómo cuidar de un animal. Nunca le habían permitido tener mascotas.

Aun entonces, después de que la vida le hubiera proporcionado muchos recuerdos espantosos, la expresión de su padre cuando encontró la caja seguía siendo uno de los peores. La levantó del escondite junto a la cama —el pájaro parecía muerto en ese momento, recordó Heather, con la cabeza contra el pecho y los ojos vidriosos— y una expresión de puro terror le cruzó por el rostro; luego, lentamente, la reemplazó una de furia; una furia tan inesperada y absoluta que recordarla entonces, de adulta, todavía la asustaba.

El rostro de su padre se había enrojecido y se habían gritado mutuamente, elevando el volumen como un coro indignado. Aun en aquel momento, a Heather le sorprendió la intensidad de su enfado, alimentado en gran medida por la sorpresa: en la dinámica familiar, su padre era la caricia amable; su madre, la vara de hierro. Además, era solo un pájaro. Un pobre pájaro. Y él se comportaba como si ella hubiera estado asesinando bebés.

Heather se lo dijo; le gritó esas mismas palabras en la cara. A su padre le aparecieron manchas blancas en las mejillas enrojecidas; tenía los ojos húmedos y brillantes. Se marchó estrepitosamente de la habitación, con la caja en las manos. Murió unos cuarenta y cinco minutos más tarde, de un infarto repentino y fulminante, mientras estaba en el parque dejando el pájaro en el lugar de donde había salido. Se hacía tarde, caía el sol y no había nadie para ayudarlo ni para llamar a una ambulancia, por lo que todo terminó allí.

Sentada sola en la habitación de invitados de la casa vacía de su madre, Heather se miró las manos. Se sentía mal, y tan cansada que no podía evitar que los ojos se le cerraran cada pocos segundos, pero el corazón le latía alocadamente en el pecho.

"Sabes lo que has hecho", eso le susurró su madre entre dientes un par de días después del funeral. Heather nunca antes la había visto beber, pero en ese momento estaba bebiendo pequeños sorbos de un vaso con vodka y Coca-Cola, con los ojos enrojecidos y la piel de alrededor de la boca fruncida. "Sabes lo que has hecho". Esa verdad gélida fue la brecha congelada entre ellas que jamás volvería a cerrarse. ¿Acaso era tan distinto de *Sé lo que eres*? Heather podía imaginar a su madre escribiendo esa nota. Podía imaginarla muy bien, con los labios fruncidos de odio, apretando el boli con tanta fuerza que los dedos se le ponían blancos.

Repentinamente, se inclinó sobre la cama, tomó el cubo justo a tiempo y vomitó con violencia. Una mezcla de restos de budín de pan y vino tinto ácido salpicó contra el fondo de plástico; el estómago se le contrajo espasmódicamente hasta que ya no quedó nada en el interior. Después, fue como si la energía vital la abandonara y, finalmente, se quedó dormida, a pesar del olor a vómito y las luces encendidas.

Se despertó a eso de las cuatro de la mañana y se incorporó en la cama. "Mi cepillo de dientes estaba en el botiquín", pensó sin venir a cuento, sin saber por qué la información era importante. No fue sino hasta que se levantó para apagar la luz y volvió a la cama cuando comprendió lo que significaba: si había dejado el cepillo de dientes en el botiquín esa mañana, ¿por qué no se habían caído la nota y las plumas en aquel momento?

Permaneció despierta un buen rato, hasta que el olor rancio del vómito la obligó a salir del dormitorio y bajar al sofá.

CAPÍTULO 20

—PERDONA EL DESORDEN.

Heather esquivó una pila de archivadores mientras el inspector Parker la guiaba por la caótica oficina. Para ser una comisaría de policía, era bastante cutre, pensó, y había mucha gente concentrada mirando papeles o comiendo sándwiches de Subway, pero al menos estaba muy animado.

—Como te dije antes, estáis muy ocupados, ¿verdad?

Ben Parker le dirigió una sonrisa rápida por encima del hombro.

—Como siempre. Pero es que además se ha caído el techo del ala este del edificio, por lo que hemos tenido que traer muchas de las cosas que había allí. —Hizo un ademán hacia los atestados escritorios—. Aquí también solemos entrevistar a la gente, pero hoy tendrás que conformarte con mi oficina.

En un extremo del espacio diáfano había una hilera de pequeños despachos cerrados, cuyas separaciones transparentes estaban salpicadas de pósits y puntos celestes de masilla adhesiva. Parker entró en uno de ellos y dejó sobre un escritorio abarrotado los dos cafés que llevaba. Heather se sentó, tratando de abarcar todo lo que había sobre la superficie:

informes manuscritos, hojas impresas de correos electrónicos y fotografías ampliadas de lo que parecía ser un dormitorio.

—Entonces ¿esto es una entrevista? Quiero decir, suena muy oficial.

—Hum, no. —Parker se sentó y la silla chirrió levemente. Se pasó una mano por el cabello mientras observaba también el caos sobre su escritorio. Parecía haber olvidado por un momento por qué estaban allí—. Es solamente una conversación. La fotografía que crees que podría ser de Fiona Graham. ¿La tienes aquí?

—Sí, la...

Heather estaba apoyándose el bolso sobre las rodillas, lista para zambullirse adentro en busca de la fotografía, cuando algo sobre el escritorio le llamó la atención. Era una serie de bolsas transparentes para pruebas que contenían lo que parecían ser coloridas tarjetas de cumpleaños. En un extremo, se veía una con algo completamente diferente dentro: una piedra gris lisa, del tamaño de la palma de su mano. Era una piedra brillante, con un corazón tosco rayado en la superficie. Heather se quedó inmóvil, y el corazón le dio un vuelco:

—¿Qué es eso?

Parker le siguió la mirada e hizo una mueca.

—Disculpa. Como dije, de momento esto es un verdadero desastre. —Se puso de pie y fue hacia la parte delantera del escritorio. Heather se dio cuenta de que estaba a punto de guardar las bolsas con pruebas y fijó la vista en la piedra—. Son pruebas recogidas en la escuela donde Fiona Graham trabajaba. Trabaja. —Suspiró, disponiéndose a quitar la bandeja de la vista—. La científica es más rápida aquí, así que estamos haciendo lo posible para acelerar los procesos.

—Esa piedra es...

—¿Esto? Es uno de los regalos de sus alumnas.

Heather quería cogerla, sentir su peso. Seguramente no fuera nada importante. Dibujar corazones sobre objetos no era nada extraño, pero no podía dejar de relacionarlo con la maceta vacía en el jardín de su madre. Los dibujos torpes en las pertenencias de una mujer asesinada. La nota en el baño. ¿No había dicho alguien en internet que el Lobo Rojo se comía los corazones de sus víctimas? Un escalofrío le bajó por la espalda. Tuvo el impulso de decírselo a Parker, de arrojarse sobre algo que olía a pista, pero al mismo tiempo no pudo evitar verse a través de los ojos de él: una mujer de duelo, diciendo locuras sobre las macetas de su madre. Sonaría como una desquiciada. Y si él creía que estaba loca, tal vez no le permitiera volver a hablar con Michael Reave, y con eso desaparecería cualquier posibilidad de obtener respuestas sobre su madre.

—¿Encontraron algo? Quiero decir... —Heather carraspeó—. Quiero decir, ¿crees que el asesino le envió a Fiona una tarjeta de cumpleaños?

Parker se encogió de hombros.

—Los criminales violentos han hecho cosas mucho más extrañas. Y como es natural, tenemos que investigarlo todo. Y por eso...

Arqueó las cejas y Heather recordó el bolso sobre sus rodillas.

—Ah, sí. Claro.

Sacó la fotografía del bolsillo delantero y le echó un vistazo rápido antes de entregársela a Parker. De camino a la comisaría, Heather había comenzado a pensar que su corazonada era ridícula, que estaba viendo cosas que simplemente no estaban allí, pero la piedra con el corazón sobre el escritorio de Parker le había hecho cambiar de idea.

—Ajá. Tenemos la fotografía que enviaste, pero como te imaginarás, es mejor verla al natural. —Pasó el pulgar por la superficie—. Parece una fotografía real, sin duda.

—¿Creíste que la había trucado? —La idea le resultaba levemente divertida, a pesar de todo.

Parker levantó la mirada.

—Te sorprenderían las cosas que hace la gente, sobre todo en casos como este. ¿Sabes dónde fue tomada? Parker miraba la fotografía con el ceño fruncido y expresión preocupada. Heather creyó que la descartaría de inmediato, pero la estaba haciendo girar, buscando una fecha que no estaba.

—Por lo que recuerdo, en algún evento de verano fuera de Londres. —Parker levantó la vista y la miró—. Sí, ya lo sé, pero mira, era una niña. Pensándolo bien… —Ladeó la cabeza, tratando de imaginar sus infrecuentes excursiones de un día de su infancia; no podía dejar de pensar en el corazón rayado sobre la piedra—. Solíamos ir a Kent o Essex de excursión. Southend, quizá. Sitios así.

—La familia de Fiona Graham era de Manchester. ¿Qué estarían haciendo allí?

—No lo sé, pero he oído que hasta a los norteños les gusta abandonar sus tierras heladas de tanto en tanto.

Eso logró arrancarle una sonrisa.

—De acuerdo. Lo cierto es que se parece mucho a nuestra chica. —Parker revolvió unos papeles sobre el escritorio y cogió una vieja fotografía escolar. Era el retrato clásico, todavía en el mismo marco de cartón color marrón. En la fotografía, Fiona Graham parecía ser un par de años mayor que en el festival y sonreía ampliamente a la cámara; los rizos como tirabuzones rojizos le enmarcaban el rostro. Vestía un uniforme escolar: chaqueta de punto verde oscuro, camisa a cuadros verde claro.

—Se la pasaré a los padres de Fiona para ver si confirman que es ella. —Parker dejó las fotografías sobre el escritorio y bebió un sorbo de café—. ¿La que está en la fotografía es tu madre? ¿Y dices que la tomó tu padre?

—Sí, así es. —Estuvo tentada de hablarle sobre ese día: cómo su madre, por lo general tan gélida y distante, de pronto se había echado a llorar y había ocultado la cara en las manos temblando. Cómo su padre se las había llevado lejos de la alegre zona de pícnic, con el rostro algo pálido alrededor de la boca.

—¿Sabes si tus padres conocían a los de Fiona Graham?

Heather se encogió de hombros y tomó el vaso de café. Era horrible, pero servía como distracción.

—No tengo ni la menor idea.

—De todos modos, es una coincidencia notable, ¿no crees? Tenemos una conexión con Reave y una conexión con Fiona Graham...

—Todavía no sabes si Fiona es una víctima —objetó Heather enseguida—. Tal vez sencillamente desapareció por otro motivo. La gente hace esas cosas a veces: se les complica demasiado la vida, o tienen deudas, o se pelean con su familia. —Sonrió—. Me fui de casa en cuanto pude, sin pensar demasiado en lo que estaba haciendo. Simplemente me harté de todo. Tal vez ella también se hartó de todo.

Parker asintió con seriedad.

Después de unos segundos, cogió una de las fotografías que ella había visto antes, la de un dormitorio desordenado, y se la pasó por encima del escritorio. Quedaba claro inmediatamente que algo terrible había sucedido en la habitación. Había zapatos y bolsos desparramados por el suelo y manchas oscuras de lo que sin duda alguna era sangre sobre la alfombra; no era una cantidad demasiado grande, pero hablaba de un cierto nivel de violencia.

—Este es el dormitorio de Fiona Graham —explicó Parker, aunque no era necesario—. Hay más sangre en el descansillo, en las escaleras. Cuadros que se cayeron de las paredes, cosas por el estilo. No se fue de su casa por voluntad propia, Heather.

—No. No, parece que no. —Heather estudió la fotografía, tratando de absorber cada detalle—. Inspector, si existe una conexión entre mis padres y Fiona Graham..., ¿qué significa? ¿Y si mi madre sabía algo que no podía contarle a nadie, ni siquiera a mí? Quiero decir, ella se suicidó justo cuando comenzaron estos asesinatos, y ahora esto...

Las deportivas tristes y gastadas, el montón de novelas ajadas y manoseadas sobre la mesilla de noche. Podría ser su propio dormitorio. Allí había un reportaje, uno de esos reportajes que podría hacerla volver a cualquier periódico que quisiera, pero cada vez más, sentía que escribirlo significaba descubrir una parte de su madre que nunca hubiera imaginado.

Parker se puso de pie de repente.

—Oye, el café de aquí es horrendo. ¿Quieres salir a... hum... almorzar algo?

Al levantar la vista, vio que las mejillas de él se habían ruborizado levemente. Sonriendo, dejó la fotografía sobre el escritorio.

—Sí, vamos.

Fueron a un lugar a la vuelta de la esquina, un pequeño restaurante acogedor que Heather supuso que no era un antro habitual de policías. Parker pidió un tipo de sándwich complicado que se desarmó inmediatamente cuando trató de levantarlo. Heather eligió una ensalada de pasta y le quitó todos los trozos de carne. Se sorprendió cuando él pidió cerveza y arqueó las cejas, a lo que él respondió con una sonrisa.

—¿Cuál es tu relación con Michael Reave? —preguntó Heather cuando terminó de comer la mitad de la ensalada que había ordenado—. Supongo que has tenido que lidiar con él antes, ¿verdad?

—Soy demasiado joven para haber estado involucrado en la investigación original, como no deja de recordarme mi jefe, pero tuve que hablar con él hace algunos años por otro caso. —Tamborileó con los dedos contra el cuello de la botella de cerveza. Estaban sentados de espaldas al gran ventanal del salón principal del restaurante y una esquirla de luz otoñal le caía sobre el hombro de la camisa—. Fue en relación con un caso sin resolver, una mujer que desapareció en 1979; desde el principio creímos que había sido él. Resultó que ella tenía conexiones con una antigua banda criminal de East End, y de pronto comenzó a parecer posible que hubiera desaparecido por motivos completamente diferentes, por lo que fui a la cárcel a hablar con él del asunto. Fue en la época en la que me cambié al Departamento de Investigaciones Criminales. Era una tarea insignificante y probablemente inútil, por lo que se la dieron al chico nuevo. —Esbozó una sonrisa irónica—. *Fue* realmente inútil. No dijo casi nada. Pero escuchó, no actuó con soberbia ni se enfadó, lo que casi fue un éxito en sí mismo. Así que el caso siguió avanzando. Pero no me olvidé de Reave.

—Te causó una fuerte impresión.

—Había leído todo sobre él cuando estudiaba. Conocerlo cara a cara me impactó. Un asesino en serie tan extraño y singular. Es un caso aparte, tan raro como Bundy, la verdad.

Heather se dio cuenta que él se estaba soltando y entusiasmando con el tema. Pensó en el cuaderno que tenía en el bolso y sintió una punzada de culpa. Él se estaba abriendo y ella no había sido completamente sincera; todas las notas que había estado tomando se parecían cada vez más a un artículo.

—¿Bundy?

—Ted Bundy. No son parecidos, a decir verdad, pero Bundy era sorprendente por la forma en la que podía disociarse de lo que había hecho. Como si fuera dos personas diferentes dentro de un mismo cuerpo. Hasta el último día, trató de desligarse explicándolo todo, como si no hubiera sido responsable.

—¿Y Reave es igual?

—Reave está *muy* seguro de que él no fue. —Parker esbozó una sonrisa sombría—. Pero en su caso, se trata del ritual que tenía con los cadáveres, el cuidado que ponía en arreglarlos. Lo que hacía era tremendamente arriesgado: pasar tanto tiempo con ellos solo iba a hacer que fuera más fácil encontrarlo y condenarlo, pero todas las víctimas que encontramos estaban dispuestas de este modo..., no sé, artístico. Como un cuadro. Y había muchas otras marcas registradas del Lobo Rojo. Las flores, a menudo en la boca. La prenda empapada con sangre. Y los corazones.

—¿Los corazones? —Heather se dio cuenta que estaba apretando el tenedor con fuerza y lo aflojó—. ¿A qué te refieres?

—Nunca se encontraron los corazones de las víctimas. Se los extirpó, los ocultó o se los comió, no lo sé. —Se detuvo y bajó la mirada hacia los restos de la comida de ella—. Disculpa. Vaya, me parece que no es un tema apropiado para el almuerzo, ¿verdad?

Heather se encogió de hombros y bebió un sorbo de su bebida. *Corazones*. Tal vez el artículo podría analizar la mitología del Lobo Rojo. Ya podía ver cómo lo estructuraría: trozos de su pasado, su tiempo en la comuna de Fiddler's Mill y secciones sobre los detalles de los asesinatos; a la gente le encantaban esas cosas. Y desparramadas por todo el artículo, sus propias impresiones sobre el hombre en sí mismo, extraídas de las entrevistas. Ni siquiera tendría que nombrar a su madre. No había prisa: los periódicos seguirían interesados una vez que este asesino nuevo estuviera atrapado y tras las rejas. Tal vez les resultaría todavía más interesante. Podría llamar a Diane, su antigua editora, y hacerle ver algunas de sus notas. Por primera vez en semanas, sintió un leve temblor de esperanza, un brillo en un período largo de oscuridad. Había olvidado cuánto le gustaba su trabajo.

—No me afecta, de verdad. Al verlo, nunca podrías imaginarte algo así, ¿no te parece? Sé que es una tontería, pero cuando piensas en lo que ha ocurrido, imaginas a una persona completamente trastornada.

—¿Quieres intentar hablar con él otra vez?

Heather parpadeó sorprendida de que se lo hubiera ofrecido tan fácilmente.

—Quiero colaborar. Además, pienso que sabe más sobre mi madre de lo que dice.

Cuando salían, Heather le apoyó la mano en la manga; el brazo, debajo, estaba tibio y firme y tuvo que contener el impulso de apretárselo.

—Oye, gracias por el almuerzo. Es un tema triste, pero la compañía es buena.

Se detuvieron en la entrada, por un instante, muy juntos. Ella le miró el cuello de la camisa y la piel bronceada justo por encima, preguntándose qué sucedería después; en ese instante, el teléfono de él emitió un ruido estridente. Apartándose ligeramente, pasó el pulgar por la pantalla.

—Tengo que volver —dijo—. Pero si estás disponible mañana, podemos probar de nuevo con Michael Reave, ¿quieres?

Heather asintió, levemente decepcionada.

—Allí estaré.

Cuando Heather regresó a casa de su madre, había oscurecido y la maceta junto a la puerta estaba casi en penumbra. Subió deprisa por el sendero de entrada, convencida de que lo había imaginado, pero cuando se inclinó para levantarla, sus dedos tocaron la superficie rayada y sintió un escalofrío en los brazos y en la espalda: *el corazón*.

En la cocina iluminada, giró la maceta hacia uno y otro lado, bajo la luz, estudiando el dibujo que había notado cuando el señor Ramsey le había dado las llaves. Era tosco y extraño y se parecía mucho al que había sido trazado sobre la piedra que estaba en la oficina de Ben Parker. Y había algo más, otro recuerdo borroso que no terminaba de poder atrapar…

Heather llevó la maceta al fregadero y con cuidado la vació de tierra, colándola entre los dedos, pero no había nada dentro. Dio un paso atrás, y al levantar la mirada se vio reflejada en la ventana; estaba pálida y demacrada. El cabello oscuro le caía hacia delante sobre la frente y las mejillas.

—Tiene que tener un significado —dijo en voz alta en la cocina vacía—. No es una coincidencia, no puede serlo. Allí había una conexión. No solo entre su madre y Michael Reave, sino entre Heather y el asesino nuevo, lo que significaba que ella estaba en peligro real. "El reportaje", se recordó. Si de verdad existía alguna relación entre ella y el Lobo Rojo, significaba que cualquier artículo que escribiera resultaría realmente explosivo. Iba a tener que mover sus fichas con sumo cuidado.

Vio un movimiento en la oscuridad fuera de la ventana. Heather lanzó una exclamación y casi dejó caer la maceta, que golpeó con fuerza sobre la encimera. Había una figura allí fuera, una forma negra recortada sobre el césped. Sin pensarlo, tomó un cuchillo del cajón y corrió a la puerta trasera. Giró la llave con tanta fuerza que más tarde notaría que casi se había dislocado la muñeca. Fuera, el frío de la noche otoñal le llenó los pulmones de hielo; no se veía casi nada. Pensamientos confusos le cruzaban por la cabeza como cometas: "¿Y si atrapo al asesino, y si me mata, y si lo mato yo?".

—¿Quién eres? ¿Qué quieres?

La luz de la cocina formaba cuadrados amarillos sobre el jardín. Lo que se había estado moviendo allí fuera ya no estaba.

CAPÍTULO 21

Antes

MICHAEL ESTABA EN EL CAMINO de entrada mirando hacia la campiña, más abajo, a donde estaba llegando otra camioneta llena de gente joven. Los recibió un grupo que ya había montado sus tiendas y las voces alegres flotaron hasta él. Una suave presión contra el muslo le hizo saber que el perro estaba con él y oyó el chirrido de botas de goma sobre el piso del vestíbulo.

—Pensé que la regla era nada de instalarse cerca de la casa —dijo sin volverse.

El hombre emitió una risita a sus espaldas y luego apareció; se estaba poniendo un par de gruesos guantes de jardinería.

—Tu problema, muchacho, es que careces de visión. —El hombre inspiró entre los dientes. Comenzaba la primavera y todavía hacía mucho frío por las mañanas—. Voy a hacerles una fosa séptica. ¿Quieres ayudar?

Michael se cruzó de brazos. Más abajo, dos mujeres caminaban por la pradera; una de ellas llevaba una funda de guitarra. Tenían el pelo rubio, largo, muy lacio y caminaban tomadas del brazo, con las cabezas juntas, conversando. Pensó que seguramente eran mellizas, o al menos, hermanas.

Comprendió de inmediato que al igual que el resto de las mujeres, no eran dignas de confianza.

—¿Por qué lo haces? Antes nunca quisiste que tuviéramos compañía aquí.

—¿Compañía? No es compañía, muchacho. —El hombre sonrió, dejando al descubierto sus largos dientes—. En absoluto. Esto es algo completamente diferente. Solo tenemos que darle tiempo.

CAPÍTULO 22

Mientras tiritaba fuera de la verja, esperando a que la escoltaran dentro de la prisión, Heather miró una pequeña extensión de verde al otro lado de la calle. En verano estaría frondosa de árboles, pero los vientos intensos se habían llevado todas las hojas y se la veía expuesta y hostil. Había una figura allí, de espaldas a ella, con una capucha en la cabeza y las manos en los bolsillos. Pensó en Michael Reave, tan dedicado al paisaje y a aquello que crece. Inconscientemente, una de las imágenes que había visto en sus búsquedas de internet flotó en su mente: una mujer, con el rostro pálido y ceroso, la boca llena de sangre y la cabeza envuelta en guirnaldas de prímulas y pequeñas florecillas blancas cuyo nombre Heather no conocía. ¿Qué hacía Reave en esos momentos, preso en una cárcel antiséptica? ¿Tendrían planes para mantener ocupados a los prisioneros? ¿Le permitirían hacer jardinería? Hizo una mueca ante la idea y tardó unos segundos en poder sonreírle al guardia que fue en su busca y la escoltó dentro del edificio.

—Inspector Parker. Me alegro de verte. —Lo decía en serio.

Había pasado la mañana escribiendo y devanándose los sesos en busca de recuerdos que conectaran a su familia con

Michael Reave, pero el almuerzo ligeramente incómodo y dulce que había compartido con el detective no dejaba de entrometerse en sus pensamientos.

El policía, que se veía algo agitado, levantó la vista de un montón de papeles y arqueó las cejas.

—Lo mismo digo. —Estaban en el exterior de la sala de interrogatorios, justo fuera de vista de la pequeña ventana reforzada—. Pues…, hum, gracias por venir otra vez. Sé que no es fácil.

—Sí, bueno… La última vez que lo vi, Reave perdió los estribos. ¿Está dispuesto a hablar conmigo de nuevo?

—Mucho. Es más, ha estado preguntando por ti. —Al ver la expresión en el rostro de Heather, Parker continuó—. Sé que es extraño, pero… estamos hablando de un hombre que transportaba cuerpos desmembrados por el campo y luego plantaba flores alrededor de ellos. Su comportamiento no es necesariamente racional ni predecible. Vale la pena recordarlo mientras estés allí adentro. ¿Lista?

Heather se enderezó y levantó ligeramente el mentón. La cabeza le latía, pero había pasado una buena media hora en la ducha esa mañana, tratando de quitarse de encima el cansancio y los temores de la noche anterior.

—Sí. Vamos.

La sala seguía siendo pequeña, opresiva, amarilla. Michael Reave, echado hacia adelante en la silla, era una presencia enorme, pero la breve expresión de alegría que le cruzó por el rostro cuando entró Heather fue inconfundible.

—Has vuelto.

—¿Cómo está… —Heather juntó fuerza y se disculpó en silencio ante una docena de mujeres muertas— …Michael? —Él sonrió y por un instante pareció rejuvenecer.

—Tan bien como se puede estar, muchacha. ¿Qué tiempo hace fuera?

Era una pregunta tan extrañamente cortés, tan fuera de

lugar, que por unos segundos Heather solo pudo sentarse y buscar una respuesta.

—Fresco, y empieza a hacer más frío. Ya se siente el otoño, ese aire frío, ¿sabe?

—El aire fresco es bueno, bueno para el alma. Desearía poder disfrutarlo más, pero... —Se encogió de hombros, con expresión apesadumbrada—. Nunca me dejarán estar fuera tanto como me gustaría.

No había señal de la ira que había manifestado en la última conversación.

—¿Le permiten salir? —preguntó Heather pensando en la extensión de verde que había visto fuera de la prisión.

Aquel día no había llevado ningún sobre con fotografías.

—Se le permite pasar tiempo fuera, en el patio —respondió el inspector Parker.

—¿Y hay césped? ¿Puede ver árboles o algo?

—No es mucho más que un agujero de hormigón —repuso Reave con tono irónico. Miró a los agentes—. Puedo ver el cielo, eso sí, que es mejor que nada. Y todo lo que sea estar al aire libre me viene muy bien.

—Es importante para usted, ¿no es así? El mundo natural, el campo.

—Donde me crie... —Hizo una pausa, como si fuera a decir algo más, pero cambió de parecer—. Cuando era niño, era todo lo que había. Vivíamos en un lugar aislado, remoto. Pasaba los días en campos y arroyitos, cubierto de barro. Te da mucha paz, ¿sabes?, sobre todo cuando no tienes nada más. —Levantó la mirada, con una súbita expresión de rabia en el rostro—. Todos estamos conectados con la tierra. No es natural estar lejos de ella.

—Las mujeres de cuyos crímenes se le acusa... —Heather oyó que Parker carraspeaba, incómodo con el cambio de tema—. Las encontraron en el medio del campo, ¿no es así? Junto a flores, árboles y plantas. Cosas verdes. ¿Ellas estaban desconectadas de la tierra? ¿Es que trataba de llevarlas de vuelta a ella?

Heather se quedó muy quieta. Estaba esperando un arrebato de furia o al menos que Reave exigiera que lo llevaran de nuevo a su celda. Pero él se quedó en silencio, con la vista fija en la mesa.

—Tu madre lo sabía. Sabía lo importante que era el mundo real —dijo por fin.

—¿Qué más sabía mi madre, Michael? —Al ver que no respondía, continuó—: Se puede encontrar toda la información sobre su caso en internet. Es decir, hay que saber ir más allá de Wikipedia, pero si se sabe buscar, está todo allí. Aunque quién sabe cuánto es cierto… Fue la última víctima la que hizo que le arrestaran. Vieron su camioneta en la zona donde fue descubierto el cuerpo, y se encontraron cabellos de ella en una manta en la parte trasera. No es mucho para relacionarle con las víctimas anteriores, a no ser por la similitud entre la forma en que fueron asesinadas y se dispusieron sus cuerpos. Debió de haber sido mucho trabajo, fue muy cuidadoso.

Hizo una pausa. Desde el fondo de algún pasillo se oía sonar un teléfono que nadie respondía. Reave se había quedado muy quieto. Tenía una mano contra el borde de la mesa y apretaba un dedo pulgar grueso y calloso contra la superficie, lo que le volvía blanca la piel. Sus ojos, que seguían negándose a mirarla, parecía atormentado.

—Cuando le vi el otro día, hablamos de que esta podía ser una posibilidad de que cuente su historia. ¿Le ayudaba alguien, Michael? ¿Alguien le ayudaba a secuestrar a las mujeres y meterlas en la camioneta?

—Mi historia. —Esbozó una sonrisa tensa—. Te lo dije, muchacha, a nadie le importa mi historia.

—A *mí*, sí. —Esa vez logró decirlo y con suficiente vehemencia como para que él levantara la mirada y arqueara las cejas—. Si es también la historia de mi madre, entonces, quiero conocerla. Usted piensa que no le importa a nadie, pero les importaría, Michael, si su historia ayudara a que alguien dejara de matar mujeres. Me importa a mí si significa que puedo entender más la razón del sufrimiento de mi madre y por qué se quitó la vida.

Hizo una pausa, y hubo un largo silencio en la sala. Heather buscó el bolso y después de vacilar un instante, sacó la carta de despedida de su madre de un cuaderno. La alisó con los dedos, tratando de ignorar la aplastante sensación de culpa que la oprimía —"¿Qué estás haciendo? ¿Por qué le enseñas esto, este mensaje tan dolorosamente privado, a un asesino como Reave?"— y se la pasó. Reave la tomó con cuidado, como si estuviera manipulando un pajarillo.

—Esta es la carta que dejó. Es… quería saber si tiene sentido para usted.

Lo estudió cuidadosamente mientras él la leía, esperando ver algo obvio: sorpresa, furia, tristeza, hasta diversión. Pero miró la carta largamente; sus manazas hacían que el papel pareciera una notita. Tragó saliva y luego le devolvió la nota, asintiendo ligeramente como si ella le hubiera hecho un gran favor al permitirle leerla.

—¿Y bien? —Heather se mordió el labio, tratando de que su voz no sonara desesperada—. ¿Tiene algún sentido para usted?

Cuando Reave volvió a hablar, fue en una voz más suave que antes.

—Tu madre. Ella era diferente del resto. Más buena, más inocente. Era una cierva en ese bosque.

—¿Lo era? ¿Diferente de quién?

Michael resopló.

—Del resto de la comuna. Todos estaban allí porque sus amigos lo hacían o porque querían drogarse y emborracharse, pero tu madre, muchacha… Ella era diferente de todos, de todas las mujeres. Sabía lo importante que era el bosque, sabía…

Al ver que no terminaba, Heather se inclinó otra vez hacia adelante.

—*¿Qué era lo que sabía?*

"Va a decir que ella sabía lo de los asesinatos", pensó alocadamente. "Que mi madre se quedaba allí, esperando todas las noches a que él regresara con sangre en las manos". La idea le resultaba horrendamente atractiva. Si su madre había sido una mala persona desde un principio, ella quedaría libre de culpa.

—Ella era inocente, pero fuerte también. En aquel momento, yo no lo creía, pero eso solo demuestra que yo no sabía nada. Era como una piedra debajo de la nieve. Yo no la comprendía en muchos sentidos. Me desafiaba como solo puede hacerlo una mujer.

—¿A qué se refiere?

Él negó con la cabeza y Heather experimentó un instante de frustración pura. Siempre hablaban en círculos y él dejaba que la información quedara colgando justo fuera de su alcance.

—¿Michael? Por favor. Dígame a qué se refiere. ¿La… la amaba?

—Me gustaría contarte otra historia —dijo—. ¿Me lo permites?

Heather apretó los labios y se tragó la impotencia que sentía. Parker se había puesto detrás de su silla y ella se preguntó si faltaría poco para que la hicieran abandonar la sala.

—Había una vez un rey, conocido por ser el más sabio que había vivido. Era realmente el… padre de la tierra y parecía saber todas las cosas antes de que sucedieran. Era un misterio, pero la gente, sus hijos, lo amaban de todos modos. No preguntaban por qué. Sencillamente, confiaban en que él siempre lo sabría todo.

"Todos los días, al rey le servían la cena en el comedor real y el plato principal venía en una fuente de plata con tapa.

Nadie sabía qué había dentro de la fuente, pues el rey siempre despedía a sus invitados y a los sirvientes antes de comerlo, y al sirviente que traía la fuente se le había ordenado que jamás levantara la tapa.

Reave respiró lentamente. La narración de la historia parecía haberlo calmado.

—Pero un día, el sirviente ya no pudo resistirse. Cuando el rey terminó de cenar y pidió que retiraran los platos, el sirviente se llevó la misteriosa fuente a su habitación y tras cerrar la puerta con llave, le quitó la tapa. En la fuente había una pequeña víbora blanca, con ojos rojos como gotas de sangre. Sintiendo curiosidad, el criado cortó un trocito de carne de víbora y se la llevó a la lengua. Inmediatamente, la habitación se llenó de susurros misteriosos y conversaciones muy bajas. Había voces por todas partes: eran las pulgas del colchón, las hormigas de debajo de la cama, los pájaros de la ventana. Todos estaban hablando y él los comprendía. Entendía todo lo que decían esas pequeñas almas.

Reave carraspeó y miró la nota, que estaba sobre la mesa, entre ambos.

—Con el tiempo, el rey se enteró de lo que había sucedido y el criado pensó que lo ejecutarían por lo que había hecho. Pero el rey se lo llevó, a solas, al corazón de un bosque oscuro, gigante. Cabalgaron juntos durante tres días y tres noches hasta que llegaron a un hoyo profundo en la tierra. El fondo, Heather, estaba lleno de huesos de animales y había muchas víboras blancas deslizándose por la tierra; eran tantas que resultaba difícil distinguir cuáles eran las víboras y cuáles, los huesos. "¿Ves el precio?", dijo el rey. "Por ese conocimiento que tenemos, la tierra exige carne. Exige carne y sangre, porque siempre está hambrienta". Y con eso…

—¿El rey arrojó al sirviente dentro del pozo? —Heather le completó la oración.

Reave se quedó inmóvil, y una sonrisa lenta se le dibujó en el rostro. Tenía las manos apoyadas sobre la mesa, con las palmas hacia arriba.

—Ahí lo tienes, muchacha.

Heather tragó con fuerza. Estaba comenzando a pensar como él. Cuando el silencio entre ambos se tornó incómodo, se inclinó hacia adelante obligándose a mirarlo a los ojos.

—¿Había alguien más, Michael, alguien en quien usted confiara que sabría resolverlo todo? ¿Conoce a la persona que está matando a esas mujeres ahora? ¿Qué significaba para usted?

Reave negó con la cabeza.

—Te estoy contando mi historia, Heather, una y otra vez. Pero no me parece que estés escuchando.

Michael Reave no quiso seguir hablando. No obstante, cuando los dos agentes se adelantaron para llevárselo de la sala, levantó la cabeza y su rostro volvió a cobrar vida.

—¿Va a haber un funeral para Colleen? ¿O ya has…?

—Es el miércoles —respondió Heather.

—¿La vas a sepultar?

Era casi demasiado fácil bajar la guardia con Reave, creer que ya no era peligroso, pero la emoción con la que hizo la pregunta, le erizó los pelos de la nuca a Heather. Tomó la carta de su madre de la mesa y la guardó en el bolsillo.

—No, es una cremación. Lo estipuló en su testamento.

Él bajó la mirada y ocultó el rostro; los hombros le temblaban mientras se debatía con cierta emoción.

—¿Y sus cenizas?

El inspector Parker dio un paso adelante y presionó el hombro de Heather por unos segundos. Ella se sintió absurdamente agradecida.

— Sabe muy bien que no es asunto suyo, Reave.

El hombre miró hacia otro lado. Heather vio con asombro que estaba genuinamente alterado; las facciones afiladas se le habían contraído de dolor.

—Ella querría estar en algún sitio al aire libre, muchacha. Recuérdalo.

Más tarde, en la sombría cantina de la prisión, Parker estaba sentado frente a Heather, con gesto de preocupación, ocupado con papeles otra vez. Las dos tazas de té estaban intactas.

—No puedo decir si esto nos está resultando útil. Si bien es cierto que ha hablado mucho más que con cualquier otra persona, incluidos todos los psicólogos, no estoy seguro de que el episodio más morboso de la serie "Cuentos de hadas truculentos" haya servido de algo.

—¿Has pensado en la posibilidad de que él no haya sido el responsable de todos esos asesinatos del pasado?

Parker suspiró.

—Parece poco probable, la verdad. Te has fijado en que no es el mejor ejemplo de un asesino en serie, ¿verdad? —Cuando Heather lo miró, sin comprender, continuó—: La mayoría de ellos son imbéciles desagradables que tuvieron suerte durante un tiempo. Hombres inadaptados con coeficiente intelectual bajo y apetitos sexuales desviados. Hombrecillos patéticos que no sienten nada a menos que estén dominando a alguien. Un caso como Michael Reave es extremadamente raro y no quiero que te dejes engañar.

—Lo que dices es que es muy poco habitual encontrar a un asesino en serie como él.

Parker cogió la taza de té y la volvió a dejar.

—Es elocuente. Hasta carismático. Puedes conversar con él sin sentir que se te mueren las neuronas, cosa que te aseguro que no es lo habitual con la gente como él. No tiene el aspecto de un monstruo. Pero —carraspeó—, además de la camioneta y las pruebas que se encontraron en el interior, en aquel tiempo llevaba una vida itinerante, viajaba de un lado a otro, y no tenía coartadas para ninguno de los crímenes. ¿Sabías que su madre desapareció cuando él era un niño?

—¿Estás diciendo que la mató también él?

Parker se encogió de hombros.

—Tal vez se fue, pero tenemos motivos para creer que era un hogar violento y triste.

—Lo que no prueba nada.

—Es cierto. Lo que sí lo prueba todo son los cabellos y la ubicación de la camioneta.

—No estoy discutiendo contigo —dijo Heather. Se le estaba acalorando el rostro y estaba molesta. Parker sugería que se había dejado cautivar por Reave, como esas mujeres extrañas que escriben cartas a los asesinos presos y se terminan casando con ellos. Pensó en su madre y sintió frío—. Ben, tienes a alguien allí afuera en este mismo momento que parece saber muchísimo sobre el caso del Lobo Rojo. Demasiado.

Él se masajeó la nuca con una mano.

—Mira, te agradecemos la ayuda. *Yo* te lo agradezco. Sé que es horrible estar en esa sala con él. —Hizo una pausa y suspiró de pronto—. Encontramos el cuerpo de la señorita Graham.

—¡Vaya!

Heather pensó en la fotografía que le había dado a Parker, en la que se veía a la niña pelirroja sonriente, con nata en la cara. La idea de que la estuviera aguardando este destino unos años más tarde le resultaba intolerable.

—¿Estaba… fue como con las otras?

Parker apiló los papeles, indicando que la conversación había terminado.

—Para serte sincero, es mejor que no te lo cuente. ¿Lo vas a intentar de nuevo?

—Entonces, ¿no te parece que es una pérdida de tiempo?

—A estas alturas, acepto cualquier cosa. Tenemos que encontrar a este tipo y detenerlo. Pronto. Además… —Miró hacia ambos lados y Heather sospechó que era para ver si había algún colega cerca—. Me gustaría volver a verte.

Heather sonrió.

—¿Sabes?, hay otras formas de invitar a alguien a salir que no involucren una cita de a tres con un asesino en serie. Llámame anticuada.

El inspector Parker sonrió con aire apesadumbrado.

—Como te dije, acepto cualquier cosa.

CAPÍTULO 23

Heather estaba sentada con las piernas cruzadas en el sofá de su madre, con la maceta de terracota sobre el regazo. La hacía girar una y otra vez entre las manos, y cada tanto pasaba los dedos por encima del corazón rayado en la arcilla. Nikki, sentada en el suelo, estaba sirviendo más vino en las copas.

Era un corazón. Nada más. Podía entrar en cualquier gran almacén de Londres y encontrar todo tipo de objetos rústicos con corazones: posavasos, platos, adornos. Todo el mundo tenía algo con un corazón en casa, cualquiera que fuera el estilo de la persona: elegante, floral o utilitario. Era difícil evitarlos.

Sin embargo…

—A mi madre nunca le gustaron estas cosas, ¿sabes?

—¿Qué cosas? —Nikki bebió un sorbo de vino y arqueó una ceja—. ¿Las macetas?

—Los corazones. —Heather giró la maceta para que ella viera el corazón—. Mi padre siempre era muy cuidadoso con los regalos que le hacía para el Día de San Valentín. Decía que ella era muy *maniática*. Pero cuanto más lo pienso… —Hizo un gesto de preocupación—. Mi padre le hacía todo tipo de regalos, pero nunca corazones ni flores. Cuando era su cumpleaños, le compraba bombones de sus sabores favoritos, velas que olían a cosas como ropa recién lavada y brisas de mar, joyas, perfumes y libros. Nada de ositos con corazones ni ramos de flores.

—De acuerdo —dijo Nikki—. ¿Y qué tiene que ver? A mucha gente no le va toda esa onda de San Valentín. ¿Y por qué sería raro que tu madre haya sido así? Nunca me pareció demasiado sentimental.

—Sí, entiendo lo que dices. Pero…

Heather hizo girar otra vez la maceta, revisando sus recuerdos. Siempre había habido plantas en la casa cuando era pequeña, plantas verdes, con hojas brillantes, el tipo de planta al que puedes no prestarle atención y no se muere. ¿Pero flores? ¿Le había llevado su padre alguna vez un ramo de tulipanes de la estación de servicio? Sentada en la recargada sala de estar de su madre, con un leve aroma a café y ambientador, Heather decidió que no.

—No le gustaban las flores, estoy casi segura. No había narcisos en un florero sobre la mesa, ni rosas para San Valentín. Nikki, ¿y si las flores le traían malos recuerdos? Tal vez cuando veía flores cortadas, que se iban a secar pronto, recordaba que el hombre con el que había pasado tanto tiempo, el hombre que estaba preso y al que le estaba escribiendo, había utilizado flores para decorar los cadáveres de sus víctimas.

—Le estás dando demasiada importancia —dijo Nikki, pero no parecía del todo segura.

—No lo sé, puede ser. Porque claramente hay muchísimas cosas de mi madre de las que no sé nada. Siento como que me están mostrando una faceta de ella completamente diferente. —Heather suspiró—. Tal vez mañana averigüe algo más.

—¿Vas a ir a ver a esa tal Anna?

Heather asintió. Había llamado al número que le había dado Pamela Whittaker y se había puesto en contacto con la recepcionista del Centro Doce Olmos. Heather percibió cierta sorpresa en la voz de la mujer ante el hecho de que Anna tuviera una visita, pero la habían apuntado en el registro con muy buena disposición.

—Tal vez conoció a mi madre, así que vale la pena intentarlo.

Nikki movió el vino en la copa, con aire pensativo.

—Hev, ¿realmente piensas que Fiddler's Mill es la clave de todo esto, que algo que sucedió allí hace tanto tiempo puede haber hecho que tu madre… se quitara la vida?

—Sí. —En cuanto lo dijo, Heather se dio cuenta de que era cierto—. De verdad creo que allí sucedió algo que mi madre mantuvo en secreto por el resto de su vida.

Se puso de pie y abandonó la sala de estar en dirección a la cocina, con la maceta todavía entre los brazos. Estaba a mitad camino del suelo embaldosado cuando un recuerdo le volvió a la mente como una hoja afilada de hielo y le hizo dar un respingo. La maceta se le cayó de los brazos y se hizo añicos alrededor de sus pies; trozos de terracota anaranjada salieron disparados debajo de la nevera y el horno, pero Heather casi no lo notó.

La tarjeta.

—¿Heather? —Nikki apareció en la puerta de la cocina, con los ojos como platos—. ¿Estás bien?

La habían dejado en la puerta cuando Heather tenía trece o catorce años. Ella la había encontrado al salir para ir de tiendas y recordó la mezcla de vergüenza y placer que había sentido al inclinarse para levantarla. En aquel entonces, le gustaba un chico llamado James Thurlow, que estaba en su clase de Ciencias, y debido a una combinación feroz de hormonas y optimismo, ella le había estado enviando insinuaciones sobre el Día de San Valentín durante las últimas semanas. La tarjeta era muy elegante: fondo blanco enmarcado en dorado, con un gran corazón rojo en el centro. Dentro, para su desilusión, solo encontró las palabras impresas "Siempre pensando en ti" con un corazón dibujado con bolígrafo debajo del mensaje.

—¿Qué te pasa? ¿Va todo bien? —Nikki le cogió la mano y se la apretó; con dificultad, Heather volvió al presente.

—Cuando era adolescente, en una ocasión alguien dejó una tarjeta para el Día de San Valentín en la entrada. Pensé que era para mí, pero... mamá me vio recogerla y te juro que se volvió loca, Nikki.

Su madre la había cogido de un hombro, la había tironeado hacia adentro y había cerrado la puerta de un golpe. De tan pálido, su rostro ya parecía gris, y Heather recordaba los círculos negros debajo de sus ojos, como hematomas.

—Me la arrancó de las manos y la rompió en pedazos, así, sin más. Cuando le grité y le dije que era mía, me preguntó si había estado dirigida a mí y no, no decía mi nombre, pero yo era pequeña, ¿comprendes?, y nunca se me ocurrió que alguien podía haberle mandado una tarjeta a mi madre. Era vieja, estaba casada y cuando eres adolescente eso equivale a estar muerto, ¿verdad? Pero... —Heather contempló las esquirlas de la maceta en el suelo—. Cuando terminó de gritarme, se echó a llorar. Se encerró en el baño. Nunca volvimos a tocar el tema.

—¿Qué crees que significa?

—No lo sé. —Heather se pasó las manos por la cara. Olían a la tierra que había dentro de la maceta—. Nada, seguramente. Ven, vamos, no voy a limpiar todo esto ahora. Terminemos el vino.

Heather miró a Nikki mientras regresaba a la sala de estar. Hacía frío, demasiado frío. Se frotó los brazos con fuerza y un escalofrío intenso le recorrió la espalda.

La tarjeta no significaba nada, excepto que su madre estaba paranoica respecto de algo, aun en una época en la que Michael Reave ya estaba en la cárcel y no podía andar repartiendo tarjetas en persona..., a menos que hubiera alguien fuera que se encargara de estas tareas en su lugar. Tareas como gestos románticos. Y asesinatos.

Heather le dio una patada a uno de los trozos de maceta más grandes y lo metió debajo de la nevera y siguió a su amiga hasta la sala de estar.

CAPÍTULO 24

El Centro Doce Olmos era un bonito edificio gótico con los antepechos de las ventanas blancos que brillaban sobre los ladrillos de color gris oscuro y que se veía imponente bajo el cielo cubierto. Heather se acercó por el sendero que subía por los jardines y se fijó en que estaban bien cuidados; el letrero fuera del edificio era estrecho y discreto: "Centro Doce Olmos para el tratamiento de trastornos por ansiedad y trauma". Ya en una sala de recepción acogedora, habló con un hombre fornido, de ojos bondadosos, que enseguida le presentó al doctor Parvez.

—¿Viene a visitar a Anna Hobson?

El doctor Parvez era un hombre alto y delgado, con calvicie incipiente y gafas grandes y anticuadas. Vestía una chaqueta de punto beis que le quedaba larga y grande, lo que le hacía parecerse un poco a una abuela distraída.

Heather sonrió.

—Sí, le estoy haciendo un favor a mi amiga Pamela. Creo que ella la visitaba a menudo, pero últimamente ha estado muy ocupada. Seguramente la conoce.

—La señorita Whittaker, sí. Bien, gracias por dedicarle un rato. Anna no recibe muchas visitas y lo cierto es que le hacen bien. Las noticias del mundo exterior tienen mucho éxito con los pacientes.

La guio por una serie de pasillos agradables que olían levemente a desinfectante y cera para suelos. Heather pudo ver a varias personas: un hombre joven con un corte de pelo anticuado leyendo un periódico, una señora mayor sentada en un sillón, frotándose las manos una y otra vez.

—¿La señorita Whittaker le habló sobre Anna?

—No mucho. Solo que ha pasado épocas difíciles.

El doctor Parvez asintió con seriedad.

—Así es. Puede que pierda el hilo de pensamiento de tanto en tanto, pero, por lo general, Anna es una excelente compañía. Aquí está.

Se detuvo en la puerta de una sala amplia, agradablemente decorada en tonos magnolia y rosado pálido. Había varias mesas, cada una con dos sillas, y un puñado de gente hablando en voz baja. Los ventanales daban a los jardines. A pesar de lo agradable del entorno, a Heather le vinieron a la mente las visitas a Belmarsh para ver a Michael Reave.

—Las personas que están aquí —dijo de pronto— no tienen… un historial de violencia ni nada de eso, ¿verdad?

Una expresión de fastidio cruzó por el rostro del doctor y Heather se arrepintió de inmediato de haberlo preguntado.

—Aquí tratamos varios problemas, señorita Evans: depresión, ansiedad, diversos trastornos de personalidad, y una de las pocas cosas que todos los pacientes tienen en común es que tienen muchas más probabilidades de hacerse daño a sí mismos que a otros. Le presentaré a Anna.

La guio a una mesa en un rincón, junto a la cual estaba sentada una mujer de aspecto cansado, con cabello castaño lacio y rostro profundamente arrugado. Heather no podía adivinar cuántos años tenía; parecía de todas las edades al mismo tiempo. Vestía una prenda con capucha y una camiseta gris, y miró a Heather con ojos húmedos.

—Buenos días, Anna —saludó el doctor Parvez con tono vivaz—. Pamela te ha enviado una visita para conversar. ¿Te gusta la idea?

Los ojos de Anna se fijaron en el médico, como si lo viera por primera vez, y asintió lentamente.

—Muy bien. —El doctor Parvez se volvió hacia Heather y sonrió—. Pediré que les traigan una taza de té.

Heather se sentó a la mesa. Se sentía ridícula. ¿Qué iba a decirle a esa mujer? Desde un extremo de la sala se oía un murmullo suave proveniente de un televisor que nadie estaba mirando.

—Hola, Anna, ¿cómo está? Soy Heather Evans. Pamela me dijo que viniera a conversar con usted. ¿Le parece bien?

Heather se horrorizó ante su tono condescendiente. Le parecía estar en un hogar de ancianos, por lo que sentía que debía hablar alto y evitar discutir de política. La mujer suspiró pesadamente.

—Conversar. Sí. Me gustaría. —Se movió en la silla y cruzó los brazos alrededor del cuerpo por un instante antes de dejarlos caer de nuevo—. Es muy aburrido este lugar —dijo, y sus ojos se animaron un poco—. No hay mucho que hacer. Por lo general me permiten salir a dar un paseo, pero me metí en problemas la última vez.

—¿Por qué? ¿Qué sucedió?

Anna se encogió de hombros y apartó la mirada; una expresión furtiva le cruzó el rostro cuando se acercó una mujer joven, baja, con dos tazas desechables de té. Heather le dio las gracias y la mujer se dirigió a un extremo de la sala, donde un anciano jugaba a las damas solo.

—Es un lugar bonito. ¿Cómo llegó aquí?

—Traslados, me envían de un lado a otro. Dicen que tengo esquizofrenia paranoica leve. —Lo pronunciaba con cuidado, como si estuviera leyendo una tarjeta dentro de su cabeza—. Con delirios a largo plazo y alucinaciones ocasionales. —Un instante después, agregó—: Probablemente exacerbados por el alcohol y las drogas.

—Uff, eso sí que suena duro.

—Ni que lo digas. —Habiéndose quitado eso de encima, Anna pareció alegrarse un poco—. Es difícil y tomo tantos medicamentos que soy un pastillero ambulante, pero es un bonito lugar. Mejor que otros. ¿Así que Pam te envió?

—Sí. Estuve conversando con ella sobre su trabajo artístico y me ayudó, así que le dije que vendría a hablar con usted. —Carraspeó—. Quería que la disculpara por no haber podido venir últimamente.

Anna volvió a encogerse de hombros.

—Pobre Pam, se preocupa mucho. Piensa que mucho de lo que me pasa es su culpa, pero no lo es. Mi cerebro funciona así, pero… a ella le duele verme cuando no estoy bien.

—¿Por qué cree Pamela piensa que sus problemas son culpa de ella?

De nuevo Anna pareció no querer responder. Bebió un sorbo de té e hizo una mueca al tragar.

—Dios, esto sabe a pis. Creo que esto es lo peor de estar en estos lugares. El maldito té. Nunca es como el té que uno se prepara en su casa, ¿no crees?

Cuando Anna dejó la taza sobre la mesa, Heather tuvo un atisbo de la parte superior de su antebrazo. Fue solo un segundo, pero vio un nudo de cicatrices blancas sobre la piel pecosa. Tenían la forma de un corazón dibujado toscamente.

Heather hizo un esfuerzo para sonreír.

—Tiene toda la razón. Veamos… ¿cómo conoció a Pam?

—Nos conocimos cuando yo era muy joven, una adolescente, y estaba viajando por Europa y metiéndome en todo tipo de problemas. —Sonrió por un segundo, dejando ver un diente que se había puesto oscuro—. Ella era mayor que yo, así que la seguí durante un tiempo y terminamos en una comuna en Lancashire. A Pam al principio le encantaba, de verdad.

—¿Qué, la comuna?

—Sí. Todo ese rollo de la naturaleza le encantaba. Era una de esas hippies comprometidas de verdad, ¿comprendes? —Anna sonreía, pero en ese momento parecía apenada—. A mí lo que más me interesaba del lugar eran las drogas. Tenían de las buenas.

—Fiddler's Mill. —Heather lo dijo con cuidado, temiendo que el nombre alterara a la mujer, pero ella no mostró ninguna reacción en particular—. Pam mencionó ese sitio. Dijo que usted no lo pasó bien allí.

La pregunta no formulada quedó flotando en el aire por un momento. Anna volvió a cruzar los brazos alrededor del cuerpo, luego apoyó las manos sobre su vientre.

—Había gente mala. Buenas drogas, pero malas personas. Es curioso cómo son esas cosas, ¿no es cierto? Yo... yo me divertía allí. Es un lugar extraño esa parte de la campiña. Yo me crie en piso de protección oficial, así que lo único verde que veíamos era un poco de césped en el parque, pero aquel lugar... era inmenso. Podías estar en el medio del bosque y sentir que el tiempo no había pasado. Podía ser hace cien años o hace trescientos años, no lo sé. Tal vez hasta antes de que existieran los seres humanos, ¿sabed? Esa clase de lugares. Tan silencioso, tan solitario. —Se encogió de hombros—. Me sentía sola, así que me ocupé de no estar sola. Las drogas tienen ese efecto a veces, hacen que sea fácil no sentirse solo.

—¿Mucho amor libre?

Anna esbozó una sonrisita, pero algo en sus ojos preocupaba a Heather. Miró alrededor y vio que entraba una enfermera corpulenta, la primera persona con uniforme que veía. La mujer se detuvo en una mesa para recoger una taza vacía.

—No sé si libre es una buena palabra. A mí me terminó aprisionando y costando carísimo. Pero sí, supongo que sí.

—Anna, mientras estuvo allí, ¿conoció a una mujer llamada Colleen?

Heather tomó una fotografía de la mochila y la puso sobre la mesa entre ambas. Mostraba a su madre en un cumpleaños, de pie junto a una tarta con velas sin encender. Heather supuso que estaría cerca de la treintena; como en todas las fotografías, se la veía un poco incómoda. Tenía las mejillas levemente ruborizadas.

—¿Colleen? —Anna estudió la fotografía.

—Sí. Puede que haya estado en Fiddler's Mill al mismo tiempo que usted. ¿Recuerda haberla visto?

—¿Por qué? ¿Por qué me lo preguntas? —Anna parecía confundida. Apoyó los dedos sobre la fotografía y los alejó de inmediato, como si se hubiera quemado—. ¿No eras amiga de Pam?

—Solo por curiosidad. Resulta que conocía a alguien que también estuvo allí. Una curiosa casualidad, ¿no? —Heather sonrió, observando el rostro de Anna en busca de cualquier señal de reconocimiento, pero solo vio perplejidad.

—Había muchísimas chicas allí —respondió finalmente—. Y mucha droga. No lo sé. Para ser sincera, es un milagro que recuerde a Pamela. —Pero cuando Anna miró hacia otro lado, a Heather le pareció verle una expresión diferente en los ojos y la comisura de la boca: culpa.

Tomó la fotografía y volvió a guardarla en la mochila.

—¿Sucedían otras cosas allí, Anna? Cosas extrañas, quiero decir.

Por un segundo, pensó en preguntarle sobre las cicatrices en el brazo, pero Anna había levantado el rostro hacia el techo y había entornado los ojos como si estuviera mirando el cielo de verano.

—A veces te cogían con tanta fuerza que te hacían daño. Me despertaba por la mañana con magulladuras en los brazos, ¿sabes? Creía que era tierra, pero no se iba cuando me lavaba.

—¿Quiénes? ¿Quiénes la cogían?

—Decían que todo tenía que volver a la tierra, siempre

decían eso: que la tierra tenía hambre y sed y que teníamos que sanarla. Creo que fue allí... —Hizo un puchero, como si estuviera por llorar—. Creo que fue allí donde la pusieron —terminó en un susurro.

—¿A quién, Anna?

—A mi bebé. —Bajó la cabeza y miró a Heather directamente a los ojos—. A mi hijita. Se la *llevaron*.

—¿Estaba embarazada en Fiddler's Mill y dio a luz allí?

—Él *se la llevó*. —Anna había levantado la voz, que sonaba temblorosa y estridente. Heather sintió que los otros ocupantes de la sala se volvían a mirarlas—. Di a luz en el bosque, en el barro, y me la arrancaron de los brazos cuando todavía estaba cubierta de mi sangre.

—Anna, está bien, no es necesario que hable de eso...

Demasiado tarde. Anna se puso de pie con violencia, haciendo caer la silla al suelo.

—¡Me la robaron! —chilló—. ¡Me robaron a mi bebé, los hijos de puta, y nadie me cree!

La enfermera apareció en la mesa tan rápido y con tanto sigilo que Heather creyó que se había materializado de la nada.

—Anna, querida, no pasa nada. ¿Quieres volver a tu habitación?

Heather observó con sorpresa que la enfermera tenía acento estadounidense; de algún modo, eso solo contribuía a volver toda la situación más surrealista y no pudo menos que levantar la mirada hacia las esquinas del techo mientras se preguntaba dónde estarían las cámaras. Anna no se tranquilizó con la presencia de la enfermera. Por el contrario, se alejó de la mesa tambaleándose; las lágrimas le corrían por el rostro.

—¿Adónde fue? ¿Por qué mierda no me creen?

El doctor Parvez apareció en la puerta de la sala comunitaria y, ante un gesto de la enfermera, tomó a Anna del brazo con suavidad.

—Ven, Anna, vamos a tranquilizarnos, ¿vale?

La mujer salió del salón arrastrando los pies, con la cabeza gacha y el pelo sobre la cara, mascullando algo sobre su bebé, que se la habían llevado, que nadie la creía. Heather la miró irse con un nudo de angustia en la garganta. La enfermera se volvió hacia ella, frunciendo la boca con reprobación.

—¿Por qué le ha hablado de eso? Ahora va a estar así el resto del día.

—No lo sabía —dijo Heather, cosa que no era del todo cierta—. ¿Es verdad? ¿Qué le robaron su bebé? Es una historia muy extraña.

La enfermera puso los ojos en blanco con aire teatral, pero la hostilidad de su postura se aflojó un poco.

—Querida, Anna no está bien, no está para nada bien. Ha perdido bebés, pero no porque se los haya arrebatado ningún cuco. —Miró hacia abajo y bajó la voz—. Dos embarazos a término, pero ambos nacieron muertos. Ha sido muy difícil para ella. Lo sería para cualquiera, pero para Anna… —Levantó un hombro regordete—. Su enfermedad lo hace peor, porque no es que solamente sufra el dolor, su mente inventa todo tipo de razones extrañas para ese dolor. Mire… —Cogió la taza de té a medio terminar de Anna y miró adentro con aire crítico—. Creo que es mejor que se vaya. El doctor Parvez va a tratar de calmarla y hoy ya no podrá volver a hablar con ella. Si vuelve a visitarla, haga el favor de pensar en mejores temas de conversación, ¿de acuerdo? La comida, las noticias locales, el tiempo. A ustedes, los ingleses, les encanta hablar del tiempo.

Heather respondió que lo haría y se fue por el camino de grava, dejando el imponente edificio a sus espaldas. Justo antes de tomar la curva que la llevaría al camino principal, se volvió y miró las ventanas. Se preguntó si Anna estaría observándola o si estaría durmiendo tras tomar los sedantes, soñando que daba a luz en el bosque. Pero la luz del día volvía opacas las ventanas y si había alguien mirándola, Heather no lo pudo ver.

El día siguiente amaneció despejado y gélido: un cielo

celeste inmaculado parecía dejar entrar el frío del universo. Heather dejó la calle y entró en una cafetería bulliciosa del centro de Londres, sintiéndose inmediatamente reconfortada por el calor y la conversación suave de los oficinistas que comían sus paninis.

—Hola, Diane. ¿Cómo estás?

La mujer tardó un instante en levantar la vista de su café con leche. Era mayor que Heather, pero no había cambiado casi nada desde que ella la había visto por última vez; el corte de pelo era más audaz, tal vez, la vestimenta algo más sobria.

—Heather, siéntate. Me enteré de lo de tu madre.

—Diane giró en el asiento y le hizo un gesto complicado a un empleado detrás del mostrador. Él asintió y se puso a preparar dos cafés—. ¿Cómo estás?

—Como cabría esperar, la verdad. Gracias por acceder a verme. Sé que por la forma en la que terminaron las cosas en *The Post*, pues...

Diane hizo un movimiento con las manos para contradecirla. Permanecieron en silencio mientras les llevaban los cafés.

—Oye, Diane. Tengo una historia. —Heather se miró las manos—. Creo que va a ser algo grande.

Diane arqueó una ceja perfecta.

—¿Y quieres dármela a mí?

—Sí. Bueno, no. —Heather sonrió. Le agradaba volver a ver a Diane. Su actitud sensata hacía que todo pareciera más razonable que hacía diez minutos—. Quiero que la publiques tú en su momento, pero necesito tiempo. Es algo sobre el Lobo Rojo.

—Heather, en este momento, todos los periódicos chorrean noticias del Lobo Rojo, si me disculpas la expresión. ¿De verdad tienes un ángulo distinto para darle?

—¿Qué te parece si te digo que estuve hablando directamente con Michael Reave? —Vio con satisfacción la expresión de sorpresa que cruzaba por el rostro de su antigua editora.

—Digamos que has captado mi atención. ¿Cómo sucedió?

Heather echó dos terrones de azúcar en el café.

—En primer lugar, tienes que prometerme que esperarás, ¿de acuerdo? No puedo arruinar la investigación ni mi... actual acuerdo, por lo que la historia tiene que esperar hasta que lo tenga todo. Quiero escribirla yo, ¿comprendes? Es mi artículo, Diane. Más que cualquier otra cosa que haya escrito en mi vida.

Diane levantó las cejas.

—¿Vas a contarme de qué se trata todo esto?

Después de beber un sorbo de café almibarado para calmarse, Heather se lo contó todo. Lo de las cartas, la relación de amistad de su madre con un asesino en serie y todo lo que había averiguado sobre los asesinatos nuevos: que Fiona Graham había sido secuestrada en su dormitorio, que la policía había estado revisando sus pertenencias en la escuela, que los corazones o dibujos de corazones parecían ser algo central en los asesinatos. Le reveló a Diane sus impresiones sobre el propio Reave y vio cómo una expresión hambrienta se dibujaba en el rostro de su antigua editora: una expresión que había visto cada vez que estaba por salir una historia importante. No habló de la nota que había encontrado en casa de su madre ni de las sospechas que tenía de que su madre había desempeñado un papel importante en todo el asunto; según su versión, las cartas eran simplemente el catalizador que le había conseguido el acceso a un asesino. No le contó que Anna Hobson alegaba que habían robado bebés; tampoco quería tirar demasiado de la cuerda.

—Creo que podrían ser una serie de artículos —dijo Heather en voz baja— sobre Reave y sobre el malnacido este cuando lo atrapen. Desde mi perspectiva excepcional, ¿comprendes? Soy la única con quien ha hablado en detalle.

—Además de tu madre. —Heather hizo una mueca al escucharlo, pero Diane prosiguió—. Tienes razón. Es una perspectiva excepcional.

—Diane, tienes que prometerme que seré yo la que lo escriba. Iré a verte cuando tenga todo lo que necesito.

—Heather, por cómo terminaron las cosas…, mira, me dejas sin mucho espacio para maniobrar. Hay gente con la que trabajo a la que no le gustaría ver una historia tuya en nuestro periódico.

—¿Acaso importa eso? ¿O crees que he perdido la capacidad de escribir en los últimos meses? Vamos, Diane.

—Te diré qué haremos, porque te tengo cariño. Envíame algunas páginas. —Diane se bebió la espuma del café—. Dame una idea bien sólida de lo que piensas hacer. De ese modo me será más fácil que lo acepten.

Heather suspiró y se echó ligeramente hacia atrás en la silla. Era un riesgo, lo sabía, pero volver a ver a Diane le había traído muchos recuerdos sobre cuánto le había gustado su trabajo y cuán importante había sido para ella.

—De acuerdo, te enviaré algunas notas.

—Trato hecho. —Diane le dirigió una de sus sonrisas poco frecuentes y fue como ver asomarse el sol en un día de invierno—. Pero todo esto suena bastante peligroso, Heather. Ten cuidado, no hagas locuras.

CAPÍTULO 25

—La visita de hoy se ha complicado.

Heather cogió con las dos manos la taza desechable caliente, mientras recorría el rostro de Ben Parker con la mirada en busca de una pista. En aquel momento, él era pura eficiencia profesional otra vez, no había ningún indicio en su actitud del almuerzo amistoso que habían compartido, pero mientras caminaban por el pasillo le dirigió una sonrisa apesadumbrada.

—¿Y eso?

—Un incidente con otro preso. —Al ver la expresión de ella, Parker movió ligeramente la cabeza—. Nada grave, pero sumado a una metedura de pata en las comunicaciones, el horario de Michael Reave se alteró por completo. En fin. Ahora está en el patio durante una hora, cuando debería haber estado hablando contigo.

—¿No puedes sacarlo de allí?

—Podría, sí —concedió Parker—, pero al director de la cárcel no le gusta la idea. Si hay algo de lo que se queja Reave es de su acceso al patio (o mejor dicho, de su falta de acceso a él) y el director no quiere provocar más reclamaciones. Así que tendrás que esperar un poco. ¿Te traigo otro té?

Heather miró el líquido oscuro que estaba en la taza. Olía a algo que podría haber sido té en algún momento.

—No. Gracias. Oye, ¿no puedo verlo en el patio?

Habían llegado a la puerta que daba a la sala de interrogatorios. Parker se detuvo y se masajeó la nuca con una mano.

—Eso está prohibidísimo, Heather...

—Pero es urgente, ¿no? Y habrá agentes allí. Además, tal vez esté más predispuesto al estar al aire libre. Creo que vale la pena probar.

Parker suspiró. Heather se dio cuenta de que parecía cansado, tenía sombras debajo de los ojos y la piel tensa.

Él levantó la mirada con expresión de víctima y esbozó una media sonrisa.

—Veré qué puedo hacer.

Cinco minutos más tarde, Heather recorría más pasillos escoltada por un par de uniformados corpulentos, detrás de los cuales iba Parker cerrando la comitiva. Atravesaron varias verjas; Heather oyó el chirrido de cerraduras y el zumbido de alarmas hasta que salieron a un patio cuadrado e inhóspito. El suelo era una mezcla de tierra y grava, y los muros grises de piedra estaban desconchados y rayados, y tenían inscripciones desperdigadas; alguien se había tomado el trabajo de rayar con mucho esfuerzo las palabras "PUTOS POLIS" a un lado de la puerta. En el centro del cuadrado sombrío había una hilera de grandes macetas con arbustos anónimos, y en los extremos, dos ceniceros metálicos para colillas a punto de desbordarse. El olor a tabaco rancio y cenizas era potente, pero hacia arriba se veía un cuadrado brillante de cielo azul y a Heather la alegró verlo.

—Heather. Me alegro de verte, muchacha.

Michael Reave estaba de pie junto a uno de los muros. Vestía un suéter azul marino con mangas largas y pantalones negros de deporte. Tenía las manos esposadas detrás de la espalda, pero sonrió al acercarse a ella. Fuera, a la luz del día, parecía más grande que antes, más vital. En contraste con el inspector Parker, no parecía cansado en absoluto; se lo veía despabilado y sereno, más juvenil que en ocasiones anteriores, y Heather sintió que una leve inquietud le recorría el cuerpo. Podía estar encerrado y vigilado constantemente, pero seguía siendo un hombre de complexión muy grande, y estaba segura de que si deseaba hacerle daño en este lugar —o en cualquier otro—, podría hacerlo.

—¿Aquí es donde pasa el tiempo libre, donde se ejercita?

Reave miró a su alrededor, como si viera el lugar por primera vez. Se encogió de hombros.

—Es uno de los lugares, sí. Ya solo estar al aire libre es bastante. Y además hoy hay sol. —Sonrió, y Heather se dio cuenta de que se lo veía más feliz que en las otras ocasiones—. Y encima, por primera vez tengo buena compañía.

Con cuidado de no acercarse demasiado, Heather avanzó unos pasos. A su izquierda estaba Parker, y detrás de ella, los dos corpulentos funcionarios.

—Michael, quería saber si podría contarme más sobre cómo era mi madre. Cuando era joven. Ahora se ha ido y siento que… —Se miró deliberadamente los pies, luego levantó la mirada hacia él, con el sol en los ojos—. No sé, siento que me he perdido muchas cosas, ¿comprende?

Él asintió despacio y su rostro se suavizó ligeramente. Durante un largo instante, nadie habló. En algún sitio detrás de ellos Heather escuchó los zumbidos de las puertas al abrirse y cerrarse en las profundidades del edificio.

—Colleen —dijo Reave por fin— era bondadosa. Compasiva. Era una mujer educada. Al menos, lo era para mí. Me gustaba escucharla hablar sobre los cuentos, sobre lo quc significaban para ella. —Hizo una pausa y se volvió para mirar las plantas, pero a Heather le pareció que no las veía—. A ella no le importaba que yo no tuviera ningún tipo de educación, por así decirlo. Nunca me juzgaba por eso. Así era tu madre.

Heather se cruzó de brazos tratando de mantener el rostro inexpresivo. Le costaba encajar esa descripción de su madre —dulce, comprensiva, bondadosa— con la mujer con la que había tenido amargas peleas durante casi toda la adolescencia. Hablar de Colleen parecía haber animado a Michael, que dio un paso hacia ella. Heather sintió un escalofrío y los agentes acortaron la distancia, claramente incómodos.

—¿Conoces la historia de la princesa Aurora, muchacha?

—¿Es de los hermanos Grimm también?

—Sí, claro, seguro que la conoces como la Bella Durmiente. —Sonrió, pero esta vez sin alegría—. Seguramente has visto la versión de Disney, todo canciones y animalillos del bosque.

—Es la de las tres hadas coloridas —dijo Heather—: Flora, Fauna y Primavera. —Sorprendida, sintió que se ruborizaba. Había algo surrealista e incómodo en el hecho de nombrar personajes de dibujos animados en el patio de una cárcel—. Le conceden dones a la princesa en su bautismo.

Entonces Reave parecía divertido.

—Así es. Pero en la historia original, eran mujeres sabias o hechiceras y había trece en total en el reino. El rey solamente tenía doce platos de oro en los cuales servirles la comida, supongo que las hechiceras serían muy exigentes, por lo que decidió no invitar a una de ellas. Cuando la decimotercera llegó al bautismo, se enfadó porque la rechazaron y maldijo a la princesa con un hechizo según el cual se pincharía un dedo con un huso a los quince años y moriría.

—Sí, lo recuerdo —comentó Heather.

—Pero la decimosegunda hechicera no había tenido ocasión de entregar su don todavía. Aunque no podía deshacer el hechizo de muerte… —Reave se interrumpió; sus ojos miraban la lontananza—. Esa hechicera no podía impedir la muerte, pero podía suavizarla.

—Cambiarla por cien años de sueño profundo.

Reave asintió.

—Tu madre era como esa hechicera buena, muchacha. Suavizaba las cosas. Quitaba algo del dolor de este mundo. Como un pequeño rayo de luz en un bosque de sombras.

—¿Y cuánto tiempo estuvo en Fiddler's Mill?

—No estoy seguro. —Reave desvió la mirada—. No es que yo supiera lo que hacía en todo momento.

—¿Pero tenían una relación estrecha?

—Éramos *amigos*. —Algo en el tono de voz de él le puso la piel de gallina—. Creo que es, era, mi amiga más antigua. La única que seguía pensando en mí veinte años después de Fiddler's Mill. Su alma era demasiado buena como para dejar que me pudriera en la cárcel sin dedicarme un segundo. Cada carta que me escribía era producto de su corazón bondadoso; yo nunca se lo pedí.

—¿Conoció a una mujer llamada Anna Hobson mientras estuvo en Fiddler's Mill, Michael?

—¿Anna Hobson? ¿Hay alguna razón por la que debería haberla conocido?

—Era una mujer joven que se metió en las drogas mientras estaba en la comuna. Dice que se quedó embarazada allí y que le quitaron el bebé después del parto. Que se lo robaron.

Michael Reave rio divertido.

—Nunca he oído ese nombre. Aunque no me sorprende que la gente invente historias raras sobre ese lugar. ¿Tú qué piensas, muchacha? ¿Te parece que puede haber sido posible?

—No lo sé —respondió Heather sarcásticamente, sin poder contenerse—. Muchas cosas que me parecían jodidamente imposibles ahora resulta que son ciertas.

Él asintió, como dándole la razón. Heather decidió intentar abordarlo de otra manera.

—Ella… ¿mi madre creía que usted era inocente? ¿Pensaba que era víctima de una gran injusticia o algo así? ¿Por eso le seguía escribiendo?

—Ella creía que yo era bueno. Sabía que era bueno, quiero decir. Fue la única persona que me valoró... en toda mi vida. ¿Sabes lo que significa eso?

En algún sitio en lo alto, chilló una gaviota. Heather frunció los labios para reprimir una respuesta impulsiva que contenía muchas palabrotas y se refería a la injusticia de la lealtad de su madre. Por lo visto, Colleen Evans había creído que Michael Reave era *bueno*. Le había brindado apoyo durante todos sus años en la cárcel. Colleen Evans también había visto a su hija adolescente marcharse por la puerta y no regresar; había dejado que la relación con su única hija se atrofiara hasta convertirse en algo frío y débil. Pero nunca le había costado ningún esfuerzo tomar un boli y escribirle a su viejo amigo, el Lobo Rojo.

—Michael —dijo en voz baja—, ¿sabe quién puede estar matando a estas mujeres? ¿Quién puede ser un admirador tan fanático de su obra? ¿Tiene alguna idea?

Reave se encogió de hombros y negó con la cabeza con una sonrisita, como si Heather hubiera hecho un chiste malo. Ella dio un paso adelante, haciendo caso omiso de la tensión que le comprimía el estómago.

—¿Cómo las elegía? Al menos cuénteme eso, Michael. ¿Era al azar? ¿O buscaba algo en particular? La persona que las está capturando ahora, ¿sabe lo que usted buscaba?

—Le dije a tu madre en una ocasión que a mí me juzgaron y me condenaron hace años —dijo Reave, con voz suave, peligrosa—. Mucho antes de que muriera ninguna, mucho antes de que me fuera del lugar donde crecí. Estaba destinado a ser culpable por quién era mi familia por las cosas que ellos me hicieron. Hasta *él*... —Reave se interrumpió, y una expresión imposible de descifrar le cruzó por el rostro como una tormenta de verano. Heather abrió la boca para preguntar quién era "él", pero Reave continuó—: He sido juzgado por lo que me hicieron, por ser la persona en la que me convirtieron, y ellos nunca serán culpables de nada.

—¿Quiénes? ¿De quién habla?

Él se encogió de hombros como si no importara. Hizo un ademán hacia los muros sucios.

—He estado atrapado toda mi vida. Se lo conté a Colleen aquella vez, y creo que ella trató de darme una salida. Fue ella la que me mostró el cielo, pero, aun así, aquí estoy, encerrado para siempre. Lo que soy no es culpa mía. Y escúchame —dijo volviéndose hacia ella con expresión severa—, entiendo que quieras saber de tu madre, pero no soy estúpido. Si haces demasiadas preguntas sobre otras cosas, te meterás en problemas. No quiero que eso te suceda.

—¿Qué...? —Heather pensó en el corazón rayado en la superficie de la maceta, en la sensación de que la estaban vigilando. ¿Qué sabía Reave de eso, exactamente?—. Michael, ¿qué es lo que sabe? ¿Acaso estoy en peligro?

Él negó con la cabeza, sin mirarla.

—No vayas allí. No hay nada. No revuelvas cosas que no te conciernen, muchacha.

El inspector Parker había dado un paso adelante y le tocaba el brazo para indicarle que la sesión había terminado. Más tarde, mientras caminaban hacia la entrada de la prisión, Heather pensó en las palabras finales de Michael Reave. La habían dejado con más preguntas que antes.

—¿Y su familia? ¿Queda alguien con vida?

Parker negó con la cabeza. Después de otra sesión sin respuestas, parecía distraído, impaciente por estar en otra parte.

—Todos muertos. Su madre, como te dije, desapareció cuando él era niño, y si estuviera viva, ahora sería muy anciana y no encajaría en el perfil. Había un padre y una hermana, sobre quienes hay algunos informes de los servicios sociales, sospechas de abuso sexual en la familia.

—Por Dios...

—Pero ambos han muerto. Algunos parientes lejanos, pero nada que lleve a ninguna parte.

Fuera, bajo el gélido cielo azul, Heather esperó el autobús, pensando en su madre y los misterios que había dejado a su paso. Cada vez estaba más claro que Colleen Evans había sido de suma importancia para Reave, que había representado algo para él que Heather ni siquiera podía empezar a imaginar. Y tenía que creer que Colleen también había sentido el mismo apego hacia él, aunque nada de eso encajaba con la mujer estricta e inflexible con la que había crecido Heather. Había otra cosa, tenía que existir alguna otra conexión.

Cuando por fin llegó el autobús, Heather subió sin mirar al conductor. Buscó un asiento en la parte trasera, sacó el cuaderno y se puso a escribir.

CAPÍTULO 26

Antes

Las mañanas en el bosque estaban llenas de cantos de pájaros y luz. Los murmullos provenientes de las tumbas de Michael estaban callados a esa hora, pero, aun así, a él le gustaba visitarlos todos y hacerles sentir su figura de lobo cuando caminaba por encima; era importante que supieran que estaba allí, por más lejos que viajara últimamente. En esa mañana en particular, el bosque estaba inundado de campanillas, una bruma azulada que asomaba en cada rincón. Michael estaba pensando en recoger algunas para llevarse con él en su siguiente salida —había comenzado a ponerles flores en la boca a sus mujeres, para que un pedacito del bosque Fiddler se descompusiera con ellas— cuando oyó una voz suave.

—¿Hay alguien?

Apoyó la pala contra un árbol y se movió en dirección al sonido.

—¿Hola?

La vio mucho antes de que ella lo viera a él. Había una chica en el bosque, vestida con tejanos ajustados, botas de goma salpicadas de barro y una blusa blanca diáfana que le flotaba alrededor de los brazos. El cabello rubio le caía en ondas suaves sobre los hombros; tenía un rostro pálido y algo demacrado y dos manchas de rubor rosado intenso en la parte superior de las mejillas. Llevaba un libro de tapas blandas y aspecto ajado debajo de un brazo. Cuando él salió de entre los árboles cercanos, ella dio un respingo y estuvo a punto de dejar caer el libro.

—¡Ay! —rio, y se ruborizó aún más—. Me pareció que había alguien más caminando por aquí. Disculpa.

—¿Eres de la comuna? —Michael carraspeó. No quería hablar con nadie, menos con barro en las manos y las tumbas tan cerca, pero desde el primer momento sintió que había algo en ella, algo que lo provocaba.

—Sí. —Apretó el libro contra el cuerpo—. ¿Tú también?

—¿Te has perdido?

Ella se encogió de hombros y apartó la mirada.

—Quería ver el bosque por la mañana. No pensé que habría nadie aquí, porque...

Cuando su voz se apagó, Michael asintió. Los otros jóvenes de la comuna no irían allí porque se pasaban la noche bebiendo y fumando marihuana, hasta la madrugada, para luego dormir hasta mediodía en sus fétidos sacos de dormir. O gruñendo y gimiendo juntos como animales. Michael los había escuchado desde su dormitorio en la casa, o desde el bosque.

—Puedo acompañarte de vuelta. —Era evidente que ella no quería volver todavía, que había caminado hasta allí con la intención de deambular por el bosque, pero consintió de buen grado y asintió, lo que hizo que el cabello le rebotara sobre los hombros—. ¿Qué estás leyendo?

Ella bajó la mirada hacia el libro como si no lo hubiera visto antes.

—Ah, es mi viejo libro de cuentos de los hermanos Grimm.

Se lo mostró; la portada oscura estaba toda arrugada y en el medio había una dura xilografía de un enorme lobo negro con las fauces abiertas y los dientes afilados a la vista. Tenía las patas enredadas en hiedra y estaba recortado contra un cielo blanco, desnudo. A Michael se le aceleró el corazón al verlo. ¿Quién era esa mujer que sostenía lo que él era en la mano?

—No parecen ser cuentos para niños —comentó sin saber qué otra cosa decir.

—No, no lo son, o al menos, no como los imaginamos. —La chica sonrió y se encogió de hombros—. Son muy antiguos, pasaban de generación en generación. Una tradición oral. Pero a mí me encantan —añadió con repentina vehemencia—. Son tan sinceros, ¿sabes? Todos tratan sobre los peligros del mundo, sobre el bien y el mal y hacer las cosas que corresponden… —Su voz se apagó por un instante—. Me pareció que estaría bien leerlos aquí…, como que resultarían más reales aquí en el bosque. —Se sonrojó, avergonzada—. En fin…

Habían llegado a la linde del bosque y la comuna se extendía delante de ellos. Todavía no era grande, pero como le gustaba decir al hombre, sus habitantes eran entusiastas. Desde donde estaban, Michael podía ver al hombre —se lo veía mucho más viejo entre tanta juventud— de pie junto a un grupo sentado en la hierba. Había una fogata y el aroma a café flotaba hasta ellos. La mayoría de los hombres y mujeres parecían estar medio dormidos aún, pero allí estaban las hermanas Bickerstaff junto al hombre y se las veía bien despiertas, ambas con el cabello rubio recién cortado muy corto. El hombre las llamaba sus "chicas Hitchcock", aunque Michael solo tenía una vaga idea del porqué; la única vez que había ido al cine, se asustó cuando las luces se apagaron y tuvo que irse de inmediato; ese día había sentido el armario muy cerca.

—Es buena persona, ¿no crees? —dijo la mujer en tono vacilante. Michael se limitó a asentir—. Les encanta escucharle hablar sobre la campiña, la importancia vital del paisaje rural, sobre liberarse de la domesticidad y la rueda del hámster. Pero algunas de las cosas que dice…

Su voz se apagó otra vez y Michael pensó si alguna vez terminaría un pensamiento en voz alta. Se habían acercado más al grupo, y sus ojos se posaron en una pareja que estaba al borde del círculo. El hombre tenía la mano metida debajo del suéter de la mujer y ella estaba bostezando, sin prestarle atención. De pronto se dio cuenta de que la chica también los estaba mirando y cuando ella levantó la mirada, Michael vio algo en sus ojos... miedo, emoción. Su cuello pálido parecía brillar en la luz matinal y él experimentó una potente oleada de emociones: necesidad de protegerla y deseo, todo enredado y anudado. "Es la liebre que se recuesta delante de las fauces", pensó repentinamente aturdido.

—Tengo que volver —dijo ella en tono vacilante—. Me toca a mí lavar las cosas del desayuno.

—¿Cómo te llamas? —La voz de él parecía venir desde muy lejos.

—Colleen —respondió la chica.

CAPÍTULO 27

El timbre de la puerta sonó justo cuando Heather terminaba de pasar al ordenador las notas escritas en los últimos días. Se puso de pie y avanzó por el pasillo lo más silenciosamente que pudo, con los ojos fijos en el panel de vidrio texturizado en el centro de la puerta. Había una figura fuera y estaba casi segura de que no se trataba de Lillian. Sintiéndose tonta por un lado y aterrada por otro, tomó una pesada figura de madera de la consola y espió por la mirilla. La figura se movió y pudo ver cabello rubio revuelto y un cuello de camisa desabotonado.

—¿Inspector Parker?

Cuando Heather abrió la puerta, le vio una expresión apenada, como si hubiera estado deseando que ella no estuviese en casa. Con una sonrisa algo avergonzada, él levantó una botella de vino.

—Sí, lo sé. Esto está muy mal se lo mire por donde se lo mire. Pero ha sido un día difícil y... —Se encogió de hombros—. Si te digo ahora que busqué en los archivos la dirección de la casa de tu madre, ¿me salvaré de que me eches más tarde?

—Ven, pasa. —Heather se hizo a un lado y dejó la figura

de madera sobre la consola—. Tienes suerte, porque acabo de pedir comida hace unos veinte minutos y por lo general calculo como para seis personas. ¿Quieres comer tres raciones de comida china?

—Lo consideraré un honor y un desafío.

Más tarde, cuando de la comida china ya no quedaba casi nada y habían abierto la segunda botella de vino, la conversación pasó inevitablemente al asesino imitador del Lobo Rojo. Parker dejó los palillos dentro del envase de cartón.

—Hoy ha aparecido otro cadáver. No te lo conté, pero... —Se encogió de hombros—. Esto se está acelerando. Los asesinatos originales sucedieron en un lapso de varios años, pero ¿qué es lo que hace este cabrón? Cuatro mujeres en, ¿qué, poco más de un mes? Los jefazos están que trinan.

Heather se movió en su asiento parpadeando rápidamente. Estaban en el sofá; habían arrastrado la mesa baja hasta allí para apoyar los platos y era una tentación sucumbir al sueño inducido por un estómago lleno de fideos, pero Parker estaba ligeramente ebrio y de pronto se había puesto conversador.

—¿Estaba... estaba igual que Elizabeth Bunyon? ¿Y Fiona Graham?

Durante un largo instante Parker no respondió y Heather se compadeció ante la expresión de pena que le cruzó por el rostro. Finalmente, él asintió.

—Les faltaba el corazón. Tienen la boca llena de flores. A Graham la encontró un paseador de perros que salió al amanecer. Cuando llegamos allí, la hierba todavía estaba escarchada y era como si... como si estuviera tallada en hielo. La sangre estaba cristalizada sobre el pasto. —Se estremeció—. La chica nueva era una drogadicta llamada Abi. Es terrible reducirla a eso, ¿no es cierto? Pero es lo que hacemos. Las víctimas se convierten en un resumen mientras nos matamos tratando de averiguar quién es *él*. A Abi la cortó por aquí —dijo pasándose una mano por el abdomen—, por la mitad. Y tenía un agujero en el tórax, en el que había tierra y cosas enterradas. Las fotografías son espantosas.

Heather pensó en la maceta en la puerta de la casa de su madre y se estremeció. Quería preguntar si habían encontrado algo con forma de corazón cerca del cuerpo, pero sería correr el riesgo de revelar sus pensamientos.

—Joder, Ben, lo siento. No puedo imaginar lo que debe de ser tener que ver todo eso y seguir trabajando como si nada. ¿Pudieron averiguar algo sobre Fiona? La científica, quiero decir.

Pensó que él no le respondería, creyendo que ya había compartido demasiada información. Pero Ben se encogió de hombros y bebió un sorbo de vino.

—Nada útil todavía. No sé quién es este desgraciado, pero se cuida muy bien de dejar rastros. En cuanto a lo otro, las flores, los insectos que transportan… En la época de los asesinatos originales, la entomología forense no estaba tan desarrollada. Tengo esperanzas de que ellos puedan descubrir algo, una pista de dónde vive, tal vez… —Se interrumpió y luego agregó desconcertado—: No debería estar contándote estas cosas.

—Ey, es mejor que guardártelo todo dentro. —Heather se inclinó y comenzó a apilar los platos de plástico y juntos llevaron todo a la cocina y los echaron al cubo de la basura.

—Aun así. —Ben apoyó la espalda contra la encimera. Se había quitado la chaqueta y se había arremangado hasta los codos, lo que dejaba al descubierto una delgada cicatriz blanca en el antebrazo—. No te sirve de nada enterarte de todo eso.

Heather se encogió de hombros, preguntándose qué pensaría Ben si supiera por qué había perdido su empleo, en primer lugar, y que había trabajado como periodista. No estaría aquí, intimando con ella en el sofá, de eso estaba segura.

—¿Qué es lo que te dice la intuición? —preguntó Heather

de repente—. Has estudiado a asesinos en serie, has hablado con Michael Reave en el pasado. Has tenido acceso a todo, archivos y fotografías. Si tuvieras que hacer una conjetura ahora, ¿qué me dirías?

Parker sonrió de medio lado.

—No soy uno de esos agentes de FBI que hacen perfiles de criminales, Heather.

Ella se acercó y se apoyó contra la encimera junto a él, de modo tal que tenía que levantar el rostro para mirarlo. Tenía las mejillas y la frente ligeramente sonrojadas, lo que contrastaba de manera atractiva con sus ojos color almendra, que, bajo esa luz, casi parecían verdes.

—Vamos. Debes de haberlo pensado.

Fuera, el viento soplaba con fuerza, arrojando hojas secas contra la ventana. Parker carraspeó.

—Hombre blanco de unos treinta y tantos años, quizá. Tiene un trabajo que le permite ir de un lado a otro; seguramente vive solo. Si tiene esposa, ella no sabe nada. Debe de ser alguien con un pasado complicado, como Reave. Padres violentos o ausentes, lo más probable. No todos aquellos que sufren maltrato o abusos de niños se convierten en asesinos en serie, pero la mayoría de los asesinos en serie han sufrido maltratos.

—Eso es como cuando dicen que no todos los cretinos votan al partido conservador, pero que todos los conservadores son cretinos, ¿no?

Eso le sorprendió y le hizo soltar una carcajada.

—Creía que no se podía hablar de política hasta por lo menos la tercera cita.

—Bueno, pues ya estás en mi casa, así que… —De pronto, recordó el pájaro encerrado, la nota en el botiquín, el aroma del perfume de su madre. Quería que Parker se quedara; cuando él estaba allí, la casa le parecía menos sombría, más segura. Atrapar al asesino se le antojaba una fantasía alocada, algo que había estado utilizando como distracción; aun comprender a su madre le parecía una tarea imposible. Y estaba cansada de sentirse triste. Sería tan agradable, pensó, sentir otra cosa durante un rato—. Creo que técnicamente esto ya cuenta como la cuarta o quinta salida.

Lo miró a los ojos mientras hablaba, esperando que él captara la indirecta. El desvió la mirada sonriendo, pero no hizo movimiento alguno para apartarse de ella.

—Creo que el asesino elige muy cuidadosamente a sus víctimas, tal vez las tiene elegidas con mucha anticipación, porque sabe cómo raptarlas con el mínimo riesgo. *Tiene* que existir algún vínculo entre ellas, pero, joder, no lo veo. Todas tienen aproximadamente la misma edad, treinta y cuatro, treinta y cinco años.

—Todas tienen más o menos mi edad. —Heather frunció el ceño.

—Le mostramos la foto que nos diste a los padres de Fiona Graham.

—Uy. —Se pasó una mano por la frente, tratando de no pensar en la madre angustiada de Fiona Graham llorando sobre una fotografía de su hija que nunca había visto antes—. Deben de estar desolados.

—Sí, no fue agradable. A estas alturas, lo único que quieren es poder hacer su duelo en paz, pero…—Hizo una pausa y, de nuevo, Heather tuvo la impresión de que le estaba contando más de lo que debería—. Reconocieron a la niña de la foto como su hija y recuerdan la ocasión. Fiona había participado en alguna competición para niños y había una entrega de diplomas en el festival. Se llamaba “Caminata infantil en la naturaleza”, o algo así. Ese es el motivo por el que estaban allí.

—Pues mira tú. No recuerdo nada de eso.

—Por lo que nos dijeron, no hablaron con tus padres y no existe ninguna conexión obvia entre ellos.

Heather negó con la cabeza.

—Pero ¿no te resulta extraño? O sea, es una coincidencia

inmensa que hayan ido a un festival y se hayan sentado a comer tarta con la mujer que conocía al hombre que… —Cerró los ojos con fuerza; ordenar y clasificar todos los hechos le estaba provocando dolor de cabeza—. Al hombre que *inspiró* al asesino que mató a su hija.

—Con la mujer que había estado escribiéndole a Michael Reave durante décadas —la corrigió él, y Heather se estremeció a pesar de que en la cocina hacía calor—. Sí, a nosotros también nos parece que es una coincidencia extraña. Estamos revisando las cartas que nos diste y las que Reave recibió de tu madre, para ver si podemos encontrar alguna otra relación entre tu madre y las víctimas.

—¿A qué te refieres?

—Siento tener que preguntar esto, pero… ¿cómo te llevabas con tu madre?

Heather se echó hacia atrás; estuvo a punto de soltar una carcajada, pero se contuvo y tragó con fuerza.

—¿Te parece justo preguntármelo en este momento?

—Lo siento, de verdad, pero hay mujeres que están siendo… Mira, hoy tuve que hablar con otro padre sobre su hija para pedirle que reconociera sus pertenencias, solo quedaban manchas de sangre… —Tenía la voz tensa por la emoción y Heather sintió una repentina oleada de deseo—. Va a volver a matar y seguramente muy pronto. Tenemos que adelantarnos a su próximo ataque.

—Tienes razón. —Heather bajó la mirada hacia las baldosas grises de la cocina—. Mira, me fui de casa a los dieciséis años, poco tiempo después de la muerte de mi padre. Después de eso, ya casi no volví a hablar con mi madre, salvo por alguna llamada telefónica incómoda cuando moría algún pariente o esas cosas. No teníamos una relación cercana. Me enviaba tarjetas de Navidad. —De pronto, se le hacía difícil hablar; tenía un nudo en la garganta—. Joder, para serte sincera, nuestra relación era un puto desastre.

—¿Piensas que podría ser posible que ella estuviera eligiendo las víctimas de algún modo?

Heather se mantuvo en silencio durante varios segundos. Sentía un torrente en los oídos y latidos detrás de los ojos. "Sé lo que eres y creo que tú también lo sabes". Podía imaginar a su madre, inclinada sobre una maceta de terracota con un cuchillo en la mano y el rostro contraído por alguna emoción imposible de reconocer.

—¿Heather?

—No sé qué responder a eso, Ben. Por supuesto que no pienso que ella eligiera a estas mujeres. Ni siquiera puedo creer que mi madre tenga algo que ver con todo esto. Pero ¿y si la conexión entre todos los sucesos *es* realmente mi familia? ¿Mi madre? —Se mordió el labio—. No quiero pensarlo, pero la fotografía y el suicidio de mi madre…

Él se giró ligeramente hacia ella, con expresión consternada.

—Si existe un vínculo, Heather, lo encontraremos.

—Lo sé, y tienes razón, pero es que… —Se puso un mechón de pelo detrás de la oreja, concentrada en sus pensamientos. "¿Y si esto fuera una historia para el periódico? ¿Qué preguntas harías?"—. Bien, ¿qué más? ¿Qué otras cosas es razonable suponer sobre este asesino nuevo?

—Se las lleva a algún sitio para matarlas, no las asesina en sus propias casas ni en ningún espacio público. Le gusta tener todo controlado. No… no me parece que asesine de manera impulsiva, ni que esté enajenado al hacerlo. Se trata de poder, de ejercer el poder sobre ellas, y la manera en la que dispone los cadáveres también está relacionada con el poder.

Heather asintió.

—Pensé lo mismo —dijo con tono distraído—. Que le importan los cuerpos. Le importan más allá de la muerte.

Parker le dirigió una mirada penetrante.

—No diría que "le importan", precisamente…

—No, pero… —Heather tamborileó los dedos contra la superficie de mármol—. ¿Será que le importa la manera de exhibirlos porque quiere que se parezcan lo más posible a los asesinatos originales del Lobo Rojo? ¿O porque él mismo necesita que sea así?

—Esa es la pregunta del millón, ¿verdad? —Parker suspiró—. ¿Conoce a Reave o es solamente un admirador muy entusiasta?

—Sí. Lamento que mis conversaciones con Reave no hayan ayudado demasiado.

—Sí que ayudan. —Parker se volvió hacia ella—. Tal vez todavía no estemos viendo de qué manera, pero estoy seguro de que…

Fuera, un ruido hizo que ambos se volvieran hacia la ventana. Estaba oscuro y el vidrio reflejaba la imagen de ambos, uno junto al otro; de pronto, un movimiento veloz los hizo sobresaltarse violentamente.

—¿Qué fue eso, un zorro?

Heather emitió una risa nerviosa; el corazón le galopaba en el pecho.

—¿Un perro, tal vez? —Algo en su voz debió de sonar extraño, pues Parker le apoyó por un instante la mano sobre la parte baja de la espalda.

—¿Estás bien? Parece que hubieras visto un fantasma.

—Sí, es que… —Inspiró hondo, avergonzada por lo alterada que estaba—. Por Dios, estoy hecha un lío. Disculpa, me temo que soy muy mala compañía.

—En realidad me resultas muy buena compañía.

De nuevo, Heather experimentó la potente sensación de no querer que él se fuera. Como si le leyera la mente, él inclinó la cabeza hacia ella, vacilante, con una expresión en los ojos que ella no podía descifrar. Sin detenerse a pensar demasiado en lo que hacía, Heather lo tomó de la parte delantera de la camisa y, atrayéndolo hacia sí, lo besó.

Por un segundo, él no se movió —Heather casi podía oírlo cuestionarse la decisión— y luego sus brazos la rodearon y apretó la boca con fuerza contra la de ella. Sabía a vino y a algo más que Heather no pudo reconocer; sus manos, que le subían por la espalda de la blusa, eran agradablemente ásperas.

Juntos, chocaron contra la mesa de la cocina, y mientras Heather se retorcía para quitarse los pantalones desabrochando al mismo tiempo el cinturón de él, se preguntó por un instante qué pensaría su madre.

"En vista de todo lo acontecido, creo que tirarme a un policía sobre tu mesa de la cocina no es nada del otro mundo, mamá".

—¿Estás… vamos bien así?

Heather levantó la vista hacia el rostro sonrojado de Ben y se dio cuenta de que se había reído en voz alta.

—De maravilla. Ni se te ocurra detenerte.

Más tarde, subieron a trompicones y riendo por lo bajo al piso superior para una segunda ronda más serena en la habitación de invitados. Cuando por fin quedaron tendidos, exhaustos, en la oscuridad, Heather se concentró en la respiración de él, lenta y regular; le resultaba reconfortante de algún modo. Qué fácil sería quedarse allí, escucharlo dormirse, permitir que la noche se convirtiera en un recuerdo agradable, algo borroso debido al vino y al sueño, pero las imágenes de los cuerpos que él había descrito, las palabras que había utilizado para retratar al asesino, le flotaban en la mente como letreros de neón zumbantes.

—Ey. —Lo tocó con el pie, y él emitió un suave gruñido—. ¿Ben?

—¿Mmm?

—Odio decir esto, sobre todo después de…, pero no puedes quedarte a dormir. Tengo el funeral de mi madre mañana por la mañana.

Él se quedó muy quieto y luego se giró hacia ella. En la tenue luz que llegaba desde el pasillo, Heather vio los músculos firmes de su abdomen y el suave vello que le cubría el pecho, ligeramente más oscuro que su pelo. De pronto, le resultó tentador ver si podía hacerle quedarse más tiempo, pero era obvio por la forma en la que se había incorporado que la palabra "funeral" había disipado cualquier posibilidad de lograrlo.

—Uy. Mierda. No me dijiste nada.

—¿Y por qué tendría que haberlo hecho? —Ella también se sentó y se rodeó las rodillas con los brazos mientras Ben buscaba sus pantalones en el suelo—. Están junto a la puerta. Disculpa, pero es que... no voy a ser muy buena compañía mañana por la mañana, ¿sabes?

—¿Tienes a alguien que te acompañe?

Ben se volvió hacia ella desde la puerta y la luz permitió que Heather viera la expresión de genuina preocupación en su rostro. De pronto, se sentía sucia, avergonzada de admitir que él la atraía más que nunca. Era demasiado fácil imaginar qué diría su madre si viviera, el tono "decepcionado pero no sorprendido" de su voz.

—Mi amiga Nikki vendrá conmigo, y la mitad de su familia también, creo. Estaré bien.

—Puedo ir, si quieres...

Lo miró a los ojos y se esforzó por sonreír.

—Gracias de todos modos. Quiero decir, por haber venido esta noche.

Una vez que él se fue, Heather se puso una bata y volvió a bajar a la sala de estar. Era muy tarde y el cuerpo le dolía por todas partes, pero de todos modos, encendió el ordenador y comenzó a escribir. La historia comenzaba a tomar forma.

CAPÍTULO 28

El día del funeral amaneció luminoso y soleado, aunque la casa seguía fría y saturada de sombras. Heather, que estaba levantada desde hacía horas, se sentía exhausta pero electrizada al mismo tiempo; se lavó la cara repetidas veces y bebió café solo en un intento por concentrarse.

Eligió un par de tejanos que todavía podían —con buena voluntad— describirse como negros y no grises y una blusa negra sencilla; los desplegó sobre la cama y luego los evitó durante toda la mañana. Una y otra vez se dirigió a las ventanas y miró la hilera de árboles oscuros en los extremos del jardín de su madre, temiendo a medias encontrar a alguien allí; no podía dejar de pensar en la nota: "Sé lo que eres y creo que tú también lo sabes". Se recordó la importancia de asistir al funeral. Significaba pasar página, una forma de dejar atrás a su madre y sus notas venenosas. Pero tras regresar a la ventana, tuvo la sensación de que algo se le escapaba; que había un mensaje, benévolo o no, que no estaba comprendiendo. En un intento de dejar de pensar en ello, le envió a Diane las notas que había escrito hasta el momento, junto con el comentario: "Esto no es más que un *borrador inicial*, así que no me juzgues con dureza".

Cuando Nikki pasó a buscarla, sentía desesperación por salir de la casa y se subió con entusiasmo en la parte de atrás del coche de la tía de Nikki. En el asiento del copiloto iba también la madre de su amiga, que se estiró por encima del apoyacabezas para abrazarla con fuerza inusitada.

—¿Cómo estás, Heather, cómo te sientes?

—Estoy bien, señora Appiah, de verdad. Aunque no veo la hora de terminar, para ser sincera.

En el crematorio había más gente de lo que había esperado: más vecinos como la tía de Nikki, un par de primos lejanos que reconoció de viejas fotografías. Lillian también estaba, con un elegante traje chaqueta negro y un sombrerito negro con un detalle de encaje. Al verla, Heather se sintió avergonzada: alguien que vivía cerca de su madre se había tomado más trabajo con su aspecto que su propia hija.

—Ven, Hev. —Nikki la tomó del brazo con suavidad—. Entremos.

Lentamente, el pequeño grupo de personas entró en la capilla de ladrillo visto, con las cabezas gachas y los ojos secos. Cuando pasaron debajo del arco y se dirigieron a los asientos, Heather sintió un leve estremecimiento de pavor; había una gran cruz de madera en la pared del fondo que dominaba todo lo demás, y el ataúd de su madre estaba frente a ella, con un arreglo de flores blancas sobre la madera color tostado.

Por un momento, se sintió impulsada hacia atrás, como repelida por la propia habitación, y entonces, recordó: era la misma capilla donde habían despedido a su padre. ¿Cómo podía haberlo olvidado? Pero en un extraño acto de autoprotección desesperada, lo *había* olvidado casi por completo. El funeral de su padre existía ahora en su mente solo como una serie de imágenes e impresiones dolorosas. El olor a cuero del abrigo que tenía puesto; los sollozos de dolor de su madre; su propio sufrimiento y la culpa, una astilla refulgente de vidrio clavada tan profundo en su garganta que había pasado la ceremonia en un silencio aturdido.

Nikki la miró y una arruga de preocupación se le formó en su frente.

—¿Hev?

Ella asintió y sonrió con esfuerzo.

—Vamos. —La señora Appiah le pasó un brazo carnoso alrededor de la cintura—. Nos sentaremos contigo.

La familia de Nikki la guio hasta el primer asiento y se sentó a ambos lados, distribuyendo pañuelos y haciendo aspavientos. Se sentían como en casa dentro de una iglesia; no los inmutaba el olor a flores rancias ni la cruz gigante que se cernía sobre ellos, y Heather sintió una oleada de gratitud que amenazó con hacerla llorar antes de que hubiera empezado la ceremonia. Sin embargo, cuando la vicaria a cargo tomó su lugar y carraspeó, Heather se sintió extrañamente serena. Miró a su alrededor y vio a Lillian sentada sola, en el fondo, con las manos entrelazadas sobre un bolso grande y los ojos grises fijos sobre el ataúd.

—Gracias a todos por venir hoy a celebrar la vida de Colleen Evans.

La mujer recorrió a los asistentes con la mirada y Heather se preguntó qué pensaría sobre el reducido grupo de personas, sobre las circunstancias de la muerte de su madre. Había tenido una conversación telefónica incómoda en la que la vicaria le había hecho muchas preguntas sobre Colleen, claramente intentando obtener suficiente información sobre ella como para poder hablar con confianza en la ceremonia, pero Heather se dio cuenta de que tenía muy poco que decirle. Si su madre había tenido pasatiempos en su vida reciente, no lo sabía, y la mayoría de sus recuerdos eran de una infancia distante y desasosegada. En un momento, se sintió tentada de hablarle sobre Michael Reave. "Mi madre solía intimar con un asesino en serie. ¿Le gustaría mencionarlo en el funeral?

Tal vez hablar sobre cómo le escribió cartas durante décadas sin contarle nada a nadie. O tal vez contar que vivió en una comuna hippy y seguramente consumió todo tipo de drogas. Es una buena anécdota, ¿no le parece?". Finalmente, le había dedicado solo unos minutos y entonces podía ver que la mujer tenía dificultades para construir la imagen de una persona sobre la que no sabía nada.

—Colleen estuvo felizmente casada con su esposo, Barry, durante muchos años, y también se sentía muy orgullosa de su hija, Heather…

Heather emitió un sonido al escucharlo; la señora Appiah creyó que lloraba y le palmeó la rodilla suavemente.

Miró el ataúd y le vinieron a la mente las conversaciones con los empleados y funcionarios de la morgue tras la recuperación e identificación del cuerpo de su madre. Eran personas amables, solemnes y atentas, y le habían explicado que no iba a poder ver a Colleen puesto que los daños sufridos cuando alguien cae de gran altura (salta, los había corregido ella en silencio, *salta*) eran demasiado graves. Le habían presentado a una agente de policía que le había entregado el bolso destrozado de su madre. Dentro estaba la cartera, la tarjeta de transporte y puñados de escaramujos de rosas silvestres, como si los hubiera recogido y guardado en el bolso mientras se dirigía a los acantilados. También estaba la nota de despedida de su madre.

"Esos pequeños escaramujos… ¿son importantes?", le había preguntado la agente de policía. Era joven y dedicada; tenía grandes ojos oscuros y le había puesto dos sobrecitos de azúcar al té, aunque Heather lo había pedido sin nada. Para mitigar el golpe. "No nos deshicimos de ellos, por si usted deseaba conservarlos".

Heather no había sabido qué responder a eso, por lo que terminó por coger el bolso, con escaramujos y todo, y vaciarlo en los arbustos fuera de la morgue. ¿Acaso eran importantes?

No tenía idea. Ese era el problema que cada vez era más obvio: no sabía casi nada sobre Collen Evans, y todo lo que había podido averiguar desde su muerte sugería que nunca lo sabría.

—Colleen amaba a su familia y era una mujer muy considerada. Muy generosa con su tiempo.

"Muy generosa", pensó Heather, y la tristeza que sentía de pronto se convirtió en rabia. "Generosa como nadie, seguro".

Se sobresaltó al ver que todas las cabezas del banco de la iglesia se volvían hacia ella, y comprendió que había hablado en voz alta. Sonrojándose intensamente, agachó la cabeza, pero fue como si se hubiera abierto un dique; imágenes y pensamientos no deseados se le agolpaban en la mente y la oprimían. Sentada en esta misma capilla cuando era adolescente, aturdida por el dolor y la culpa; la expresión de miedo que había cruzado por el rostro de su padre tras encontrar el pájaro en su dormitorio; su madre arrojándose desde el acantilado, habiéndose arrepentido tal vez en el último momento y sintiendo terror de la larga caída, antes de que le estallara la cabeza contra las rocas y se le pulverizaran los huesos. Pensó en Michael Reave y en su voz, tan irritantemente firme, en todas las mujeres cuyas vidas había cortado de cuajo.

Sin pensar en lo que hacía, se puso de pie. Las palabras de la vicaria se le secaron en la garganta y todos la miraron, expectantes. Alguien detrás de Heather carraspeó.

—¡Hev! —La voz de Nikki era un susurro vehemente—. Tranquila, siéntate. Por favor.

Era imposible. Imposible quedarse allí un minuto más, a metros del ataúd que contenía los fragmentos de su madre. Sacudió la cabeza y se escurrió por el banco de la iglesia, alejando con suavidad las manos de la señora Appiah y su hermana.

—Por favor, continúen —dijo, tratando de hablar con voz normal—. Necesito un poco de aire, continúen, por favor.

Salió por la puerta lateral al pequeño jardín de la iglesia. La mayor parte de los senderos estaban asfaltados, con zonas de grava blanca y pequeñas plantas suculentas. Sobre una pared baja, alguien había dispuesto todas las ofrendas florales. Vio la suya de inmediato, una corona de lirios blancos y amarillos. Se acercó a mirarla y fijó la mirada en los pétalos largos y suaves hasta que el corazón dejó de galoparle en el pecho.

"Por lo que sé, perfectamente podría haberlas detestado". Heather inspiró profundamente. "Es posible que detestara todas estas flores. Mierda, tal vez tendría que haber traído escaramujos de rosa silvestre".

Aguardó y minutos después oyó el sonido tembloroso y débil de un grupo pequeño de personas que entonaban la canción religiosa que ella había elegido. Poco después, se abrieron las puertas del crematorio y la vicaria comenzó a despedir a la gente.

—Hev, ¿estás bien?

Nikki corrió hacia ella; su madre y su tía se quedaron más atrás, observándola con preocupación. El puñado de asistentes al funeral salió al jardín, deteniéndose para dar las gracias a la vicaria. Heather no pudo dejar de notar que todos la miraban de soslayo.

—Lo siento. —Levantó la mirada para incluir a la señora Appiah y su hermana en la disculpa—. No podía soportarlo. Me trajo a la memoria el funeral de mi padre, y sumado al horror de todo…

—Es lógico, querida. —La señora Appiah descartó la explicación con un ademán—. Tu madre ya está en paz y es hora de que tú también trates de tener un poco de tranquilidad. Pero mira qué flores tan bonitas han enviado. Colleen se habría emocionado mucho, seguro.

Heather asintió y obedientemente regresó hacia las flores. Decidió que leería todas las tarjetas y se lo agradecería a cada uno personalmente. Al fin y al cabo, no estaban al tanto de la mala relación que había tenido con su madre y se habían molestado en asistir al funeral; era lo menos que podía hacer, después del espectáculo que había dado. Mientras se inclinaba para leer la tarjeta de un ramo de flores amarillas —la caligrafía del florista era atroz—, Lillian apareció junto a ella sosteniendo un bolso elegante con manos enguantadas.

—Una ceremonia muy bonita, *justo* como le hubiera gustado a Colleen. —Heather se volvió al oír su voz; ¿acaso lo decía con sarcasmo? Pero Lillian estaba impasible como siempre—. ¿Va a haber un refrigerio después, querida?

—En el King's Arms. Reservé el salón trasero. Supongo que debería de haberlo hecho en la casa, pero… —Se interrumpió. Lo cierto es que no existía ninguna buena excusa. Solamente, que no soportaba la idea de que hubiera otra gente allí, viendo dónde se había juntado polvo y abriendo la nevera.

—No tienes que darme explicaciones, lo comprendo perfectamente. Imagino que te quita algo de presión.

—Y hemos preparado comida. —La que habló fue la tía de Nikki, que se había situado junto a Heather—. Sándwiches, carne fría, hojaldres de salchichas. Suficiente para todos y sobrará. Te apartaré un poco en un táper para que te lo lleves de vuelta a casa, Heather.

"Dios me libre de las ancianas y sus táperes", pensó Heather, antes de darse cuenta de que la tía de Nikki miraba con curiosidad a Lillian.

—Uy, perdón. Shanice, ella es Lillian. Suponía que se conocían. Lillian también es, hum… era, vecina de mamá.

—Creo que no nos conocemos —dijo la tía Shanice extendiendo una mano regordeta. ¿Por dónde vive usted, Lillian?

—Más arriba, en dirección a la escuela —repuso Lillian; se volvió hacia Heather nuevamente—. Discúlpame, querida, pero tengo que irme. Fue realmente una ceremonia preciosa. Pasaré más tarde a llevarte un poco de la cazuela de pollo y calabaza que estoy haciendo.

Y con eso, se marchó. Shanice arqueó una ceja, lo que Heather reconoció como una opinión muy pobre sobre Lillian y todas las mujeres como ella, y regresó con su hermana para darle el informe. Un ramo de flores particularmente colorido llamó la atención de Heather, que se acercó para leer la tarjeta. Sorprendida, se dio cuenta de que reconocía casi todas las flores, puesto que eran todas silvestres: violetas, rosas silvestres, margaritas, campanillas. Estaban dispuestas en forma de corona. Se inclinó y pasó los dedos por la tarjeta: al menos, esa era legible.

Sé lo que eres y creo que tú también lo sabes.

El estómago le dio un vuelco y sintió náuseas. La tarjeta no estaba firmada ni contenía ninguna otra palabra, ni siquiera tenía una pequeña imagen impresa de flores en un extremo como la mayoría de las otras. Heather la arrancó de la corona y se irguió; sentía la bilis en la garganta.

—Hev, ¿qué pasa?

Sacudió la cabeza, sin poder responder. En la distancia, un perro ladraba sin cesar.

"Sé lo que eres".

Alguien allí afuera —alguien que sabía todo sobre su madre y el Lobo Rojo— estaba jugando con ella.

CAPÍTULO 29

La reunión después del funeral fue una pesadilla. Un salón oscuro de un pub, fuentes de sándwiches y salchichas de cóctel —muchas más de las necesarias para el reducido grupo— y copas de vino tinto agrio. Heather no podía concentrarse en ningún rostro ni seguir ninguna conversación; una y otra vez su mente volvía a la tarjeta y al rencoroso mensaje: "Sé lo que eres".

Nikki estaba pendiente de ella, y cada rato aparecía con un plato de cartón lleno de queso o un vaso de cocacola, intervenía en conversaciones que parecían dolorosas o incómodas y en más de una ocasión Heather cruzó miradas con ella, sorprendida y conmovida por lo considerada que era su amiga. Sin embargo, cuando un anciano al que reconoció con esfuerzo como un vecino de su madre la tomó del brazo y se lo apretó, Nikki estaba en el otro extremo del salón, hablando en voz baja con su tía.

—Qué triste lo de tu madre, qué triste. —El anciano le apretó el brazo otra vez, como para añadir énfasis a sus palabras. Tenía dedos grandes y gruesos, con uñas demasiado cortas—. ¿Sabes por qué lo hizo?

"Sé lo que eres". Heather se quitó de encima su mano,

pero el hombre no se dio por aludido y siguió mirándola fijamente. Tenía escamas de piel reseca en la parte superior de las mejillas y los pequeños vasos capilares de su nariz habían reventado hacía mucho tiempo.

—¿Quiere decir si sé por qué se arrojó de un acantilado? —Sentía la mandíbula rígida. Terminó su bebida y dejó el vaso sobre una mesa cercana, con más fuerza de la necesaria—. Dígame, ¿de verdad cree que es una pregunta razonable para hacerle a alguien en un velatorio? A la hija de la difunta, nada menos.

—Bueno, yo... —El anciano arrugó la frente con aire teatral—. Tampoco tienes que ponerte así...

—Ah, ¿no? ¿No tengo que enfadarme porque usted quiere que saque a relucir todo el dolor y la tristeza que siento, el dolor y la tristeza por mi madre, así los puede examinar solo para satisfacer su curiosidad morbosa?

—Eso no es...

—*Sí* que lo *es*. Santo Dios, me alegro mucho de haberme ido de este pueblo de mierda cuando tuve la oportunidad. ¿Sabe que me da pena que mi madre haya tenido que vivir en este nido de buitres? —Su voz se había elevado y vio que Nikki cruzaba la habitación hacia ella, con los ojos muy abiertos—. ¿Sabe una cosa? Al carajo con todo. Siga usted con lo suyo.

Salir a tomar aire no le brindó el alivio que esperaba. Por el contrario, la hizo sentirse perseguida, expuesta. Pensó por un instante en llamar a Ben Parker; estaba segura de que escuchar su voz —cálida y amable— la sanaría de algún modo, pero sentía deseos de llorar y la idea de acostarse con él y al día siguiente llorarle por el teléfono le resultaba humillante. Había una parada cerca y el autobús se acercaba, de manera que corrió para cogerlo sin mirar adónde iba. No fue sino hasta que se dejó caer pesadamente en el asiento junto a una adolescente alarmada cuando tomó conciencia de que la copa de vino se le había subido a la cabeza. Un segundo después, el teléfono zumbó con la notificación de un mensaje de Nikki.

¿Dónde estás? ¿Todo bien? x

Heather se quedó mirándolo largo rato y luego volvió a guardárselo en el bolsillo. Bajó del autobús cuando vio otro pub con un letrero desvencijado pintado con un león rojo. Era un sitio oscuro, con suelos pegajosos y un puñado de ancianos encorvados en los rincones con jarros de cerveza entre las manos. La camarera, que era baja y de aspecto ordinario, la miró con desaprobación cuando entró, pero no vaciló en servirle la bebida que pidió. Heather tomó el vaso y una bolsa de patatas fritas y se instaló en una mesita redonda lo más lejos posible de la pantalla del televisor, frente al cual se formaban grupos de hombres que emitían gritos ante algún disparate relacionado con deportes. El ron era oscuro y bueno. Con cada sorbo, sentía que su estado de shock se suavizaba ligeramente, aunque todavía no podía dejar de pensar en el extraño ramo de flores silvestres y la nota del botiquín del baño con las plumas que habían caído dentro del lavabo. Recordó el pájaro atrapado y cómo se había chocado contra las paredes, y la figura que había creído ver en un extremo del jardín de su madre... ¿Acaso no la había visto Lillian también? Por eso le había preguntado si había estado recibiendo visitas de hombres.

Se bebió el resto del ron y pidió una cocacola. Tenía el estómago demasiado vacío como para seguir consumiendo alcohol.

Tal vez la nota del botiquín era realmente de su madre. Tal vez Colleen había enviado también las flores, dejando todo organizado antes de quitarse la vida. ¿Se podía hacer algo así? Sí, si le pagabas lo suficiente al florista, si imaginabas dónde haría el funeral tu predecible hija, si dejabas claramente estipulado en tu testamento que querías que te incineraran. Heather podía no conocer a su madre tanto como había creído —es más, cada día que pasaba parecía alejarla más de quien había creído que era su madre—, pero hacer una cosa así requería un nivel de crueldad que no podía creer que su madre tuviera. ¿Que había sido fría? Sí. ¿Pero malévola?

—Esto es una locura.

Un par de ancianos de la mesa contigua levantaron la vista y la miraron, ella les dio la espalda. En el centro de todo estaba la lata de galletas llena de cartas, una bomba de relojería cargada de misterios y sombras terribles. Pensó en Michael Reave y sus manos con cicatrices, en cómo le había contado tranquilamente historias de lobos y mujeres que comían carne cruda.

Se puso de pie para ir a pedir otra bebida sin alcohol. Al volver a su asiento, la aplicación de alertas de noticias se activó en su teléfono y antes de que pudiera apartar la mirada, vio el titular: "EL LEGADO DEL LOBO ROJO: EL ASESINO EN SERIE COMO FUENTE INSPIRADORA DE NUEVOS ASESINATOS".

Heather parpadeó y el teléfono se le deslizó entre los dedos y cayó al suelo.

—¿Estás bien, bonita?

—Sí, estoy bien.

Heather se lanzó tras el teléfono, lo cogió y volvió a su mesa, sintiendo los ojos de todos los parroquianos como dedos sucios sobre la nuca. Los fulminó con la mirada, aunque le costaba ver con nitidez, y regresó a su bebida.

"El legado del Lobo Rojo".

Era de *The Post,* el periódico para el que trabajaba Diane. Tras tomarse un momento y prepararse para lo peor, Heather abrió el artículo y lo leyó de cabo a rabo. Allí estaba la fotografía policial de Michael Reave, junto a una de Fiona Graham en la que se la veía con sus alumnas. El texto incluía una síntesis de lo sucedido hasta el momento, un resumen de los asesinatos históricos e información sobre todas las víctimas... y entre todo eso, la información que le había dado a Diane: sobre las preguntas a Michael Reave y sus impresiones sobre él, los corazones que no se habían encontrado, las flores en la boca de las víctimas, el hecho de que la policía estaba estudiando las tarjetas que las alumnas de Fiona Graham le habían regalado para su cumpleaños... Todo estaba allí. Diane no había esperado a tener la historia completa, se había abalanzado sobre las partes más jugosas que ella le había enviado y las había entretejido dentro de un artículo más completo. Heather veía claramente las costuras. Aquí había un párrafo de ella, palabra por palabra. Y otro más dos apartados más adelante. Como lo que le había enviado a Diane era un primer borrador, mucho de lo que Ben le había contado seguía allí, textual. Heather se quedó contemplando sus propias palabras, que brillaban ante sus ojos como hojas de afeitar.

—Tu putísima madre, Diane.

Imaginaba perfectamente cómo había sucedido. Diane leyó lo que le había enviado, se lo llevó a los otros editores y con todos los otros periódicos dedicándoles titulares a los asesinatos del imitador, la posibilidad de quitarles la alfombra de debajo de los pies había sido simplemente demasiado deliciosa como para resistirse. Imaginó a Diane asintiendo con la cabeza y acordando con los otros editores. "No hay forma de que podamos guardarnos esto".

Heather permanecía sentada con los dedos apretados contra los labios y el corazón galopándole en el pecho.

"Se va a enterar", pensó contemplando el cuadradito iluminado en la pantalla del teléfono. "Cuando Ben vea esto, sabrá que he hablado con el periódico. Se dará cuenta de lo que soy".

Durante un buen rato, se quedó paralizada por la indecisión. ¿Debía llamar a Diane y exigir que lo eliminaran todo? ¿O llamar a Ben y tratar de explicárselo antes de que lo viera?

¿O tal vez pedir una botella de ron en el bar y comenzar a bebérsela? Finalmente, la parálisis cesó cuando sonó el teléfono. Reconoció el número como el de Ben Parker. "Mierda".

—¿Ben?

—Heather... —Había una nota en la voz de él que nunca había escuchado antes.

—Mira, te lo puedo explicar...

—Entonces ya sabes por qué te estoy llamando. —Suspiró, lo que a ella le resultó aún peor. Podía lidiar con su furia, pero parecía cansado, decepcionado—. Fuiste tú.

—Mira, hablé con una amiga sobre lo que estaba sucediendo. No pensé que ella lo...

—¿No pensaste que Diane Hobart, editora asistente de uno de los periódicos más importantes, escribiría una historia sobre el Lobo Rojo? ¿Sabes qué? Deja, ni te molestes. Soy un imbécil. —Lo oía moverse, como si pasara el teléfono de una oreja a la otra. Lo imaginó en su despacho, tal vez mirando a sus colegas a través del cristal—. No debí haberte contado nada. En realidad es culpa mía. Sé que eres periodista, Heather.

—Lo fui, pero ya no lo soy. Si me investigaste, también lo sabrás. —Se mordió el labio por un segundo, furiosa consigo misma y con toda la situación—. Mira, no me estaba aprovechando de ti, ¿sabes? Anoche... anoche lo pasé muy bien, de verdad. Me gustas, Ben, realmente. Por favor no interpretes esto como algo que no es.

—Interpreto que soy un tonto que ha puesto en riesgo una investigación, lo que significa que he puesto vidas en peligro. —Hizo una pausa, y cuando volvió a hablar, Heather sintió su intento por distanciarse de ella—. Mira, en realidad solo te llamo para decirte que he cancelado las visitas a Michael Reave. Creo que es mejor para ti y para la investigación que te mantengas apartada de todo por el momento. Nos pondremos en contacto contigo si necesitamos algo más.

Heather abrió la boca, sin saber bien qué iba a decir, pero lo único que oyó fue otro suspiro y un zumbido electrónico cuando él cortó la comunicación.

Se quedó sentada en silencio, con la mano que sostenía el teléfono apoyada sobre el regazo. Le vinieron a la mente imágenes del dormitorio del primer apartamento en el que había vivido tras irse de su casa; tras escapar de su casa, en realidad. El papel barato se despegaba de las paredes, y en una ocasión, arrancó una tira para ver qué había debajo. Nada que valiera la pena. El casero se había puesto furioso y ella no había descubierto más que pintura celeste descascarillada. Pero ¿y si lo hubiera despegado todo y se hubiera encontrado con algo más tétrico, un panorama terrible lleno de verdades demasiado atroces como para mirarlas? ¿Verdades que habían estado allí todo el tiempo, acechando bajo la superficie?

Volvió a la realidad de manera abrupta para encontrarse con un hombre rubicundo con camiseta de fútbol de pie junto a su mesa. Tenía un jarro de cerveza en una mano y la miraba con ojos demasiado brillantes.

—Ánimo, bonita, no puede ser tan grave.

—¿Qué?

Él se encogió de hombros y echó una mirada a los demás hombres, que, en su mayoría, veían el partido de fútbol. El pub se había llenado bastante en la última hora.

—¿A qué viene esa cara de perro? Te sentirías mejor si sonrieras un poco.

Heather sintió que el rostro comenzaba a arderle; el corazón le dio un vuelco. Se puso de pie; algo le subía, hirviendo, por el cuerpo.

—Perdón, ¿qué coño dices?

El hombre de rostro enrojecido y brillante adoptó una expresión ridícula de ofendido.

—Ay, bonita, no te pongas así, yo solo…

—Gilipollas, ¿tú solo QUÉ?

Heather lanzó todo su peso contra un lado de la mesa, lo que la hizo estrellarse contra el muslo del hombre con fuerza suficiente como para desparramar los vasos vacíos. Se oyó un fuerte tintineo cuando dos de ellos se hicieron añicos en el suelo, seguido de un vitoreo ruidoso de los parroquianos del otro lado del pub, que no veían lo que estaba sucediendo.

—¡Eh, puta loca!

El hombre se tambaleó hacia atrás, con los pantalones color crema manchados de cocacola. Heather rodeó la mesa para acercársele, sintiéndose llena de algo oscuro y ligero que la hacía flotar. Cogió uno de los vasos vacíos que quedaban en pie, pensando en estrellarlo contra la enorme cabeza del hombre.

—¡Tienes toda la razón! —dijo complacida con lo serena que sonaba su voz. Los compañeros del hombre la miraban y un par de ellos se habían adelantado con las manos en alto—. Soy una puta loca, pedazo de cabrón asqueroso.

Levantó la mano con el vaso, pero de pronto, apareció la encargada del local y le gruñó en la cara que se fuera.

—No, no, nada de eso. ¡Anda, vete, no queremos líos aquí!

Heather bajó la mirada hacia la mujer y esa sensación extraña que se había apoderado de ella —algo veloz, sereno, terrible, que había sentido también el último día en el periódico— se disipó. Echó una última mirada al hombre que, escudado detrás de la encargada del local, profería todo tipo de insultos.

—¿Qué les pasa a los hombres? —le dijo Heather a la mujer en voz baja—. No puede una ni tomarse una copa en paz sin que vengan a estropearlo todo.

La mujer le dirigió una mirada hosca y Heather salió a una calle desconocida. Cuando había entrado al pub, la tarde era luminosa, pero entonces era casi de noche, hacía frío y estaba oscuro; una llovizna desagradable cortaba el aire gélido. Con el descenso de temperatura corporal, la adrenalina se disipó, dejándola avergonzada, cansada y algo aturdida.

Tambaleándose ligeramente, se dirigió otra vez a la parada de autobús.

Ya de vuelta en la cancela de la casa de su madre, Heather se detuvo para enviarle un último mensaje a Nikki. Habían intercambiado mensajes durante todo el trayecto; los de Nikki parecía preocupada, todos los de Heather habían sido para disculparse. Le había prometido, con cierta impulsividad, que invitaría a cenar a su madre y a su tía para agradecerles su amabilidad. Abrió la puerta, pensando en toda la gente con la que tenía que disculparse. Encendió la luz del vestíbulo y se quedó paralizada contemplando el piso.

La alfombra color beis de su madre estaba cubierta de pétalos rojo sangre que formaban un camino que subía por la escalera. Había un olor extraño, como a basura rancia o carne que ha estado demasiado tiempo al sol. Con el corazón en la boca, Heather subió al primer piso, tratando de no pensar en cuentos de hadas en los que los niños seguían un caminito de migas de pan hacia lo más profundo del bosque. ¿Tendría Michael Reave una versión de ese cuento? Seguro que sí.

Los pétalos llegaban al dormitorio de su madre y allí, sobre el tocador, había un montoncito arrugado. Un pájaro…, un estornino. Muerto. Con la pequeña caja torácica abierta. Dentro, Heather vio más pétalos con un brillo desagradable. Eran pétalos rosados de rosas silvestres, como las de la corona del funeral.

CAPÍTULO 30

Cathy se quedó de pie en la entrada del pub, momentáneamente paralizada por la indecisión. Impulsivamente, sacó el teléfono del bolsillo y echó un vistazo a la pantalla, en busca de una notificación que la empujara en una dirección o en otra. No había nada.

"Bien", se dijo con una mano apoyada en la puerta. "Date media vuelta y vete a casa si quieres, súbete al autobús otra vez y envíale un mensaje diciendo que no pudiste venir después de todo. Pero si lo haces, nunca sabrás qué aspecto tenía. Nunca. Y eso no es una opción, ¿verdad?".

Se abrió la puerta y salió un hombre, que se levantó el cuello del abrigo para protegerse del frío. Miró a Cathy con curiosidad, luego siguió su camino. El atisbo que ella tuvo del interior del pub fue de un ambiente cálido y acogedor, por lo que, después de tomarse un segundo para apartarse el pelo de la cara, entró. Casi de inmediato, divisó a la mujer, cuyo nombre era Jane Bailey. "Mi madre. Es decir, mi madre biológica". Caminó hasta la mesa, y la mujer levantó la vista. Cathy no pudo contener una sonrisa, aunque sentía deseos de llorar.

—Hola... hum... soy Cathy. Cielos. Yo no... Bueno, me resulta increíble conocerte.

La mujer no parecía asombrada, sino, en todo caso, afligida; miró a Cathy a los ojos durante unos escasos segundos antes de hacer un ademán para indicarle que se sentara frente a ella. Cathy vaciló. ¿No deberían abrazarse? ¿Y llorar? Recordó lo que su marido, David, le había dicho: que el encuentro podría resultar difícil de muchas maneras imposibles de predecir y que sería aún peor para su madre. Cathy se sentó.

—Toma. —Había una segunda copa sobre la mesa. La mujer cogió la botella de vino blanco de la que había estado bebiendo y le sirvió.

—¿El vino blanco te gusta? Sospecho que a ambas nos vendría bien una copa.

—Sí, buena idea, gracias. —Cathy se tomó un momento para observar a Jane Bailey. Era un poco mayor de lo que había imaginado; tenía, tal vez, unos años más que su madre cuando murió. Estaba bien vestida, con un suéter de cuello alto azul marino con aspecto de ser caro y tejanos blancos, y llevaba pendientes dorados de aro. Tenía el pelo de un color rojizo violáceo poco verosímil, de esas tinturas que vienen en cajitas—. Gracias por reunirte conmigo. Entiendo que no debe de haber sido fácil, pero es muy importante para mí.

—No voy a mentirte, una parte de mí no quería venir en absoluto. Pensé en todo lo que… —Jane hizo una pausa y jugueteó con un anillo de oro que tenía alrededor de un dedo un tanto regordete—. Bueno, creía que todo eso había quedado en el pasado. Esa era la idea. Por cierto, ¿cómo me encontraste?

—Mi madre murió. Bueno, quiero decir…

—Lo entiendo perfectamente. Lo lamento mucho.

Cathy asintió tratando de recuperar la compostura. El tono frío de la otra mujer la estaba afectando de manera negativa.

—Antes de morir, me contó que yo era adoptada. Fue un gran golpe. Nunca se me había pasado la idea por la cabeza. —Se detuvo para beber un sorbo de vino—. También me dijo que había sido una adopción privada, sin registros oficiales ni nada, que fue en parte el motivo por el que nunca me lo contaron. Me pareció todo una locura. A decir verdad, me lo sigue pareciendo.

—Sucede más de lo que crees. —Jane Bailey había cruzado las piernas e inclinaba el cuerpo sobre la rodilla, aunque tenía la vista fija en algo más allá de Cathy—. Sobre todo en aquel entonces.

—Me dio el nombre de la mujer que lo había organizado y..., bueno, para resumir, me costó mucho encontrarla. Cuando di con ella, no quiso hablar conmigo de ninguna manera. O sea, *en absoluto*. Solo lo hizo cuando amenacé con hablar con la policía..., en fin, sé que no estuvo bien.

Jane Bailey se irguió; su rostro había perdido el color.

—¿Qué dices que hiciste?

—¡Nada! ¡No fue nada, de verdad, lo dije porque estaba desesperada! Quería saber quién eras. Y ella me lo dijo. Así que, pensé...

—Mira, Cathy. ¿Qué quieres de mí? —Su madre dejó la copa de vino sobre la mesa y Cathy notó que le temblaban las manos.

—¿Que qué quiero? ¿Qué crees que quiero? —Cathy apretó los dientes, esforzándose por mantenerse tranquila. Nada estaba saliendo como había esperado—. Quiero saber *por qué*. Quiero saber quién eras y por qué no me querías contigo. Supongo que se trata de eso.

Hubo un minuto de silencio entre ambas. El televisor del pub transmitía un informativo, cuyos subtítulos con fondo negro desaparecían antes de que fuera posible comprenderlos. La radio pasaba una canción ochentera que Cathy no lograba reconocer.

—Cathy... —Su madre inspiró temblorosamente—. Lamentablemente, no tengo respuestas. Cuando te tuve era muy joven. Demasiado joven. Y yo..., bueno, no estaba bien.

En aquella época casi no sabía lo que estaba haciendo y no me gusta recordar ese momento de mi vida. Ni hablar de él. Mucho menos con una desconocida. Lo siento, tesoro, pero para mí eres una desconocida.

—¿Y mi padre? ¿Sigues con él? ¿Puedes decirme quién es?

Jane Bailey se miró las manos; sus mejillas amarillentas, de pronto se habían sonrojado.

—No, no te lo puedo decir. No lo sé. Mira, esto no nos hace bien a ninguna de las dos, ¿no te parece? Creo que lo mejor es que...

—¡Tienes nietos! ¿Ni siquiera quieres saber de ellos?

Cathy sacó el teléfono y pulsó unas teclas que hicieron aparecer fotografías de Harry y Rosie; se lo pasó por encima de la mesa, y al ver que Jane no lo cogía, se puso a pasarlas con el dedo ella misma. Había imágenes del tercer cumpleaños de Harry, cuando le habían hecho una tarta en forma de camión; fotografías de Rosie en el parque, con las botas de goma salpicadas de barro. Llegó a las fotografías de bebés de ambos, casi idénticos con sus caritas arrugadas rosas. Al verlas, Jane pareció afligida. Extendió un brazo hacia atrás y tomó su abrigo.

—¿Qué haces...?

—Lo siento. No puedo con esto. No vuelvas a ponerte en contacto conmigo. —Se puso el abrigo con movimientos torpes y recogió el bolso—. Lo digo en serio. Termínate el vino si quieres. Ya lo he pagado.

Y después se marchó.

Más tarde, después de una sesión de llanto en el autobús y una visita al baño del supermercado para lavarse la cara, Cathy llegó a su calle sintiéndose ligeramente mejor. De acuerdo, las cosas no habían salido cómo había esperado. No había habido abrazos con llanto, ni sensación de que dos familias se fundían en una; solamente una mujer mayor que sentía que le invadían su privacidad. Como le había dicho David, las cosas realmente importantes seguían presentes en su vida: Harry y Rosie, su vida con él, y los recuerdos de su madre y su padre.

"Ya se me pasará", se dijo. "Después de todo, Jane Bailey no merecía la pena".

Las luces de la sala de estar estaban encendidas y arrojaban un resplandor amarillo sobre el jardín delantero, que dejaba a la vista dos monopatines que de día eran uno rosado y otro violeta, pero en las sombras, parecían gris y anaranjado. Harry y Rosie eran ángeles en muchos aspectos, pero en cuanto al orden, dejaban bastante que desear. Sonriendo, Cathy recogió un monopatín con cada mano y, en lugar de ir a la puerta principal, fue a la cancela lateral —que siempre estaba abierta cuando había alguien en casa— y pasó directamente al jardín trasero. Las luces de la cocina no estaban encendidas, por lo que el jardín largo y estrecho estaba sumido en sombras espesas; a duras penas podía distinguir el cobertizo en el fondo. De todos modos, conocía el camino muy bien como para recorrerlo en la oscuridad.

—A partir de mañana, o los guardan ellos mismos o los guardo aquí adentro por un largo tiempo. —Cathy dejó los monopatines y abrió la puerta del cobertizo. Había un olor tan desagradable que se cubrió instintivamente la nariz.

—¡Puaj! Debe de haber algo muerto aquí adentro.

Con una mano buscó el interruptor de luz, pero cuando lo accionó, no sucedió nada.

"Mierda. Esto es cosa de Dave. Me paso el día diciéndole que limpie este cuchitril".

La idea de dejar los monopatines allí donde algo se estaba descomponiendo le resultaba repulsiva. Cathy se frotó las manos sobre la parte delantera del abrigo y dio media vuelta para irse, pero antes oyó algo, un jadeo, una respiración de alguien que de pronto estaba muy cerca. Se estremeció.

—¿Quién…?

Algo saltó hacia ella desde la oscuridad y Cathy cayó pesadamente, golpeándose la cabeza contra el sendero de grava. La noche se iluminó con estrellas multicolores antes de que las apagara una figura que se cernía sobre ella. Unas manos firmes se le cerraron alrededor del cuello.

—Ya estoy aquí. —La voz en su oído era suave, casi amistosa—. He venido a llevarte a casa.

Cathy se retorció para tratar de liberarse del desconocido, pero cada movimiento abría una flor refulgente de dolor en la parte posterior de su cabeza. Desesperada, apartó la cara de su atacante y miró hacia la casa. Alguien había encendido una luz en el piso superior. Intentó hacerle abrir las cortinas con la intensidad de sus pensamientos. Mira por la ventana. ¡*Mira por la ventana!*

—Estoy en casa —graznó—. Esta es mi casa…

CAPÍTULO 31

Era tarde, hacía frío y llovía.

La comisaría existía en su propio oasis de luz. Heather estaba de pie en el aparcamiento con su abrigo más grueso y la capucha levantada para protegerse de la lluvia persistente, tratando de no sentirse como una criminal.

Sabía que él estaba en la comisaría. También sabía, por pura lógica, que en algún momento tendría que salir en busca del coche, pero a medida que transcurrían las horas, este razonamiento se le antojaba cada vez más endeble. Tal vez pensaba quedarse a pasar la noche allí, tal vez había descubierto algo y ya se había ido en un coche policial cuando ella miraba para otro lado. Pero cada vez que pensaba en darse por vencida y marcharse, recordaba la noche en la cocina de su madre y el peso tibio de su cuerpo en la oscuridad. Pensó en cómo le había llevado vino y se había reído de sus pésimas bromas mientras devoraban comida china.

—Puede que no quede nada que salvar —murmuró para sí, con las manos hundidas en los bolsillos—, pero al menos le debo una disculpa decente.

Para su propia consternación, reconoció la figura de Ben en cuanto apareció en las puertas dobles. Se detuvo allí, para conversar con un colega, y luego bajó los escalones, levantándose el cuello para protegerse del frío. Cuando se acercó al coche, Heather salió de las sombras.

—Ey.

Él se detuvo y aflojó los hombros antes de mirar hacia el edificio iluminado.

—Heather, no puedo hablar ahora. —Suspiró—. Y está lloviendo mucho. ¿Has estado esperando toda la noche?

—Oye, solo quería pedirte perdón como corresponde, ¿sabes? Y quizá darte algunas explicaciones. —Se quitó la capucha, haciendo caso omiso de las gotas de lluvia helada que comenzaron a correrle por la nuca.

—Lo que quieres decir es que quieres ver si puedes exprimirme para conseguir más información para tu artículo, ¿verdad?

Ella hizo una mueca de dolor, sintiendo con cada palabra el peso de la culpa.

—Me lo merezco, lo sé. Solo te pido un par de minutos. Después podrás decirme que desaparezca, te lo prometo.

Él suspiró y sacó un mando del bolsillo. El coche parpadeó y cobró vida.

—Sube.

No la miró cuando estuvieron dentro del coche. El vehículo estaba tan descuidado como la última vez, con un envoltorio arrugado de McDonald's en el suelo.

—Te llevaré a casa de tu madre —dijo con tono seco—. No deberías haber venido aquí.

—No, mira, no quiero volver allí. ¿Podemos ir a otro sitio? —Heather se pasó las manos por la cara—. No tienes por qué hacerme ningún favor a estas alturas, obviamente, pero de verdad, no puedo soportar la idea de esa casa en este momento. ¿A qué otro lugar podríamos ir?

Él no dijo nada durante varios minutos, pero Heather se dio cuenta después de unos instantes de que no estaban yendo en dirección a Balesford, sino hacia el este, hacia Hoxton, y se mordió la lengua para no hacer comentarios irónicos sobre hípsters y hombres con moño. Minutos después, se detuvieron fuera de un elegante edificio de apartamentos nuevos a pocos metros de una tienda de *bagels* abierta las 24 horas. Ben quitó las manos del volante y habló sin mirarla.

—Aquí es donde vivo. Si quieres, puedes subir diez minutos y decir lo que tengas que decir. Puedes tomar una taza de té o café, si es que me queda algo. Y después te llevaré de vuelta y allí terminará todo. ¿De acuerdo?

—Es más de lo que merezco. —Heather le dirigió una sonrisa vacilante, pero él no se la devolvió.

El apartamento era pequeño y estaba tan desordenado como el coche, pero a ojos de Heather, era un buen desorden: libros por todas partes, papeles apilados en rincones, tazas de café abandonadas como faros sobre cada superficie. La sala de estar estaba integrada con la cocina y la encimera estaba llena de interesantes utensilios de cocina: era un hombre al que le gustaba cocinar. Heather sintió otra punzada de pesar. "La he cagado bien cagada. Es perfecto".

—¿Té? ¿Café?

—Lo que vayas a tomar tú.

Ben se quitó el abrigo y lo dejó caer sobre el sofá. Heather no se molestó en quitarse el suyo. Unos minutos más tarde, él le dio una taza humeante de té y ella la tomó con sus dedos helados, agradecida.

—Bien. Veamos. —Bebió un sorbo de té, aunque estaba demasiado caliente. Parker se apoyó contra la encimera, con su té intacto—. Entiendes que esto no fue parte de un plan, ¿verdad? Sí, lo admito, fui a ver a mi antigua editora para decirle que podría llegar a tener una historia que le interesaría, pero le aclaré que quería control absoluto sobre el asunto y que la escribiría una vez que hubieran atrapado a ese malnacido. Nunca hubiera hecho nada adrede para poner en jaque la investigación. Diane me jodió e imprimió lo que le mandé sin mi permiso. Y lo que sucedió la otra noche…

—Te pregunté de qué trabajabas —dijo Parker con tranquilidad—, y me dijiste que eras escritora.

—Lo que no deja de ser cierto, en parte.

Él lanzó una risotada amarga y negó con la cabeza. Heather sintió que se le caía el alma a los pies.

—Ah, supongo que eso lo arregla todo. También sé lo que sucedió en tu antiguo empleo. —Le sostuvo la mirada con firmeza—. Debería haber prestado más atención a tus antecedentes al principio, por supuesto, pero he estado demasiado ocupado.

Heather se apoyó contra un taburete para no perder estabilidad.

—Lo que sucedió en el periódico…, no sabes de qué modo me provocaron.

—No.

—Me peleé con un colega.

—Una pelea por lo general significa que dos personas tratan de pegarse.

—Uf, a veces hablas como un policía. —Heather suspiró—. Mira, el periodismo está todavía lleno de hombres que no pueden creer que las mujeres hayan salido de la cocina. Era un ambiente… hostil, digamos.

Parker se mantuvo en silencio.

—Había un tipo que se llamaba Tristan. Estábamos cubriendo la historia de una modelo que alegaba que un jugador de fútbol había abusado de ella, y Tristan estaba furioso, no paraba de decir que ella era una zorra, que le había arruinado la carrera al hombre, bla, bla. Decía que como ella estaba perdiendo su encanto, tenía que recurrir a hacer una cosa así. ¿De qué otra forma iba a conseguir atención de los medios, si no?

—Ajá. —Parker dejó la taza. Por lo que Heather había visto, seguía sin tocar el té.

—Todo el tiempo decía cosas así para hacerme enfadar, y yo, como una idiota, casi siempre mordía el anzuelo. Esa vez le dije que era un coñazo, excepto que no tenía ni la calidez ni la profundidad del órgano en cuestión.

Parker miró hacia otro lado, pero no antes de que ella pudiera ver la curva de una sonrisa dibujándosele en la comisura de los labios.

—Vino a mi escritorio y se inclinó hacia adelante, con una sonrisita socarrona. Abrió la boca para decir algo más y..., bueno, perdí la cabeza.

Heather hizo una pausa y bajó la mirada a la taza de té.

—No es necesario que me cuentes nada de esto, ¿sabes?

—Sí, bueno. Tal vez lo sea. —Heather bebió un sorbo de té mientras recordaba el momento—. En ese trabajo tienes que tragarte muchos sapos, es la única forma de sobrevivir. Odio cuando hablan de "ser parte de la banda", pero es cierto, hay que hacerlo, fingir que no te molestan las idioteces que dicen los hombres, que no te afectan y que jamás te provocarían una reacción desmedida. Pero en ese momento, se me acumuló todo dentro y exploté. Es muy injusto que ese cretino pudiera decir cualquier barbaridad que le viniera a la cabeza y que yo tuviera que tragármela y que nadie nunca le dijese que no podía decirlo. Entonces..., bueno, tomé el boli y se lo clavé en la mano que tenía sobre el escritorio.

Parker carraspeó.

—Fue un desastre. Sangre por todos lados. Gritaba como un marrano y yo le arrojé mi café caliente a la cara. —Apartó la mirada, para no ver la expresión de Ben en ese instante. No mencionó el manto frío de serenidad que la había cubierto justo antes de hacerlo ni la maravillosa y pura sensación de que este hombrecito no tenía importancia, que podía hacerle daño si lo deseaba; el *placer* que le había dado verlo sufrir. No mencionó la satisfacción de oírlo chillar ni cuánto le había gustado ver la sangre sobre el escritorio. La imagen seguía siendo muy vívida—. Por supuesto, fue un escándalo. Y terminaron por despedirme. Podría haberles causado muchos problemas, ¿comprendes? Hacer una denuncia por sexismo institucionalizado con el clima actual hubiera destapado un montón de mierda, así que a él lo convencieron de no presentar cargos y yo simplemente me fui.

Fuera, una ambulancia ululaba por la calle, iluminando brevemente de azul las ventanas salpicadas de lluvia.

—Mira, Ben, soy una mala persona, ¿sabes? Siempre fui un desastre. Dios… —Tragó la risa amarga que le subía por la garganta—. Sí, admito que quería recuperar mi carrera, quería tratar de comprender a un asesino en serie y tal vez impedir que algo horrible sucediera, pero también puedo decirte que te deseaba y no sería mentira. Me *alegré* cuando apareciste en la puerta y *no* me arrepiento de que hayamos terminado en la cama. —Mantuvo la mirada fija en el té, furiosa porque estaba al borde de las lágrimas—. Esa noche fue el único momento luminoso en lo que ha sido un mes de mierda.

—Heather —dijo Ben, y dio un paso hacia ella, pero se detuvo, como pensándolo mejor—. Heather, esto contamina la investigación. No es que esté investigando a alguien que roba cosas de una tienda o que evade impuestos. Mueren personas. Y he sido engañado por alguien que buscaba información, detalles jugosos para añadirle pimienta a un artículo periodístico. Tengo un deber hacia las víctimas y, al permitirte hacer esto, les he fallado. —Hizo una pausa y se pasó las manos por el pelo. Parecía menos enfadado que cansado y triste—. Ha desaparecido otra persona, una mujer con dos niños. Yo… —Negó con la cabeza con pesar—. Crees que ya he aprendido la lección sobre contarte estas cosas, ¿no? A lo que voy es que no tengo tiempo para esto. Menos si quiero detener a este cabrón.

—Lo siento, Ben.

—Sí, bueno…, yo también lo siento.

Se ofreció para llevarla de vuelta a Balesford, pero Heather se negó; la idea de otro viaje en coche con él en completo silencio era demasiado. Pidió un taxi y se quedó a esperarlo junto a la tienda de *bagels*. Cuando llegó, le dio la dirección de su madre y se sentó atrás, con la vista fija en las calles mojadas del otro lado de la ventanilla. Cuando pasaron por una licorería que todavía estaba abierta, pidió al taxista que parase y corrió adentro; regresó unos minutos después con una botella de dos litros de vodka y una caja de paracetamol.

Si tenía que volver a casa de su madre, no iba a ser sobria.

Más tarde, después de unos cuantos tragos de vodka, y sintiéndose asqueada y cansada, Heather estaba sobre el sofá de su madre con el álbum de Pamela Whittaker sobre las rodillas. No sabía si era por el alcohol o por los efectos de los difíciles últimos días, pero las fotografías le estaban resultando a cada cual más perturbadora… y las había a montones. Pamela podía estar arrepentida del tiempo pasado en Fiddler's Mill, pero no había duda de que le había servido de inspiración; había tantas fotografías e ilustraciones que en algunas partes estaban amontonadas unas sobre otras, apretadas como hojas en una prensa.

El bosque aparecía mucho, al igual que la casona y el cielo al amanecer o al atardecer. Había pocas fotografías de otras personas de la comuna, pero Heather se detuvo a estudiar cada una de estas últimas, buscando algo conocido en cada rostro. A medida que no encontraba nada, sentía que la tensión dentro de ella se iba aflojando.

Fue entonces cuando volvió una página demasiado rápido y cayeron varias fotografías, desparramándose sobre su regazo en abanico, como si quisieran que las mirara. Una de ellas le llamó la atención de inmediato.

Era su madre. Dolorosamente joven y vestida con un grueso abrigo invernal que le llegaba hasta el mentón, pero no había duda de que era ella. La fotografía mostraba a un grupo alrededor de una fogata humeante, y había muchas otras personas cerca de la cámara, pero era inconfundible: lo único que Heather no reconoció fue la expresión despreocupada en su rostro; estaba iluminado por una idea de libertad. Y en el fondo, sobre la colina, acechaba la casona. Su madre había estado en Fiddler's Mill. No había forma de negarlo.

—Tengo que ir. —La certeza del pensamiento la asustó y entusiasmó a la vez—. Tengo que ver ese lugar.

CAPÍTULO 32

Antes

La sangre le había convertido la manga en una masa roja empapada.

La mirada de Michael se desviaba una y otra vez hacia allí, distrayéndolo del camino hasta tal punto que finalmente detuvo la camioneta en un pequeño apartadero de grava.

Le había hecho un tajo. La muy perra le había hecho un corte.

Con movimientos bruscos, abrió la puerta de la camioneta y salió a la noche estival. Se encontraba en una de las carreteras rurales sinuosas que llevaban a Fiddler's Mill y estaba completamente oscuro; no había ninguna farola a la vista. En el cielo, las estrellas brillaban, límpidas, y la luna no estaba llena del todo. En condiciones normales, habría disfrutado mucho de una noche así —podía oler el delicioso verdor y, en la distancia, una raposa aullaba llamando a su compañero—, pero el dolor en el brazo lo borraba todo, lo tornaba irrelevante.

Una vez más, en vano, repasó mentalmente lo sucedido buscando su error. Había seguido a la mujer tras su salida del pub, a suficiente distancia como para cerciorarse de que ella no sospechara de su presencia, al menos al principio. Ella había tomado por la calle que bordeaba el canal, mal iluminada y desierta, y fue entonces cuando lo supo: esa mujer iría con él. Su corazón iría a la tierra negra en lo más profundo del bosque Fiddler y él cubriría el resto de su cuerpo con flores. Pero cuando alcanzó a la mujer y le pasó un brazo fuerte alrededor de los hombros, el rostro que se había vuelto hacia él no estaba rígido de terror ni sorpresa, no había gemido ni gritado. Su expresión había sido de ira. *De furia.*

En el camino silencioso, Michael se dirigió a la parte trasera de la camioneta, pensativo.

La mujer se había defendido. Él era el *barghest*, el lobo, pero ella había sacado un cúter de entre todas las cosas de su bolso y lo había atacado con él, rasgándole la camisa delgada y cortándole la piel. Solo le había llevado un instante quitárselo de la mano de un golpe y ella le hizo un único tajo, pero... ¿qué significaba que el *barghest* sangrara? ¿Habría elegido a la mujer equivocada? ¿Acaso era posible?

La parte racional de la mente de Michael se preguntó si la gente habría estado escuchando las noticias últimamente y tomando nota de que varias mujeres habían desaparecido en esa zona. Tal vez esta no era la única chica que salía a la calle con un cúter en el bolso.

Por suerte, había tenido la presencia de ánimo de recogerlo y llevárselo.

Tras mirar en ambas direcciones para asegurarse de que no se acercaran luces, abrió las puertas de la furgoneta. El cuerpo de la mujer era una silueta doblada y las manos y el rostro, pálidas formas en la oscuridad. Se le había salido uno de los zapatos y el pie descalzo apuntaba hacia él. En el fragor de la lucha, se le habían hecho varias carreras en las medias.

Lo estaba haciendo todo mal, por supuesto. Las reglas eran muy claras: nunca debía llevar los cuerpos de regreso a Fiddler's Mill. Era impensable. El hecho de que hubiera llegado hasta allí con esta última solo demostraba que toda la noche había sido un error, que había algo discordante en el aire nocturno. De pronto, ya no era el *barghest*, ya no era el lobo, era solamente un hombre con un cúter y una manga que se estaba poniendo tiesa y pegajosa de sangre. Si no era el lobo, ¿entonces qué era?

Cerró las puertas con fuerza, subió a la furgoneta y se puso en marcha. Una vez que estuviera en el bosque, sabía que se le aclararía la mente. Cuando caminara por encima de sus tumbas y sintiera el canto de los corazones, todo volvería a parecerle normal.

Pero al llegar a Fiddler's Mill, encontró el camino cortado; los jóvenes de la comuna habían montado las tiendas sobre uno de los accesos. Podía ver las luces y escuchar sus voces; sintió que un pánico lento le crecía en el pecho, el pánico de una presa cuando se da cuenta de que ha cometido un error y está atrapada. No podía llegar al bosque ni a la casa. Estaba sangrando. Llevaba un cadáver. Allí iba a terminar todo. Michael estaba apoyado contra el volante, convencido de que las paredes se cerraban a su alrededor, de que olía el armario húmedo y sentía las manos de su hermana sobre su cuerpo, cuando un rostro pálido apareció en la ventanilla abierta.

—¿Michael? ¿Qué sucede? ¿Estás… estás sangrando?

Era Colleen. Se inclinó por la ventanilla hacia el interior del coche; el pelo rubio le caía alrededor del rostro. A la luz de las fogatas, tenía un brillo entre dorado y cobrizo.

—Tuve un accidente. —De algún modo, la preocupación en la voz de ella le había quitado el miedo. De pronto, le resultaba más fácil pensar—. Estaba limpiando basura para una gente. Uno de esos trabajos que nadie quiere hacer, ya sabes, para ganarme algo de dinero. —Se esforzó para sonreír—. Pero había cristales rotos entre los residuos y no los vi hasta que fue demasiado tarde. —Levantó el brazo y vio que ella daba un respingo al ver el horrendo tajo—. No es tan grave como parece, en serio.

—Madre mía, Michael, creo que deberías ir al hospital. —Lo dijo con ciertas dudas. Nadie en Fiddler's Mill era entusiasta de los hospitales. Allí podrían averiguar qué habías estado consumiendo, llamar a tus padres o a la policía—. Ven, sal para que pueda verlo bien. —Ella mostró una linterna de plástico de baterías; muchos de los jóvenes las llevaban de noche para moverse en el bosque.

Cuando él estuvo de pie junto a la furgoneta, Colleen se inclinó sobre su brazo y le iluminó la manga desgarrada. Hizo un ruidito compasivo y tiró de la tela. Michael gruñó de dolor.

—Bien. Ya veo. Michael, ¿confías en mí?

—¿Qué?

Ella lo miró y sonrió tímidamente. De nuevo, él sintió el impacto de su delicadeza.

—Tengo un botiquín en mi caravana. Puedo intentar … mejorarlo un poco. Pero creo que tendré que cortar la manga, porque está pegada a la herida. De todos modos, me parece que esta camisa ya no te servirá.

Cerca de ellos, alguien comenzó a desgranar notas en una guitarra, y otros lo hicieron callar con comentarios jocosos.

Por un instante, Michael no pudo hablar. Colleen seguía con la mano sobre su brazo; la sangre no parecía haberla afectado. A un par de metros, dentro de la furgoneta, una mujer yacía tendida sobre una manta áspera, con los ojos abiertos, mirando ciegamente la nada. No parecía posible. Colleen sonrió con expresión alentadora.

"¿Qué es esta chica?".

—Ven, vamos, mi caravana no está lejos.

La había aparcado un poco alejada del resto, cosa que alegró a Michael. Estaba abarrotada de cosas y desordenada; el caos indicaba que allí vivían por lo menos dos chicas jóvenes que tenían horarios intempestivos. Colleen le pidió que se sentara en un banco poco mullido que corría a lo largo de una pared y luego buscó una caja verde de plástico en uno de los armarios. Cuando la abrió, un paquete de tiritas se desparramó dentro del fregadero.

—¡Uy!

Colleen cogió agua, trozos de tela seca y un par de tijeras de coser grandes. Al ver la expresión de Michael, las levantó sonriendo.

—Son de Charlie. Se cose su propia ropa.

Durante los minutos siguientes, se sumieron en un silencio incómodo mientras Colleen le cortaba la manga y le despegaba la tela de la piel. Luego mojó uno de los paños y lo uso para limpiar la sangre. Michael contempló la curva suave de su cuello pálido y vio que se ruborizaba levemente.

—Listo, no es tan grave en realidad. Un tajo poco limpio, pero... —Abrió un pequeño frasco marrón y el olor a desinfectante invadió el espacio pequeño. Colleen frunció la nariz—. Puaj. Quédate quieto.

Pasó un paño por la herida y Michael sintió un ardor intenso por unos segundos, pero casi no lo notó. Allí dentro, con Colleen, su tristeza y sus miedos habían desaparecido. Allí había vuelto a sentirse fuerte. La idea de que, si lo deseaba, podía arrebatarle las tijeras y cortarla —que podía rodearle el cuello esbelto con las manos y sofocar todo soplo de vida— le resultaba reconfortante. También aumentaba su deseo de protegerla. Ella era lo único bueno. Y le pertenecía solamente a él.

—Colleen. —Ella levantó la vista y lo miró; Michael vio que el rubor le había subido a las mejillas, tiñéndoselas de rosado. Comprendió, entonces, que ella también lo sentía—. ¿Qué haría sin ti?

CAPÍTULO 33

—NECESITO IRME DE AQUÍ POR unos días. ¿Quieres venir conmigo?

Era evidente que Nikki había llegado a su casa hacía poco, ya que la bolsa de la compra seguía sobre la encimera de la cocina y se había quitado las medias en el pasillo de una patada, reemplazándolas por un par de pantuflas rosadas peludas que se veían particularmente absurdas con la sobria camisa gris.

—¿Dónde tienes pensado ir? —Quitó la bolsa de la compra de en medio y puso agua a hervir—. ¿Quieres una taza de té?

—¿Tienes algo más fuerte?

Nikki miró el reloj intencionadamente, pero fue de todos modos a la nevera y cogió una botella de vino blanco empezada.

—Hev, tienes aspecto de haber pasado la noche en vela. ¿Qué sucede?

Heather negó con la cabeza y aceptó la copa de vino; bebió tres deliciosos sorbos fríos antes de responder.

—Estoy harta de esa casa, Nikki. Me está volviendo loca. Pensaba ir en coche hasta Lancashire, a echarle un vistazo a este sitio de Fiddler's Mill. ¿Por qué no? Llámalo un tributo a mi madre, o pasar página, lo que quieras.

Nikki, con una copa en la mano, se puso junto a ella en la encimera.

—¿Y qué hay de tus visitas a Michael Reave?

—Se terminaron. Después del artículo, no…

—Ajá. Entonces, ¿no has tenido noticias del detective? —El rostro de Nikki estaba cuidadamente inexpresivo.

Sabía todo sobre la noche de Heather con Ben Parker, tras una charla en susurros antes del funeral de su madre, por lo que, inevitablemente, Heather también le había escrito mensajes sobre los detalles humillantes del final del asunto.

—Creo que a estas alturas puedo asegurar que he perdido mi oportunidad en muchos sentidos. —Heather se esforzó por sonreír para disimular lo dolorosas que le resultaban esas palabras—. Me vendría bien una excursión al campo. Te prometo que no estará tan mal. La antigua casona ahora es un spa y en la propiedad hay una casita preciosa donde podemos alojarnos. Aire fresco, caminatas, y me vendrá bien tu compañía. Estar encerrada en esa casa sola no es saludable. —Pensó en los pétalos sobre la escalera, el corazón sobre la maceta de terracota—. Diana puede haberme jodido con la historia del Lobo Rojo, lo que no significa que con el tiempo no vaya a escribir mi propia versión. Y esto le añadiría mucho contexto, poder impregnarme de la atmósfera del lugar. Y tal vez darnos un masaje en el spa, no sé.

Nikki hacía girar el vino en la copa con gesto de preocupación.

—De acuerdo, admito que siento curiosidad de ver ese lugar. Pamela Whittaker dijo que era "malévolo". —Heather sonrió al ver que Nikki ponía los ojos en blanco con expresión impaciente—. Quiero ver este patético cuadrado de césped que, por lo visto, a mi madre le resultaba tan fascinante. Quiero ver dónde comenzó todo. Estoy segura de que… de que si quiero saber más de ella, tengo que ir allí a verlo con mis propios ojos.

—Es en Lancashire, ¿verdad?

—Sí.

—Lancashire, donde hace poco encontraron trozos del cuerpo de una mujer metidos dentro del hueco de un árbol.

—Bueno, es el mismo *condado*, sí. Pero no creo que el asesino nos esté esperando con la comitiva de bienvenida cuando tomemos la carretera M6.

Por un instante, una imagen de los pétalos y el pájaro muerto le flotó por la mente. Sintiéndose culpable, la hizo a un lado.

—Mmm. —Nikki, que había estado moviendo el vino en lugar de bebérselo, bebió un sorbo largo y se encogió de hombros—. Está bien. Me quedan unos días de vacaciones. Y por lo visto, no tengo nada mejor que hacer.

A Heather siempre le habían gustado las travesías en coche. Le recordaban su infancia, cuando vivía su padre y de repente a él le entraban ansias de irse a la costa. Su madre le daba una bolsa con caramelos para que no se mareara —nunca había olvidado cuando vomitó ruidosamente por la ventanilla mientras iban por la autopista—, y Heather pasaba horas chupando los caramelos y observando el paisaje verde, castaño o gris, trocitos de lugares que nunca conocería. A veces jugaba con su padre al veoveo o a juegos de palabras con las matrículas de los coches, y cuando llegaban al destino siempre se sentía algo decepcionada. Disfrutar de la atención de sus padres durante tanto tiempo le resultaba extraño y precioso a la vez.

Nikki parecía mucho menos entusiasmada con el viaje; jugueteaba con el teléfono que había colocado en un soporte del salpicadero y les servía de navegador. Contando los descansos, eran unas cinco horas de viaje hasta Lancashire; habían salido a media mañana en el pesado y lento tránsito londinense y entonces estaban más allá de la carretera M25, libres de las cadenas de la ciudad. Pasaban las horas, y a ambos lados de la carretera se extendían campos y vegetación anónimos. El cielo estaba plomizo.

Llegaron a los límites de Lancashire justo cuando los últimos rayos de sol se desangraban en el cielo. Heather había estado dormitando en el asiento del copiloto, pero algo la despertó cuando cogieron un camino rural. Se incorporó parpadeando y tratando de volver a capturar esa la sensación. ¿Una voz que había dicho su nombre? ¿Habría estado soñando?

—Ya te has despertado, qué bien. —Nikki parecía un poco despistada—. ¿Me haces el favor de mirar el mapa? Los caminos tienen muchas curvas y ese lugar está en medio de la puta nada.

Heather asintió y fijó los ojos en navegador. Condujeron durante aproximadamente una hora, tomando caminos bordeados de árboles y muros de piedra bajos, hasta que estuvo completamente oscuro. Había muy pocas luces en esa zona y en más de una ocasión Heather se encontró mirando la negrura absoluta de la campiña.

—Cuando era niña —dijo—, solía imaginar lo aterrador que sería que me transportaran de pronto a un lugar como este. Estar en tu casa, mirando la tele en pijama, y de pronto encontrarte en el medio de un campo de noche, sin tener idea de dónde estabas ni forma de llamar a tu casa. Sola y con frío, sin saber qué puede haber en el bosque. Pasaba mucho tiempo imaginándolo.

—¿Giramos en el siguiente camino a la izquierda? No, espera, ahí está. —Nikki asintió, mirando hacia delante—. Mira, allí se ve. Allí está la entrada.

Las luces del coche lo iluminaban: un resplandor blanco en la noche. Era un letrero grande, brillante, que anunciaba el Complejo Spa Fiddler's Mill en ostentosas letras verdes. Debajo había una gran bellota estilizada con las palabras "Hoja de Roble" escritas encima y más allá del letrero se veía un camino largo y bien mantenido, iluminado con discretas farolas. En la oscuridad, no lejos de donde estaban, en la cima de una colina de suave pendiente, acechaba la casona de Fiddler's Mill. Heather fijó la mirada en el parabrisas, pensando que tal vez podría ver luces en las ventanas, pero los faros del coche dejaban todo lo que estaba más allá del camino en completa oscuridad.

—Nuestra cabaña debería estar por aquí, hacia la izquierda. —Heather se echó hacia atrás—. Está a poca distancia de la casa grande.

Giraron obedientemente a la izquierda y, tras conducir unos veinte minutos entre campos y árboles, llegaron a otro letrero, discretamente iluminado por una farola de luz tenue. Mostraba indicaciones para llegar a cinco casas de alquiler de vacaciones, a las que se les había asignado nombres diferentes: Herne, Titania, Puck, Woden y Frig.

—Creo que la nuestra es Herne.

Siguieron por un estrecho camino rural que parecía abrazar los extremos de una gran pradera, hasta que las luces del coche hicieron aparecer una cabaña gris, con forma de caja y de aspecto extrañamente inerte. Heather buscó las llaves en la caja fuerte que había junto a la puerta principal y juntas llevaron dentro su equipaje: maletas y una bolsa con comida y bebida. En el interior, la decoración era acogedora y neutra; a Heather le resultó un alivio. Era un sitio diseñado para ser inofensivo y agradarle a cualquiera que estuviera de vacaciones; no se requería ningún tipo de personalidad. Había sofás color beis, mullidas alfombras rojas e iluminación moderna y suave, oculta entre las vigas del techo. Aquí no había posibilidad, se dijo, de toparse con hojas del cuaderno que había utilizado tu madre para su carta de despedida ni peligro de que algún objeto inofensivo despertara un antiguo recuerdo traumatizante. Lo que hubiera estado acosándola en Balesford se quedaría allí.

Alguien muy atento había dejado un pequeño montón de periódicos del día sobre la mesa central, junto con un par de copas, una botella de vino y una caja de bizcochitos. Nikki se dirigió a la pequeña cocina integrada y comenzó a sacar la comida, mientras Heather buscaba un sacacorchos.

—No está tan mal —comentó Heather una vez que estuvieron cómodamente instaladas en el sofá bebiendo vino. Nikki tenía las piernas flexionadas debajo del cuerpo, y uno de los periódicos locales abierto sobre el regazo—. Podría soportar fácilmente cuatro días así.

Sacó el teléfono del bolsillo. No había mensajes de Ben Parker, pero, claro, tampoco había cobertura. Decidió enviarle un mensaje cuando volviera a ver las rayas de cobertura en la pantalla, solo para preguntarle cómo estaba; no iba a cambiar en nada los sentimientos de Ben hacia ella, pero al menos aliviaría un poco su culpa.

—¿Qué planes tienes?

—¿Eh? Comer muchas porquerías y dormir mucho.

—¿Y en qué se diferencia eso de lo que haces habitualmente?

—Ja, ja, ja. —Heather hizo girar el vino dentro de la copa—. Bien. Este es el lugar adonde mi madre huyó cuando era una adolescente. Tal vez nunca llegue a entender lo que hizo, pero quizá pueda acercarme a entenderla a *ella*.

También era el lugar donde conoció a un hombre con quien mantuvo un vínculo durante el resto de su vida, a pesar de quién y qué resultó ser. Recordó lo que había dicho Pamela Whittaker sobre que la tierra absorbía recuerdos y se los guardaba para sí. Pensó en el rostro de Anna, cómo se había derrumbado cuando había recordado a su bebé. Algo malo había sucedido allí, y la tierra lo recordaba en lo más profundo de su esencia. Tenía que averiguar qué era. ¿Qué podía perder llegados a ese punto?

—Mañana iré a echar un vistazo.

Nikki levantó el periódico y lo giró para mostrarle la portada. Había una fotografía ampliada de tal forma que los bordes del rostro sonriente de la mujer estaban difusos. El titular encima de la imagen gritaba: "¿LA VÍCTIMA MÁS RECIENTE DEL LOBO ROJO?".

—Puedes decir lo que quieras, pero ahora estamos en su territorio, Hev. Ten cuidado con tus exploraciones, ¿de acuerdo?

Heather levantó la copa.

—Brindo por eso.

CAPÍTULO 34

Antes

La caravana de Coleen estaba alejada del grupo principal de tiendas y vehículos, y mientras conducía hacia allí, Michael vio que todas las ventanas estaban iluminadas: esa noche no estaba sola. Tras descender de la furgoneta, se miró en el espejo lateral y se apartó el pelo de la cara con impaciencia. La ducha del *bed & breakfast* era pequeña y había gastado casi todo el jabón. Últimamente se cuidaba más que nunca, pero siempre era bueno hacer un último control: las manchitas de sangre tendían a quedarse en sitios a los que no se llegaba con la esponja.

Satisfecho, se dirigió a la caravana y abrió la puerta que daba al pequeño espacio de estar; olía a pachulí. Tres mujeres levantaron la vista claramente sobresaltadas; Colleen, con un vestido largo algo gastado y una flor rosada en el cabello —una rosa silvestre, observó Michael— y otra mujer a la que reconoció vagamente, tendida en el asiento esquinero que le gustaba ocupar a él. Presentaba un embarazo avanzado y el vientre prominente asomaba debajo de una camiseta amarilla que le quedaba pequeña; la chica lo observó entre una nube de humo de cigarrillo. La tercera mujer era una de las hermanas Bickerstaff; Michael no podía distinguir cuál de las dos. Comparada con la mujer encinta, se la veía muy alerta y lo miraba con una ceja arqueada de manera provocativa.

—Pero mira quién ha venido —dijo.

Michael cerró la puerta tras de sí, atrapado momentáneamente entre dos imágenes: la chica a la que había dejado en un campo a las afueras de Eccleston, con el suéter empapado en sangre y la boca llena de flores silvestres, y las tres mujeres en la caravana como las veía él: Colleen, la doncella que se mordía el labio inferior rosado; la desconocida embarazada al borde de la maternidad, y una de las hermanas Bickerstaff, de rostro joven y fresco, pero al mismo tiempo astuto como el de una anciana. El corazón de la chica, al menos, ahora descansaba en el bosque. Se tranquilizó al pensar en ello.

—Mike, no creí que fueras a volver esta noche. —Colleen se puso de pie y se le acercó con movimientos torpes; le rodeó la cintura con los brazos—. Estábamos pasando una velada de chicas.

—Acogedor. —Le costaba hablar; sentía las palabras atascadas y secas en la garganta. Siempre le sucedía después de devolver a alguien al bosque, como si una parte de él se hubiera vuelto al armario, al tiempo en el que no pronunciaba palabras.

—¿Has visto las noticias?

La chica Bickerstaff —se llamaba Lizbet o Beryl— le tendió un periódico doblado. Era uno sensacionalista y el titular bramaba: "QUINTA POSIBLE VÍCTIMA DEL LOBO ROJO", y debajo había una fotografía de una mujer fornida con cabello abundante y ondulado. La habían tomado en una boda y la mujer llevaba un vestido de dama de honor de un color melocotón poco favorecedor. No vestía así la última vez que Michael la había visto. Lizbet o Beryl hizo una mueca de desagrado:

—Qué horrible, ¿no? Debe de ser un monstruo. ¿Tú qué piensas, Janie?

Golpeó con el codo a la mujer encinta que estaba a su lado, que tardó varios segundos en reaccionar. Levantó la cabeza con dificultad e intentó fijarse en el periódico. Michael observó cómo trataba de despabilarse y finalmente se encogía de hombros y miraba hacia otro lado, mientras apagaba el cigarrillo en un cenicero repleto. "Drogas".

—Da miedo —dijo Colleen con vehemencia—. No deberían ponerles esos nombres, los hace parecer..., no sé..., sofisticados, o algo así.

—El Lobo Rojo —repitió la melliza Bickerstaff. Sonrió e, inclinándose hacia delante, masajeó el vientre prominente de la otra mujer—. ¿No hay lobos feroces en tus cuentos para ir a dormir, pequeño?

Esto pareció despertar a la chica de amarillo de su sopor.

—¿Tienes algo para mí, Beryl?

—¿Sabías que Beryl y Lizbet son enfermeras? —dijo Colleen, y miró a Michael, como tratando de convencerlo de algo—. Están cuidando a Janie.

—Un parto natural —dijo Beryl, mirando afectuosamente a Janie—. Una criatura nacida bajo las estrellas. ¿No es sensacional?

Michael se encogió de hombros. Sabía que las hermanas Bickerstaff proporcionaban anticonceptivos a muchas mujeres de la comuna y que Colleen los estaba tomando obedientemente. No preguntó qué otras drogas repartían las mellizas ni por qué Janie, con su embarazo avanzado, estaba fumando paquete tras paquete de cigarrillos. Apartó con suavidad los brazos de Colleen de su cintura y retrocedió hacia la puerta desvencijada.

—No te vayas —dijo Colleen enseguida—. Solo estábamos...

—Volveré en un rato, necesito aire fresco.

No se le escapó la mirada que le dirigió Beryl Bickerstaff cuando salía: fría y calculadora, como un gato que trata de decidir si un ratón vale el esfuerzo.

Después de esos minutos dentro de la caravana llena de humo, el aire de la noche le resultó dulce y acogedor, y caminó hacia la casa sintiéndose agradecido, aunque lamentaba separarse de Colleen. A ella no le gustaba la casona, no quería pasar allí la noche, aunque nunca le había explicado por qué. Era una actitud que intrigaba a Michael. Al fin y al cabo, no era una granja vetusta rodeada de campos inhóspitos, no era un armario sofocante. A mitad de camino, subiendo la colina, se cruzó con el hombre, que descendía. El perro no estaba a la vista.

—¿Has tenido una buena noche, muchacho? —Estaba demasiado oscuro como para poder verle el rostro, pero Michael oyó la sonrisa en su voz.

—Las hermanas Bickerstaff. ¿Qué saben?

El hombre miró hacia otro lado y un rayo de luna pintó de plata sus rasgos: la nariz prominente, las orejas grandes, el brillo opaco de su ojo de vidrio. Seguía sonriendo.

—Son útiles —fue lo único que dijo.

Michael asintió, aunque no estaba de acuerdo. Después de un momento, dijo:

—No me gusta que me hayas hecho dejar esa nota.

—¿Por qué? ¿Por qué no deberían conocer tu nombre?

"El Lobo Rojo". Decirlo en voz alta era emocionante, pero también le provocaba una profunda y dolorosa tristeza, un dolor que no podía explicar. Era como acercarse demasiado a hablar de las cosas sobre las que nunca hablaban, y una vez que les ponían un nombre, sentía que todo desaparecería, como una burbuja de jabón.

—Los periódicos lo utilizan. Pero no comprenden nada.

El hombre bufó.

—Esa es nuestra carga, muchacho. No nos comprenderán jamás.

Durante unos minutos, Michael no se movió ni habló. Oía voces y risas a la derecha en la distancia, veía lucecitas naranjas de las fogatas, pero en la cima de la colina hacía frío y la oscuridad del bosque parecía tirar de él con avidez. Ansiaba ir allí con las imágenes que seguían frescas en su mente, visitar los corazones que latían debajo de la tierra para él, pero pensar en Colleen lo frenaba.

—¿Qué haces aquí? ¿Con ellos? —Hizo un ademán hacia la falda de la colina y se arrepintió de haber hecho esa pregunta.

Pero el hombre no parecía enfadado. Mostró sus largos dientes en una sonrisa, lo que le hacía parecerse a su perro.

—Las cosas que hago por ti, muchacho. Por mi pequeño *barghest*. Siempre te he cuidado, ¿no es cierto? ¿Siempre te he provisto de lo necesario, ¿verdad?

Michael asintió. No podía contradecirlo.

—Entonces confía en mí.

El hombre se fue trotando colina abajo, como si fuera mucho más joven de la edad que tenía. Michael lo observó irse e inspiró el aroma oscuro de la noche.

CAPÍTULO 35

La mañana estaba luminosa y fría y el cielo era una sábana celeste con algunas nubecillas hacia el este. Heather y Nikki salieron de la cabaña despacio, con la cautela natural de la gente de ciudad cuando se enfrenta a un silencio potente. Nikki llevaba un mapa satinado de la parcela que les habían dejado también sobre la mesa.

—Este lugar es enorme. La casa más cercana está a kilómetros de distancia.

Una ráfaga de viento arremolinaba hojas secas en el sendero de entrada. Heather inspiró y se subió el cuello del abrigo. Por primera vez en semanas, había dormido toda la noche y la ducha caliente había sido lo suficientemente potente como para hacerle sentir que había recibido un masaje. "Esto está mejor", pensó paseando la mirada por la hierba y los árboles. "Debería haber imaginado que quedarme en aquella casa no me haría bien". Miró el mapa que blandía Nikki y arqueó las cejas.

—A la gente de campo —dijo finalmente— le gusta mucho caminar, ¿no es así?

—La buena noticia es que, aunque no somos huéspedes del spa, podemos ir al restaurante y desayunar. ¿Qué te parece?

Subieron al coche y tomaron los caminos que llevaban a la entrada principal. Heather se percató de que era una distancia considerable, hacerla caminando les hubiera llevado por lo menos una hora. Minutos después apareció el edificio principal de Fiddler's Mill en la distancia; se parecía mucho a todas las ilustraciones y fotografías que había visto en casa de Pamela. Tenía ventanas aislantes nuevas y el camino de entrada estaba renovado, pero las piedras oscuras de la casa en sí, del color de una tarde lluviosa, seguían intactas. En el amplio aparcamiento había solo un puñado de vehículos y las grandes puertas centrales estaban cerradas.

Nikki aparcó y bajaron del coche; permanecieron unos instantes mirando colina abajo. Más allá del camino por el cual habían ido había una franja de bosque denso, que desde allí se veía impenetrable. No había ningún ser humano a la vista.

—Creo que hemos venido en temporada baja —comentó—. Todo el que tiene dos dedos de frente y esa suma de dinero disponible se ha ido a pasar el invierno al extranjero.

—Vamos, entremos.

La zona de recepción era amplia y de buen gusto; pero el efecto lo estropeaba en parte una serie de letreros blancos altos que detallaban todos los tratamientos de spa que ofrecía Fiddler's Mill. Una mujer joven con piel anaranjada y cabello rubio les sonrió desde detrás del mostrador.

—¿En qué puedo ayudarlas?

—Nos gustaría desayunar, por favor —dijo Nikki—. ¿El restaurante está abierto?

—Sí, por supuesto. —La mujer deslizó un folleto por el mostrador. Tenía una fotografía de un aguacate en el frente y no, como esperaba Heather, de huevos con beicon—. Aquí tienen el menú. El restaurante está pasando ese arco, a la derecha. Que tengan un buen día.

—¿Puedo hacerte unas preguntas? —Heather se apoyó sobre el mostrador y cruzó los brazos.

—Desde luego. —La sonrisa de la recepcionista perdió el brillo de la que les dirigía a los clientes satisfechos y pasó a ser la versión que exhibía para los que hacen preguntas.

—¿Sabes algo de la historia de este lugar? ¿Concretamente de la comuna que hubo aquí en los años setenta y ochenta?

La mujer asintió cautelosamente y tomó otro folleto de un cajón bajo el mostrador. Este mostraba una fotografía en blanco y negro de la casa.

—Aquí tiene. Fiddler's Mill fue construido a finales de 1700 y ha tenido una historia interesante desde entonces. Lo más importante está resumido aquí, en el folleto.

—Una historia interesante. —Heather asintió despacio, mientras hojeaba el folleto—. ¿Qué hay de los rumores sobre que el Lobo Rojo solía vivir por aquí? ¿Sabes algo de eso? ¿De Michael Reave?

La sonrisa se esfumó.

—¿Cómo dice?

—Me han dicho que era parte de la comuna que hubo aquí de los años setenta en adelante.

—No sé nada del tema.

—¿Seguro? Porque…

—No, de verdad. —La mujer se inclinó hacia adelante—. Nos han pedido que no hablemos mucho de la comuna hippy, por todo el tema de las drogas y eso —dijo mirando a su alrededor rápidamente, como si temiera que el gerente estuviera escuchando—, pero nunca escuché nada del Lobo Rojo. ¿Lo pregunta en serio?

—¿Queda algún vestigio de aquellos días en la parcela? ¿Me podrías conseguir información al respecto?

La mujer hizo una mueca y se echó hacia atrás. Paseó la mirada por la recepción, claramente buscando a alguien que pudiera encargarse de ellas. Heather bajó la voz. Sentía la tensión de Nikki a su lado.

—Solo me interesa saber sobre aquella época. ¿Cuánta

gente se hospeda aquí en este momento? No mucha, supongo, pero hay algunos coches en el aparcamiento... ¿Crees que les gustaría enterarse de la historia de esta casa? ¿Que el Lobo Rojo pasaba tiempo en esta campiña entre asesinato y asesinato? A algunas personas les encantaría saberlo, pero dudo que sean los mismos que pagan ochocientas libras por noche para disfrutar de paz y tranquilidad y tratamientos con piedras calientes. Sobre todo cuando, por lo visto, un admirador entusiasta del Lobo Rojo está causando problemas otra vez.

La recepcionista inspiró lentamente, luego tomó otro folleto del escritorio. Era el mismo que tenía Nikki. Tomó un bolígrafo y comenzó a hacer anotaciones en el mapa.

—Mire, no queda mucho de aquella época, salvo la casa en sí y algunas propiedades privadas en el extremo noroeste. Casas viejas que se caen a pedazos, un terreno con una caravana... En la mayoría de esos lugares vive gente. —Hizo un par de marcas más en el mapa y luego se lo entregó frunciendo los labios—. La única razón por la que lo sé es porque estaba aquí cuando construyeron los caminos nuevos y tuvieron que obtener el consentimiento de los residentes que siguen viviendo en la parcela.

—Gracias. —Heather cogió el folleto y se lo guardó en el bolsillo del abrigo—. Por cierto, ¿quiénes son los dueños? Me refiero al spa.

—¿Es que no lo puede buscar el Google? —La recepcionista sacudió ligeramente la cabeza y recuperó el modo de atención al cliente—. Es una cadena de spas que pertenecen en parte a un inversor particular y en parte a una organización benéfica medioambiental.

—Hoja de Roble. —Heather recordó el logo con la bellota en el letrero de bienvenida.

Nikki frunció el ceño.

—¿Una organización ambientalista? ¿Por qué querrían ser dueños de un spa?

—Es una buena manera de impedir que se construya —dijo Heather apartándose del mostrador—. Si no fuera así, supongo que se parcelaría todo y se harían centros comerciales. —Sonrió amablemente a la recepcionista—. Gracias, ahora iremos a desayunar, te lo prometo.

—¿Te puedes creer —dijo Heather, una media hora más tarde— que ni siquiera tenían salchichas?

—Sí que tenían —la contradijo Nikki con tranquilidad—; eran salchichas veganas.

—Eso no es una salchicha, es un tubo de tristeza y remordimiento.

Tras haber dejado el coche de Nikki en el aparcamiento, estaban bajando la colina a pie. Según las anotaciones hechas en el mapa, algunas de las propiedades privadas eran solamente accesibles a pie o con vehículos cuatro por cuatro capaces de rodar por barro.

—¿Qué quieres hacer? —preguntó Nikki mientras caminaban. La mañana seguía soleada, pero se había levantado viento.

—Solo quiero echar un vistazo. Empaparme de la atmósfera del lugar. Y sería interesante ver si podemos dar con algunos de los lugares que pintó nuestra bruja blanca. —En el bolso tenía copias de la mayoría de los dibujos y las fotografías de Pamela Whittaker; aquella en la que aparecía su madre estaba escondida bien en el fondo—. O ver los sitios que fotografió. Me gustaría saber dónde se estableció la comuna exactamente.

—Bueno, si tenemos algún encuentro del tipo "largo de mis tierras" te dejaré hablar a ti. Trataste bastante mal a esa recepcionista, ¿sabes?

Heather le dirigió una mirada.

—Me parece justo.

Siguieron caminando sin hablar. El silencio era opresivo; el silbido del viento y el canto de los pájaros eran tan fuertes que parecían tener un peso físico. Heather no tenía ganas de hablar, como si por hacerlo, fuera a quedar expuesta, aunque no sabía a qué. Cruzaron praderas y caminos y llegaron a un bosque y a un sendero tosco que se adentraba entre los árboles. A pesar de la mañana soleada, el bosque estaba oscuro y los árboles parecían abrazarse a sus sombras con troncos y ramas. Al llegar al borde, Nikki vaciló.

—¿Estás segura de que es por aquí?

—Sí. —Heather le mostró el mapa—. ¿Ves? Y este trayecto por el bosque es corto, más allá hay un claro y está la primera de las casas antiguas. Esto no es sino una ramificación del bosque Fiddler.

Nikki se volvió y miró hacia la cima de la colina, donde la casa se veía entonces como una caja gris. Estaban llegando coches con gente al aparcamiento.

—De acuerdo, vamos.

Debajo de los árboles, el invierno se sentía cercano, con una humedad en el aire que hablaba de escarcha y nieblas nocturnas. El sendero que seguían estaba lleno de charcos y Heather tuvo que concentrarse tanto en caminar por las zonas más secas que se sorprendió cuando estuvieron otra vez a cielo abierto. La hierba estaba crecida y le había mojado y oscurecido la parte inferior de los tejanos. Tras acercarse a los árboles del extremo, vieron que el bosque se cerraba y se tornaba más oscuro y el sendero más descuidado. Todo eso hizo que les resultara asombroso, unos diez minutos más tarde, salir a un jardín bien cuidado con una casa bien mantenida en el centro. El bosque se erguía detrás de la casa, que estaba construida de piedra gris oscura, similar a la del edificio principal de Fiddler's Mill y sobre el camino de entrada había una camioneta Land Rover de aspecto resistente con las ruedas embarradas. Junto a ella había un coche más pequeño y moderno. Mientras los observaban, la puerta principal de la casa se abrió y apareció una mujer mayor con un impermeable verde oscuro que sostenía un bolso grande con ambas manos. Las miró a los ojos, claramente sorprendida, y luego retrocedió dentro de la casa. La oyeron hablar, pero no pudieron oír lo que decía; la mujer subió al coche amarillo y se alejó. Había un camino asfaltado en un extremo del terreno, que desaparecía entre los árboles.

—Nos han visto —dijo Heather innecesariamente.

Mientras se acercaban a la casa, apareció una sombra en la puerta y permaneció en la penumbra. Cuando llegaron al sendero de entrada, Heather vio que se trataba de un anciano encorvado, mucho mayor que la mujer que había partido en el coche amarillo. Las observó acercarse, apoyado sobre un bastón. El vestíbulo tenía el suelo de linóleo, con un motivo de hiedra verde sobre un fondo de un amarillento enfermizo.

—¡Buenos días! —Heather levantó un brazo en señal de saludo, pero la única reacción del hombre fue ladear la cabeza ligeramente. Nikki se acercó y le susurró al oído.

—Sigamos de largo y tomemos aquel camino. Me parece que no les gustan los desconocidos.

—Vamos, charlaremos un poco, nada más. Tal vez haya conocido la zona en los años setenta y ochenta; es lo bastante mayor.

Se dirigieron a la puerta y el anciano avanzó unos pasos para recibirlas. Cuando la luz cruda de la mañana cayó sobre su rostro, Heather lo vio arrugar la frente súbitamente y cerrar las manos alrededor del extremo del bastón. Era muy mayor; tenía la piel fina y arrugada, con lunares y manchas. Había perdido casi todo el pelo y la nariz y las orejas parecían enormes, como sucede con la mayoría de los ancianos. Los hombros estaban redondeados y parecían empujar contra la nuca casi calva. Llevaba un audífono beis en el oído.

—Hola —dijo Heather adelantándose—. Nos alojamos en la colina. Estábamos paseando. ¡Qué lugar tan bonito!

Durante un largo rato, el anciano no respondió. Heather tuvo la extraña sensación de que la sorpresa lo habían paralizado dejándolo como un bloque de hielo. De pronto, recobró vida. Avanzó, con la cabeza ladeada, observándolas con un ojo ligeramente enrojecido.

—Sí, así es, y han elegido una bella mañana para explorar. —Su voz era amistosa y tenía cierto acento local—. El bosque canta cuando sale el sol.

—¿Conoce bien la zona? ¿La casona de la colina? —Heather sonrió—. Me interesa la historia local; me gusta aprender sobre los lugares a donde voy.

El hombre hizo una pausa y entornó los párpados para mirarlas a la luz del sol. Algo en la forma en la que las observaba, como si viera a través de sus mentiras sin siquiera esforzarse, reavivó en un instante todos los temores de Heather. Luego, arrastrándose con evidente esfuerzo, se movió hacia un lado y señaló el vestíbulo en penumbra.

—Señoritas, han venido al lugar indicado y, casualmente, Linda dejó el agua lista antes de marcharse. ¿Quieren tomarse una taza de té con un anciano?

Heather miró a Nikki, vio que encogía ligeramente un hombro y se volvió otra vez hacia el hombre.

—Nos encantaría, gracias.

El hombre volvió a entrar lentamente en la casa y ellas lo siguieron por un pasillo en sombras. Heather vio varias fotografías en blanco y negro enmarcadas y colgadas de la pared y un papel de pared antiguo y floreado, antes de que giraran a la derecha y entraran en una amplia sala de estar. Había grabados y cuadros en las paredes y unos ventanales grandes que daban a un jardín silvestre que llevaba al bosque.

—Es una casa preciosa —dijo Nikki acercándose a la ventana para mirar fuera—. Debe de ser un lugar muy tranquilo para vivir aquí.

—Sí, lo es. Por cierto, me llamo Bert. Será agradable tener visitas esta mañana. A Linda, bendita sea, le gusta contarme todos los chismes propios de las empleadas de limpieza, pero la mitad de las veces no sé de qué está hablando.

Ellas se presentaron y Heather sintió como un aleteo de irrealidad al estar en la casa de un desconocido, muy lejos del hogar de su madre y de sus fantasmas. La sensación se incrementó cuando giró para sentarse en el sofá más cercano y vio un enorme perro negro en un rincón de la habitación. Era grande y peludo, con cara de lobo, como un pastor alsaciano, y estaba tendido sobre una colchoneta que era demasiado pequeña para él. Heather miró a Bert para preguntarle sobre el animal —qué raza era, cómo se llamaba, si se las comería a ambas—, pero el anciano se había alejado por el pasillo. Entonces miró a Nikki, que estudiaba las imágenes en las paredes.

—¿No es una foto de la casa?

Heather siguió el movimiento de cabeza de Nikki y la vio: una imagen muy parecida a las que brujablanca tenía en su álbum, solo que esta parecía mucho más antigua. Fuera de la casa, estaban en formación una larga fila hombres y mujeres con todo tipo de uniformes de criados; sobre el camino de grava junto a ellos, había un puñado de personas vestidas con a la antigua usanza. Heather supuso que sería de los años veinte o treinta, a juzgar por la moda y la parte trasera de un coche muy antiguo que asomaba en un extremo de la fotografía.

—Antes de que fuera invadido por el vulgo —murmuró Heather.

Un instante más tarde, Bert reapareció en la puerta con una bandeja que contenía una tetera y tazas. Nikki se puso de pie de un salto y lo ayudó a colocarla sobre la mesa baja. Cuando estuvieron sentados, con tazas de té calentándoles las manos frías, Bert se inclinó hacia adelante y habló de manera directa.

—¿Qué queréis saber?

Heather bebió el té y se encogió de hombros.

—Había una comuna aquí en los años setenta, ¿no es así? ¿Conocía el lugar en aquella época?

El hombre asintió lentamente, sin mirarlas, como confirmando algo para sí mismo.

—Ah, sí, claro, la conocí. Era una comuna muy animada, muy animada. Recuerdo cuando estaba en su apogeo, cuando realmente estaba viva. —Volvió a sonreír, dejando al descubierto sus largos dientes.

—¿Sabe quién vivía en la casona en aquel entonces? —Nikki sonrió para aligerar el peso de la pregunta—. Es interesante averiguar la historia del lugar, ya que estamos aquí.

—¿En la casa grande, dices que estáis alojadas? —respondió Bert, y Heather tuvo la extraña impresión de que él sabía que era mentira. De todos modos, asintió. El anciano frotaba el pulgar contra el asa de la taza de té, ida y vuelta, ida y vuelta.

—No lo recuerdo bien. Perteneció a la misma familia durante generaciones, pero la familia se fue extinguiendo, como sucede a veces con las familias grandes. —Con la mano libre, se aferró la rodilla con movimientos espasmódicos y, al verlo, Heather se estremeció; le recordaba a un cangrejo caminando de lado por una playa inhóspita—. Corrían muchos rumores sobre aquella familia, la mayoría muy despiadados. —Esbozó una sonrisa que desapareció enseguida—. Con el tiempo, la casa se vendió a la empresa a la que pertenece ahora y estoy seguro de que se habrán alegrado de quitársela de encima. Es difícil mantener una casa como esa, ¿sabes?

—¿Qué recuerdos tiene de la comuna?

Él resopló, asintiendo al mismo tiempo, y se reclinó en el sillón.

—Mucho ruido, hacían mucho ruido y cosas extrañas en el bosque. Algunas de esas cosas le hubieran puesto los pelos de punta a mi padre, pero bueno, vivimos en una época diferente ahora, ¿verdad? Muy diferente. —Miró hacia la ventana; la luz del sol le hacía relucir la calva—. No entendía todo de lo que pasaba, pero los ayudaba en lo que podía.

Les compraba comida, a veces les enseñaba qué hongos eran comestibles. —Sonrió—. Aunque a algunos de ellos les interesaban los hongos algo tóxicos, no sé si me entendéis.

Dejó la taza de té y, por primera vez, Heather notó que tenía tierra debajo de las uñas, como si hubiera estado escarbando. Sin saber por qué, miró al perro y no se sorprendió al ver que la estaba mirando fijamente con ojos luminosos bajo un rayo de sol.

—¿Llegó a conocerlos bien? —quiso saber Heather—. A los jóvenes, quiero decir. Mi madre conoce a una mujer llamada Pamela que pasó un tiempo aquí. ¿Por casualidad la conoció?

Fuera, el sol se escondió detrás de unas nubes y la sala de estar perdió luminosidad. Hubo algo en ello le hizo sentirse intranquila. De pronto, el jardín del otro lado de la ventana se veía gris y el bosque, en el fondo, parecía una promesa de algo horrible.

—Venían muchos jóvenes aquí buscando escapar de sus padres y vivir una vida más interesante y más libre. Querían conocer la campiña, vivir cerca de lo salvaje, pero la mayoría descubría que no le gustaba demasiado cuando llegaba el invierno y hacía frío. Comenzaban a echar de menos la calefacción central de sus padres. —Bert volvió a sonreír y una red de arrugas se le marcó alrededor de los ojos—. Aunque algunos estaban comprometidos. A algunos realmente les gustaba esta tierra y se entregaban a ella. Pero, lamentablemente, no recuerdo nombres. —Se tocó la sien con los dedos—. No tengo la misma agilidad mental de antes, por desgracia.

—Por lo visto, pasaba mucho tiempo allí —comentó Nikki.

—Los ayudaba, nada más. No voy a decir que entendía lo que hacían, la verdad —dijo Bert, y su voz perdió toda la fuerza.

De pronto, Heather se sintió culpable y lo vio por lo que era: un hombre muy anciano que vivía solo en una casa aislada.

—¿Nos puede contar alguna otra cosa sobre la zona?

Eso pareció animarlo.

—Sí, claro, hay mucha historia por esta zona.

Se puso de pie y Heather supuso que, antes de que hubiera comenzado a encorvarse, debió de haber sido muy alto. Se dirigió arrastrando los pies a una vitrina cercana y cogió unos papeles que llevó a la mesa baja. A diferencia de los brillante folletos del spa, estos estaban impresos en blanco y negro sobre papel barato.

—Una batalla de la guerra civil, unos dos kilómetros más abajo por el camino. —Bert tomó uno de los panfletos y se lo pasó a Heather. Contenía una ilustración de un soldado parlamentario partidario de Cromwell, fotocopiada de algún libro de historia—. Tengo entendido que fue muy sangrienta. Ahora no hay nada que ver allí, desde luego, pero podéis pasar a ver el sitio y empaparos de la atmósfera. Por supuesto, las leyendas locales dicen que está embrujado.

—¿Embrujado? —preguntó Nikki.

Bert sonrió, como si lo absurdo de la historia lo divirtiera.

—Si vais en una noche sin luna, escucharéis los sonidos de la batalla. Hay muchas de esas leyendas por aquí, ya os enteraréis. La mujer de blanco que se aparece en los caminos secundarios y el *barghest* que acecha en los campos y callejones, en todos los lugares solitarios.

—¿*Barghest*? —Heather bebió un sorbo de té. Tenía un desagradable sabor a césped—. ¿Qué es eso?

—Es como se le llama al lobo fantasma —explicó Bert—. Hay versiones de la leyenda por todo el país. Black Shuck, Gytrash, Padfoot, todos lobos diabólicos. Leyendas británicas muy conocidas. Ojos de fuego y fauces babeantes. —Rio entusiasmado.

Heather sintió otra punzada de incomodidad, y recordó la nota de despedida de su madre: “monstruos del bosque”. El anciano seguía hojeando los panfletos, por lo visto decidido a encontrar algo. A pesar del té, Heather sentía frío y se dio cuenta de que Bert no le agradaba. No le caía bien en absoluto, aunque no podría haber dicho por qué. Él asintió cuando encontró lo que buscaba y le pasó a Heather una fotografía. Mostraba un bosque espeso en primavera, iluminado por la luz matinal dorada y cubierto de campanillas azuladas.

—Es precioso —comentó Nikki. Bert asintió con seriedad.

—Estos bosques, el bosque Fiddler, por el que caminasteis un poco para llegar a mi casa, son muy antiguos, ¿lo sabíais?

—Lo son todos los bosques, ¿no? —dijo Heather.

—No, no. —Bert se echó hacia atrás en la silla y apoyó las manos sobre las piernas, con los codos hacia afuera, como si estuviera a punto de darles el presupuesto de la ITV. Inspiró por entre sus amarillentos dientes y negó la cabeza—. No, no, en absoluto. Veréis, hay muchos árboles que han sido replantados, hay muchos bosques que fueron planeados. Pero hay tierras boscosas que han estado aquí durante muchos de años, desde mucho antes que muchos de nosotros. —Dirigió una mirada a Nikki y Heather se puso rígida, pero Bert no dio explicaciones—. Las antiguas tierras boscosas existen desde antes del 1600. Si son anteriores al 1600, lo más probable es que nadie las haya plantado, sino que los árboles hayan crecido naturalmente. Que hayan sido siempre parte del paisaje. —Se inclinó hacia adelante y tocó la foto con una uña demasiado larga—. Las campanillas son siempre un indicio de que el bosque es antiguo. Las anémonas de los bosques y las prímulas también. En el bosque Fiddler, las tenemos todas. —Lo dijo con orgullo evidente, y Heather se contuvo para no preguntarle si había plantado el bosque en su juventud; después de todo, parecía tener la edad suficiente.

—¿Dónde fue tomada esta fotografía? ¿Es aquí cerca?

Nikki había cogido otra foto. Mostraba una playa de aspecto inhóspito, con cielo gris y mar color acero con espuma blanca. La escena tenía un romanticismo primitivo; a un lado, se veía una construcción extraña. Heather la cogió de las manos de su amiga para mirarla con más atención.

—Ah. —Bert arqueó las cejas—. Sí, sí, es cerca. Más allá del bosque Fiddler, si andáis lo suficiente.

—¿Y esto qué es? —Heather señaló la construcción.

Era alta, de piedra oscura, salpicada de estrechas ventanas emplomadas. Se erguía en soledad, una torre en el fin de la tierra.

—El Capricho de Fiddler, la llaman por aquí. La hizo la familia de la casa grande y corrían muchos rumores sobre ella, para qué era, por qué la construyeron. —Les sonrió con la cabeza ladeada—. Pero en realidad nadie lo sabe. Ahora está abandonada.

Cuando terminaron el té, Bert las acompañó a la puerta principal. El sol había desaparecido detrás de una manta de nubes gruesas y oscuras, cargadas de lluvia.

El anciano miró el cielo y esbozó una sonrisita.

—Pues parece que os habéis quedado sin sol. —Se volvió para mirar a Heather—. Tened cuidado, ¿de acuerdo?

CAPÍTULO 36

LOGRARON ATRAVESAR LA PRIMERA PARTE del bosque antes de que comenzara a llover con fuerza, de una forma constante que hacía pensar que la lluvia duraría todo el día. Protegidas por los paraguas y decididas a probar suerte por un atajo, se adentraron en otro bosquecillo menos denso y se toparon con una caravana de aspecto antiguo. Originalmente había sido blanca con una franja roja y otra marrón en los laterales, pero entonces estaba oxidada y cubierta por hojas y ramas secas. En algún momento, alguien había intentado cercarla con paneles de alambre, pero en su mayoría estaban caídos. Alrededor de las ruedas habían crecido arbustos espesos y enredados.

—Mira, debe de estar desde la época de la comuna. ¿Quieres echar un vistazo dentro?

Nikki hizo una mueca. Llovía cada vez más fuerte y la tierra debajo de sus botas se estaba convirtiendo rápidamente en barro.

—¿Y si volvemos más tarde? Deberíamos ir a buscar el coche.

—Ve tú. Me reuniré contigo en un rato.

—¿Estás segura?

Heather asintió.

—Sí, anda, ve. Quiero revisar un poco la zona y después regresaré a la cabaña. Suficiente exploración por hoy.

Una vez que Nikki retomó el camino hacia el claro, Heather avanzó por la vegetación silvestre hasta llegar a la puerta desvencijada. La abrió de un puntapié y, tras cerrar el paraguas, entró en la caravana.

Estaba oscuro; la única luz se filtraba por una serie de ventanillas sucias. Olía a humedad y ropa mohosa. Heather cogió el teléfono y, después de encender la linterna, giró lentamente para captar toda la escena. Había una especie de zona de estar, con asientos acolchados que se podían convertir en camas, zonas de almacenamiento y una mesa plegable. Más atrás se veía un lavabo pequeño, con armarios en el espacio disponible en la pared y luego, al final, una puerta cerrada llevaba a otro ambiente. Todo evidenciaba que la caravana tenía más de cuarenta años: papel de pared anaranjado y marrón con un típico motivo floral, pegatinas en las puertas de los armarios que exigían al gobierno "prohibir las bombas nucleares"; varias de los Pitufos, con sus rostros azules manchados de humedad, adornaban la nevera. Lo más interesante eran las señales de que los dueños habían estado interesados en un estilo de vida alternativo. Heather divisó lo que solamente podía haber sido una cachimba caída de lado dentro del lavabo y un póster antiguo sobre la pared que detallaba los meses y signos del zodíaco, además de las fases de la luna y consejos esotéricos.

Mientras recorría la caravana, el olor del lugar se le adhería en la garganta. Llovía a cántaros, y el estruendo sobre el techo era un rugido persistente. Abrió uno de los armarios pequeños con la mano libre e hizo una mueca de asco al ver las gruesas telarañas; el que estaba encima contenía pequeñas botellas oscuras con tapas blancas. Acercó el teléfono para tratar de leer las etiquetas, pero estaban borrosas y arrugadas por el paso del tiempo. Vio varias agujas en el fondo, enormes y antiguas, paquetes de plástico de lo que parecían ser preservativos y vendas viejas.

—No puedo creer que no hayan entrado adolescentes aquí a llevarse todo esto hace años. —Después de pensarlo mejor, agregó—: Bueno, tal vez hoy en día no son tan estúpidos.

Recorriendo el reducido espacio, llegó a la pequeña zona de trabajo junto al lavabo. Encontró una tabla de picar abandonada; la superficie estaba rayada con marcas de cuchillo. En el suelo había una gran caja de té, decorada con pentagramas y runas pintadas de lo que parecía haber sido un color plateado. Heather sonrió, pensando en los hippies que habrían vivido en este pequeño espacio, y se inclinó para levantar la tapa. Decepcionada, vio que estaba vacía, pero justo cuando la volvía a cerrar, divisó una esquina blanca que asomaba por el fondo. Se agazapó y la tomó entre las uñas. Al tirar, se abrió un panel falso en la base de la caja, revelando un espacio lleno de papelillos viejos de liar y trocitos de papel plateado. Debajo de todo eso se veían un par de fotografías Polaroid; los conocidos bordes blancos le hicieron sentir una inesperada punzada de nostalgia. Las sacó de la caja y las llevó a la ventana más cercana para aprovechar la débil luz natural.

Eran fotografías de dos bebés, muy pequeños ambos, con las caras todavía rojas. Uno estaba tendido sobre una manta amarilla y vestía un pelele blanco que le quedaba demasiado grande: las puntas de los calcetines estaban vacías, pues los piecitos del bebé no llegaban hasta ellas; el otro estaba en brazos de una mujer cuya cabeza terminaba en el mentón, donde comenzaba el borde de la fotografía. El bebé estaba envuelto en una manta celeste y rosada y miraba la cámara con la expresión particular de disgusto y confusión característica de las criaturas pequeñas. Tenía una pelusa rojiza en la suave cabecita.

Heather se quedó muy quieta. No había nada particularmente siniestro en eso, se dijo. A la gente le encantaba tomar fotografías de bebés. A juzgar por su muro de Facebook, era un pasatiempo destinado a gozar de popularidad eterna. Pero no podía dejar de pensar en Anna en la sala de visitas, tocándose el vientre y diciendo "Se llevaron a mi bebé". Y cuanto más miraba la fotografía de la mujer, más extraño le resultaba que el fotógrafo le hubiera cortado la cabeza. De haber dado un paso atrás, podría haber captado tanto a la madre como al bebé en la fotografía.

¿Y por qué seguían las fotografías allí? ¿Y encima ocultas?

Giró las imágenes Polaroid. En la parte de atrás de ambas, alguien había dibujado un pequeño corazón con rotulador rojo.

Heather dio un paso tambaleante hacia atrás y pisó algo blando. Levantó el pie y un ruido ahogado le brotó de la garganta. Era un pájaro muerto, bastante grande. Había una civilización de gusanos muy activos retorciéndose entre las plumas.

"Es solo una coincidencia", se dijo Heather mientras guardaba las fotografías en el bolsillo. "Solo una coincidencia, solo una coincidencia".

En ese momento, se oyó un ruido fuerte en la habitación del fondo. Algo se arrojó contra la puerta y Heather dio media vuelta y huyó, saltando por encima del pájaro muerto y lanzándose por la puerta hacia la lluvia. Corrió sin parar por la hierba, hasta el límite del bosque. Se oyó un ruido seco y estrepitoso cuando algo abrió violentamente la puerta de la caravana, pero ella no miró atrás. Segundos más tarde, se había adentrado en el bosque; respiraba demasiado fuerte; a pesar de que trataba de convencerse de que no pasaba nada —era un zorro, solamente un zorro que hizo su guarida allí, nada más—, no podía evitar la sensación de que alguien la perseguía.

Desorientada por el terreno accidentado, se detuvo y se apoyó contra el tronco de un árbol. Con esfuerzo, contuvo el aliento y escuchó.

La lluvia caía por entre los árboles, creando una burbuja de ruido que apagaba todo lo demás.

—Mierda.

Heather respiró hondo. En alguna parte en dirección a la caravana, se escuchaba algo: el crujir de ramitas bajo los pies, tal vez. Cerca de ella, un pájaro chilló, lo que la hizo dar un respingo.

"Tal vez no sea un zorro". Miró en dirección a los ruidos, aunque no podía ver a nadie en la penumbra. "Tal vez un vagabundo. Alguien que la ha estado usando para protegerse de la lluvia".

Esperó tan tensa que comenzó a dolerle la espalda, pero no apareció nada entre los árboles. En ese momento, la lluvia comenzó a caer con más fuerza y, pensando que el ruido del agua ocultaría sus movimientos de cualquiera que pudiera estar escuchando, Heather comenzó a caminar por el bosque en dirección a la cabaña.

Cuando llegó, encontró a Nikki trajinando con un recogedor en una mano y una escoba en la otra.

—Hemos estado aquí menos de un día, no puedes haber encontrado cosas para limpiar todavía.

Se quitó las botas, espantada por el sonido de falsa ligereza de su voz. Se sentía contaminada por la caravana y la huida, como si hubiera llevado esa atmósfera viciada y rancia a aquel espacio acogedor. Deseaba darse una ducha.

—Ni me lo menciones. —Nikki se detuvo en la diminuta cocina y observó el piso con ojos críticos—. Debemos de haber dejado una ventana abierta o algo, porque entró un pájaro. Había plumas por todas partes.

—¿Qué?

—No pasa nada, creo ya las he quitado casi todas. —Nikki golpeó el recogedor contra el cubo de basura y Heather vio cómo el montículo de suaves plumas marrones desaparecía dentro de la bolsa—. El pájaro debe de haber estado revoloteando por toda la cabaña y después se ha escapado, el muy capullo… Hev, ¿estás bien? Parece si estuvieras a punto de vomitar.

Heather se volvió para quitarse el abrigo y para que Nikki no pudiera verle el rostro. "¿Qué es lo que me ha seguido hasta aquí y cómo pudo hacerlo?".

—¿Has mirado bien en todas las habitaciones? Si no está el pájaro, quiero decir.

—Sí. No hay señales. ¿Estás bien, seguro?

—Sí.

Heather fue a reunirse con su amiga en la cocina, cogió una botella de vino de un armario y se sirvió una copa. "Seguro que no es nada", se dijo, aunque el malestar que sentía iba en aumento. "Si se lo cuentas, la asustarás sin motivo".

—Oye, estoy cansada, eso sí. ¿Qué te parece si terminamos el día y nos dedicamos a descansar? Quiero beberme una copa de vino y darme un baño caliente.

Sacó el teléfono del bolsillo y miró la pantalla, pero no había mensajes de Ben. La idea de llamarlo para quejarse de que alguien le estaba dejando plumas en la cabaña donde estaba de vacaciones solo la hacía sentirse peor.

—Sí, claro —sonrió Nikki, aunque Heather vio que tenía una arruga entre las cejas, lo que significaba que estaba preocupada por algo—. De todos modos, está lloviendo demasiado fuerte como para salir a caminar. Continuaremos explorando mañana.

CAPÍTULO 37

Antes

HUESOS, BLANCO CONTRA LA TIERRA negra.

Michael se arrodilló, curioso, y separó los terrones de barro y el musgo hasta que apareció una forma: cuencas de los ojos vacías y un hocico largo y dientudo. Estaba casi seguro de que se trataba del cráneo de un zorro y que había estado allí durante mucho tiempo. Lo suficiente como para perder toda la carne y la piel bajo el suelo del bosque y luego emerger esa mañana, limpio y de algún modo alerta, con el tamaño perfecto para caber en sus manos.

Había huesos por todas partes en su pedazo del bosque Fiddler y conocía la ubicación de la mayoría de ellos, pero de las mujeres que llevaba, solo sus corazones descansaban en el barro; esa era la regla. Aquel cráneo se le antojaba un mensaje de algún tipo, pero no sabía qué. ¿Una advertencia? ¿Una bendición? ¿Acaso el bosque trataba de hablarle directamente?

Acababa de colocarlo de nuevo en la tierra, girándolo para que los ojos miraran hacia arriba, a los árboles, cuando un ruido extraño le hizo erguirse. Le llevó un momento reconocerlo: un bebé; no era llanto, sino ese gemido penoso que hacen cuando no están a gusto.

—¿Hola?

Se puso de pie y se alejó del cráneo, limpiándose las manos en los pantalones. Era un día cálido y había muchos mosquitos en el aire. Cuanto más se acercaba al sonido del bebé, más reconocía otros ruidos tranquilizadores: la voz de Colleen, más aguda de lo habitual, tratando de calmar al bebé, y la voz de otra persona hablándole a ella. Un instante después de reconocer la voz de Colleen, la vio, caminando por un viejo sendero con una de las hermanas Bickerstaff. Vestía una blusa de manga corta con pequeñas rosas violetas y el bebé estaba envuelto en una manta amarilla. Cada tanto lo acunaba en los brazos, tratando de que se calmara, pero los gemidos se estaban convirtiendo en llanto.

—¿Así que ahora hacéis de niñeras?

Las dos mujeres levantaron la vista al oír su voz. Ninguna de las dos lo había escuchado acercarse.

—Ah, Mike —sonrió Colleen. Mechones finos de pelo rubio se le adherían a la frente húmeda de sudor—. Le estamos dando un descanso a Eileen. Creemos que a esta pequeñita —presionó ligeramente la mano contra la mejilla del bebé— le está saliendo un diente. Llevarlos a caminar a veces los calma.

—Y un poco de coñac en la leche también ayuda —dijo la hermana Bickerstaff—. Eso hacía nuestra madre.

Colleen pareció escandalizarse un poco.

—Todos están algo alterados en la comuna, por lo que me pareció mejor pasear por aquí, donde hay silencio. —De pronto sonrió—. ¡Este es el segundo bebé primaveral!

Entonces que estaba cerca de ellas, Michael bajó la vista para mirar a la criatura; Colleen, complacida por su interés, apartó la manta ligeramente para que él pudiera verla mejor. La carita estaba enrojecida y tenía la cabeza cubierta de una pelusa rojiza.

—Dos bebés, y otro en camino. —Miró a la hermana

Bickerstaff. Era Lizbet—. ¿Estás segura de que esos anticonceptivos no son caramelos, muchacha?

Lizbet lo fulminó con la mirada.

—No es culpa nuestra que las chicas se olviden de tomarlos, ¿no crees? Deberías sentirte agradecido por no tener que ocuparte tú, Michael. Sabe Dios dónde estaríamos si los hombres tuvieran que responsabilizarse por lo que tienen en los pantalones, sucias bestias.

Sucio.

Bestia.

Michael tragó con fuerza. Algo en su actitud debió de cambiar porque vio que una expresión alarmada cruzaba por el rostro de Colleen.

—Mike, lo dice en broma; nada más.

Podía hacerlo si quisiera. Podía extender un brazo y romperle el cuello a Lizbet como si fuera una ramita; le llevaría solo unos segundos. Su madre, que lo había llamado sucio y monstruoso, también había muerto en segundos y luego se había podrido en la cámara de hielo, hasta quedar convertida en palillos oscuros. Pero Lizbet le sonreía, con los ojos llenos de un conocimiento que no le correspondía tener, y el momento pasó.

—Llevad al bebé al arroyo —dijo por fin, sin mirar a ninguna de las dos—. El sonido del agua allí es muy tranquilizante y tal vez se calme.

CAPÍTULO 38

HABÍA QUE ADMITIR, PENSÓ HEATHER, que el paisaje era precioso. Colinas suaves en la distancia, extensiones de bosque oscuro separadas por campos sin sembrar sobre los que se movía la hierba crecida. Imaginó que en verano debía de ser maravilloso; en esta época del año, con la mayoría de las hojas rojas y doradas en el suelo alrededor de sus tobillos y no en los árboles, la desolación resultaba atractiva. Y el silencio. De no haber sido por el constante chillido de los pájaros, podría haberle resultado posible dejar de lado la sensación de que algo la acechaba, la idea de que, en lugar de escapar de los fantasmas y horrores de la casa de su madre, los había llevado consigo.

"Pero me estoy acercando, poco a poco". Era más fácil dejar de lado las preocupaciones cuando la verdad sobre su madre —y el Lobo Rojo— daba la impresión de estar a la vuelta de la esquina.

—Mira, ¿qué es eso?

Habían llegado a uno de los estrechos caminos rurales y en la esquina de un cruce, oculta a medias en un arbusto, se veía una extraña figura de metal retorcido. Heather y Nikki se acercaron a mirar.

—No esperaba ver algo así por aquí. Quiero decir, si caminas por Peckam Road te los encuentras a cada paso, ¿pero por aquí?

La escultura medía aproximadamente un metro cincuenta y estaba hecha con trozos de metal plateado y otros color cobre, retorcidos de manera artística. La figura tenía las manos extendidas hacia delante y cada dedo curvo era como un cuchillo fundido.

—Mira, hay una inscripción. —Nikki extendió el brazo y tocó la palma de la mano izquierda: una pequeña placa de metal mostraba una inscripción. La leyó en voz alta: "*El hombre cambiante*, obra de Harry Bozen-Smith. Se aceptan encargos. Siga las indicaciones hasta mi estudio".

Heather se enderezó y miró el desvío. El sendero era más estrecho y los árboles desnudos lo encerraban a ambos lados, pero ya se veía la siguiente "indicación": otra figura de metal, esta vez con los brazos levantados y el cuerpo doblado, como una bailarina cuando se estira.

—Vayamos a echar un vistazo.

Caminaron por la senda estrecha y vieron otras tres figuras de metal antes de llegar a otra curva. Esta llevaba directo a una pradera, donde la hierba había sido cortada para marcar un pulcro sendero, y en el medio había una caravana y un cobertizo. Las puertas del cobertizo estaban abiertas y se veían maquinarias y herramientas, estatuas a medio terminar y lo que parecía ser un coche muy antiguo en proceso de desguace. La caravana también era vieja, pero estaba limpia y brillante, con un letrero grande a un lado: "Harry Bozen-Smith, artista".

—¿Hola? —llamó Heather, y unos segundos después salió un hombre del cobertizo, vestido con un peto manchado de aceite y pintura sobre una camiseta negra. Se estaba limpiando las manos con un paño y, cuando salió a la luz, Heather miró a Nikki y la vio arquear una ceja.

Harry Bozen-Smith era impactantemente atractivo. Tenía el pelo oscuro revuelto, una barba corta y cuidada y grandes ojos oscuros enmarcados por cejas gruesas y expresivas. Sus brazos, cuando arrojó el paño dentro de un cubo, eran firmes y musculosos, aunque no en exceso. Al verlas, sonrió; una sonrisa soñadora de príncipe de Disney.

—Madre mía —masculló Nikki.

—¿Qué es esto, una publicidad de tejanos? —susurró Heather como respuesta.

—¡Hola! —Caminó hasta donde estaban ellas. Llevaba un viejo par de botas Dr. Martens y un tatuaje le rodeaba la parte superior del bíceps, casi oculto debajo de la camiseta—. ¿En qué os puedo ayudar? ¿Habéis venido a comprar algo? Me alegraríais el día.

—Vimos tu estatua en la curva —dijo Heather—. Eres Harry, ¿verdad?

El hombre asintió.

—No se ve demasiada gente por aquí y menos en esta época del año.

—¿Trabajas aquí por tu cuenta?

Harry Bozen-Smith se encogió de hombros.

—Estoy viviendo aquí de momento. ¿Queréis ver mi trabajo?

Nikki asintió y se dispuso a seguirlo, mientras Heather luchaba contra una sensación de pesar: había visto suficientes exhibiciones artísticas en la universidad como para temerle a este tipo de situaciones, pero cuando él las llevó al otro lado de la caravana, se sorprendió. Había un toldo adosado al remolque, y debajo de él, una serie de formas y figuras, todas hechas de chatarra o trozos de metal imposibles de identificar. Vio una liebre de cobre, cuyo ojo era una lucecita de bicicleta, y una bandada de murciélagos sostenidos en formación por trozos de alambre. La pieza más llamativa era un lobo rugiente hecho de metal plateado y negro. Heather se inclinó para mirarlo con más atención y vio su reflejo en el flanco reluciente. "Sé lo que eres y creo que tú también lo sabes". Apartó la vista rápidamente.

Nikki se inclinó para observar un cuervo de cerca: el metal negro había recibido algún tipo de tratamiento con aceite, de forma tal que las plumas brillaban tornasoladas de arcoíris aun en las sombras.

—¡Esto es increíble! —exclamó—. ¿Te inspiras en el paisaje?

Harry asintió, con las manos en los bolsillos.

—Así es. Este lugar… —Miró en lontananza, más allá de la pradera—. Este lugar posee una extraña cualidad…

—Estamos tratando de averiguar más sobre este sitio, ya que lo mencionas —dijo Heather—. ¿Conoces bien la historia de Fiddler's Mill? —Se llevó un mechón rebelde de pelo detrás de la oreja; el viento comenzó a soplar con más fuerza y las primeras gotas comenzaron a golpear contra el toldo—. Ayer conocimos a un tipo que dijo que hay un campo embrujado por aquí.

—Así es, es cierto. He estado allí. No vi ningún fantasma… —Heather lo miró, pero no pudo discernir si bromeaba o hablaba en serio—. Pero hay energías potentes, por cierto. Muy potentes.

—Solía haber una comuna hippy alrededor de la casa de Fiddler's Mill. ¿Has oído hablar de ella?

Harry se irguió. Por primera vez, Heather se extrañó de que estuviera en manga corta. No era un día cálido.

—La comuna infame. —Sonrió—. Crecí en el pequeño pueblo que está camino abajo y mi madre solía hablar de eso con las vecinas cuando yo era pequeño. Suficiente escándalo como para mantenerlas ocupadas por décadas.

Nikki le devolvió la sonrisa.

—¿Escándalo? ¡Cuéntanos!

—Bueno, ya sabéis. —Harry se encogió de hombros—. Nada que a los londinenses les resulte particularmente extraño, supongo, ¿pero aquí? Drogas, alcohol y mujeres de dudosa moral. Yo siempre preferí los cuentos de mi abuela sobre Fiddler's Mill: eran de fantasmas, hadas y brujas, en realidad. A mí me...

Sus palabras se perdieron en una ráfaga de viento y ellas se adentraron más en el espacio protegido por el toldo.

—¿Cómo dices? —Heather asintió con expresión alentadora—. Me interesa mucho el folclore local.

Harry se veía ligeramente incómodo; se frotó la nuca con una mano.

—Sí, bueno. Me contaba que había una mujer que se aparecía en los bosques por aquí, una mujer con abrigo rojo. Juraba y perjuraba que era cierto. ¿Sabéis por qué se llama Fiddler's Mill?

—No. —Heather cruzó los brazos alrededor del cuerpo y miró a la distancia. El límite del bosque oscuro seguía allí, esperándolas.

—Resulta que había un molino, hace años —dijo Harry—, que recibió el mismo nombre que el bosque. Y se decía que el bosque pertenecía al violinista, de allí el nombre Fiddler, que significa "violinista". Era un hombre que venía al pueblo con un violín mágico. Cuando lo tocaba, los chicos se sentían tan atraídos por la música, tan hipnotizados que lo obedecían en todo. Él se los llevaba a su hogar secreto en el bosque y nunca regresaban.

—¿Qué? —Heather hizo caso omiso de la mirada sorprendida que le dirigió Nikki—. ¿De qué estás hablando?

—Del bosque —dijo Harry sin alterarse—. Los lugareños se enfurecieron, y cuando él regresó para llevarse más niños, lo persiguieron hasta el bosque, pero le perdieron el rastro allí. No volvió nunca más, y tampoco lo hicieron los niños. —Se encogió de hombros—. Es una historia escalofriante, pero de niño te encantan esas cosas, ¿no es cierto? Siempre le pedía a mi abuela que me la contara.

—Es fascinante —asintió Nikki con seriedad—. Como el cuento del *Flautista de Hamelín* en versión local. Harry, trabajo en la universidad enseñando Lengua. Creo que a mis alumnos les encantaría una leyenda de folclore antiguo como esta. Me gustaría escribir sobre esta historia si no te molesta.

—Mmm, no, claro que no. —Parecía confundido—. Toma, aquí tienes mi tarjeta. —Sacó una tarjeta algo arrugada del bolsillo y se la entregó a Nikki—. Llámame si quieres conocer más historias. —Sonrió—. O comprar un cuervo gigante.

Cuando caminaban de regreso por los senderos sinuosos, Heather le propinó un codazo en las costillas a su a su amiga.

—¡Magistral! —bromeó—. ¡Gran jugadora, Nikki Appiah!

—¡Ay, cállate! —rio Nikki, le brillaban los ojos.

Por un instante, Heather se sintió realmente satisfecha; le hacía sentirse bien el bromear con su amiga, como cuando eran niñas en el patio de la escuela. Pero cuando la lluvia se tornó más pesada sobre sus paraguas, recordó la caravana abandonada y las caritas con expresión perdida de los bebés en las fotografías, y toda sensación de bienestar y seguridad se le retiró del cuerpo como si la absorbiera la tierra.

Pasaron el resto de la tarde vagando por la campiña, tomando fotografías aquí y allí y descansando sobre muros bajos de piedra. De vez en cuando, Heather sacaba la carpeta de ilustraciones de Pamela Whittaker y trataba de hacer coincidir las imágenes con el paisaje a su alrededor, pero nunca llegaba a convencerse de que estaba en lo cierto. Con el correr de las horas comprendió que estaba tratando de definir el lugar, como si pudiera capturarlo en Google Street View, atraparlo como una mariposa sobre una tabla para poder examinarlo mejor, pero Fiddler's Mill y sus alrededores cambiaban constantemente, en un estado de perpetuo fluir, erosionados por las estaciones, la vida silvestre y el clima. Era un sitio imposible de conocer…, a menos que uno estuviera preparado para vivir bajo esos cielos durante un tiempo, como lo había hecho la comuna. Trató de imaginar a su madre allí, viviendo con una banda de melenudos poco amigos del agua y el jabón, pero le resultaba difícil. Se dio cuenta de que le resultaba difícil imaginar a su madre siendo feliz.

Nikki se estaba comportando como una buena compañera, siguiéndola en todos sus impulsos para recorrer la zona, pero Heather se fijó en que su amiga pasaba bastante tiempo mirando el teléfono y cada vez que había un atisbo de señal, sus dedos volaban sobre la pantalla. Cedió a su instinto de entrometida y en un momento, espió por encima del hombro de Nikki y vio lo suficiente en la pantalla como para darse cuenta de que ya estaba metida en una animada conversación por mensajes de texto con Harry el artista. Miró hacia otro lado sonriendo. Le hacía pensar en Ben Parker y su despeinado pelo rubio..., pero, claro, había pocas probabilidades de que él fuera a responderle a los mensajes, lo que no era sorprendente.

Cuando comenzó a caer la tarde y a disminuir la luz, se dieron por derrotadas y regresaron a la cabaña con pies cansados y estómagos vacíos. Una vez adentro, Nikki se puso a cocinar un chili con carne, disponiendo ordenadamente los ingredientes a un lado antes de sofreír la carne picada en una sartén.

—Bien. —Heather se apoyó contra la encimera, tratando de no mirar la oscuridad del otro lado de las ventanas—. Hablemos de Harry el artista. ¿Qué avances ha habido?

Nikki siguió picando cebollas.

—¿A qué te refieres con "qué avances ha habido"?

Heather emitió un bufido.

—Ay, Nikki, por favor. Soy periodista de investigación, ¿recuerdas?

—¿Ahora lo llamamos así? —Nikki le dirigió una mirada reprobadora antes de empujar las cebollas adentro de la sartén con el filo del cuchillo.

—Ni idea; estoy pensando en encargarle alguna obra.

—¿Ah, ahora lo llamamos así?

Nikki le tiró un paño de cocina.

—Solo estaremos aquí pocos días, ¿recuerdas? —Nikki se encogió de hombros y Heather supo que había ganado—. Pero hablamos de salir a tomar algo mañana. Conoce un sitio a poca distancia de aquí en coche donde dice que hacen un delicioso pastel de pescado. —Al toparse con la mirada de Heather, una expresión abatida le cruzó por el rostro—. Pero si quieres que me quede, lo haré, por supuesto.

Heather miró hacia arriba con expresión teatral.

—¿Quién soy yo para interponerme en el camino del amor verdadero? Madre mía, esos músculos. —Cuando Nikki abrió la boca para protestar, Heather negó con la cabeza—. No, en serio, ve. Me alegra que puedas hacer algo verdaderamente divertido en esta aventura que no sea caminar por el barro todo el día conmigo.

—Es solo una salida, y... —Nikki suspiró—. Me preocupa tu situación, Hev. ¿Te parece que puedes quedarte sola? ¿Con todo lo que ha sucedido?

—Ay, por Dios, no empieces. Estoy bien. —Pensó en el pájaro muerto sobre el tocador de su madre, en los pétalos como gotas de sangre desparramados por la escalera. Se esforzó por sonreír—. Te lo digo en serio, me está sentando bien estar lejos. Tal vez mi madre tenía razón en cuanto a este lugar. Es tranquilo.

—Si estás segura... —Nikki fue a la despensa y cogió una lata de tomates triturados—. ¿Tenemos otra botella de tinto? Iría mejor con el chili que una de blanco.

—Creo que me queda una en la maleta.

Las sombras en el dormitorio ya tenían los tonos profundos de la noche. Heather encendió la luz y comenzó a revolver la maleta, buscando la botella de vino que estaba debajo de medias usadas y camisetas. Acababa de cerrar los dedos alrededor del cuello de vidrio cuando vio una figura oscura en el centro de la almohada. Soltó el vino y se enderezó; el corazón le dio un vuelco en el pecho.

Si bien no tenía el tamaño ni la forma adecuados, por un horrendo instante creyó que era un pájaro muerto, pero enseguida sus ojos le confirmaron la verdad: era una vieja fotografía Polaroid, muy parecida a las dos que había encontrado en la caravana abandonada. Mostraba una típica escena entre dos enamorados: un hombre y una mujer sentados en una playa, con el mar como una franja azul pulida detrás de ellos; el hombre tenía el brazo alrededor de los estrechos hombros de la mujer, con gesto posesivo. Ambos vestían abrigos y gorros y tenían las mejillas sonrosadas por el frío. El rostro de la mujer estaba ligeramente girado contra el pecho ancho del hombre, y su mano izquierda estaba apoyada entre las rodillas masculinas. Sonreía con ojos brillantes. Era muy joven. No había duda de que esas dos personas eran una pareja, y la simplicidad de la situación casi resultaba encantadora: una pareja en la playa, muy enamorados, disfrutando.

Excepto que el hombre era un famoso asesino en serie y la mujer era su madre.

Heather cogió la fotografía de la almohada. Respiraba ruidosamente, como una tetera hirviendo. Sacudió la fotografía y presionó los dedos contra la superficie brillante con la extraña y casi frenética esperanza de que resultara falsa, una composición de Photoshop impresa en papel fotográfico. Pero había trabajado con suficientes fotografías en el archivo del periódico para saber qué era. Era real. Una fotografía verdadera de Michael Reave y Colleen Evans abrazados. Su madre tenía puesto el mismo abrigo grueso que había usado en la fotografía de Pamela.

Heather giró la imagen. En la parte trasera había dos renglones, escritos con diferente caligrafía y distinto color de tinta.

El primero, escrito con bolígrafo negro, decía:

¡¡Aire fresco!! 27 de marzo de 1983

El segundo, en tinta roja y con la conocida letra de imprenta, decía:

Sé lo que eres y creo que tú también lo sabes.

Durante un tiempo indeterminado, Heather permaneció inmóvil con la Polaroid entre los dedos. No podía dejar de mirar la fecha.

27 de marzo de 1983. Ella nació en octubre de ese año.

"No".

Si la fecha era correcta, entonces, su madre ya estaba embarazada en esta fotografía. De unas seis o siete semanas.

"No".

Giró la foto de mala gana y volvió a contemplar a su madre, en esa imagen de niña-mujer que ella jamás había visto antes. No había forma de vislumbrar nada con ese abrigo holgado, pero a algunas mujeres no se les notaba el embarazo hasta que estaba bastante avanzado, sobre todo cuando era el primer hijo. ¿Y acaso sus padres no se habían casado cuando ella tenía alrededor de un año? ¿Por qué jamás había cuestionado ese hecho? Siempre le habían dicho que se conocían desde la escuela, que habían comenzado a salir cuando Colleen tenía diecinueve años, pero tenía que ser mentira. Le vino a la mente una imagen de su padre, su cara redonda, que se sonrojaba con facilidad, el pelo rubio que se le tornaba casi pelirrojo cerca de las orejas, o cuando se dejaba la barba.

"No me parezco en absoluto a él. Nunca me parecí a él".

—¡No! —No se dio cuenta de que había hablado en voz alta hasta que oyó a Nikki en la sala.

—¡Hev! ¿Vas a traer la botella o qué?

Sus ojos volvieron a posarse sobre la fotografía de Michael Reave. Era joven, hasta se podía decir que apuesto; su rostro no tenía las arrugas que le aportarían los años en prisión. No pudo más que notar el pelo oscuro, las líneas de los pómulos y la nariz.

—¿Hev?

La voz de Nikki sonaba más cerca, como si estuviera en el pasillo que llevaba al dormitorio.

—¡Voy, perdona, me he despistado!

Heather paseó la mirada por la habitación, pero no había ninguna otra cosa que pareciera fuera de lugar. La ventana estaba cerrada y con el pestillo echado, como la había dejado, y la pequeña mesa de tocador estaba cubierta de toda la basura que sacaba de sus bolsillos todas las noches: recibos, monedas, envoltorios de golosinas. Todo estaba normal, excepto...

Se volvió otra vez hacia la cama, sintiendo que una mano helada le bajaba por la espalda. La cama estaba hecha; la colcha llegaba cuidadosamente hasta la almohada, que estaba derecha y recientemente ahuecada. Heather nunca hacía la cama excepto justo antes de meterse en ella, y entonces solamente estiraba la sabana bajera y la metía debajo del colchón o ahuecaba una almohada. La persona que había dejado la fotografía también le había hecho la cama.

Por un horrible y sofocante segundo creyó que lanzaría una risotada. Y entonces oyó los pasos de Nikki que volvían hacia la cocina y la compulsión pasó. En cambio, guardó la fotografía en el bolsillo, cogió la botella de vino y cerró la puerta con fuerza detrás de sí.

CAPÍTULO 39

Antes

Recordaba dónde estaba cada una con tanta claridad que a menudo sentía que casi podía verlas. Mujeres sentadas al borde del arroyo con los pies en el agua, o mujeres en los árboles, con las almas en las raíces, desparramándose por las hojas. Casi podía escucharlas suspirar mientras caminaba por el bosque, y los latidos suaves de sus corazones estaban siempre presentes. Sus cuerpos estaban lejos, dispuestos con precisión y cuidado en sitios verdes distantes, pero ellas estaban allí, con él, en el bosque Fiddler. Todas vestían abrigos rojos.

Llovía el día que perdió a Colleen, y aunque eran solo alrededor de las seis de la tarde, el bosque comenzaba a sumirse en oscuridad. Michael caminaba por las sombras, a gusto, escuchando las tumbas y el ruido de las gotas de lluvia contra las hojas y el barro, cuando de pronto, oyó un grito agudo, repentino. Se detuvo, inmóvil, sintiendo que se le erizaba el vello de los brazos. Los gritos no le generaban terror —¿cómo iban a hacerlo?— y a esas alturas estaba acostumbrado a los ruidos de la comuna, pero este era un ruido fuera de lugar, un ruido que no debía haber estado allí. Transcurrieron unos segundos y se oyó otro grito, más desesperado aún, que se interrumpió en forma abrupta.

Salió del bosque al chaparrón del que lo habían estado protegiendo los árboles y corrió hacia la casona. Vio dos figuras que bajaban la colina a toda prisa y se dirigió hacia ellas. Eran las hermanas Bickerstaff, que estaban igual que cuando las había visto por primera vez: con las cabezas juntas, una al lado de la otra, aunque entonces una de ellas sostenía un chal por encima de sus cabezas y la otra llevaba algo pequeño apretado contra el pecho. Cuando vieron que era él, la que llevaba algo envuelto contra el pecho lo apretó más para que él no pudiera verlo. Una de ellas —Lizbet, creía— lo miró con sus fríos ojos grises, pero no dijo nada. La lluvia caía con fuerza y Michael se dio cuenta de que el sendero debajo de sus pies estaba rosado de sangre con agua, sangre que caía de sus cuerpos.

—¿Qué sucede?

Ellas se apiñaron la una contra la otra. Más allá, los campos y cercos se veían borrosos y desdibujados por la lluvia.

—Él quiso verlo —dijo Beryl, como si eso sirviera de explicación— cuando llegara al mundo.

—¿Qué es?

Michael dio un paso adelante para tener un atisbo de lo que llevaban, pero las dos hermanas intercambiaron miradas de asco, como si él fuera un chico sucio a sus pies.

—Lo verás pronto —dijo Lizbet.

—¿Quién gritaba?

—Anna no se siente bien. Ve arriba a ver, si te preocupa tanto.

—¿Dónde está Colleen?

Las dos mujeres esbozaron idénticas sonrisas de hielo.

—Ella sí que es buena, ¿verdad? Demasiado buena para ti.

—No sé de qué hablas.

—No habrás creído que ibas a quedártela, ¿verdad,

Michael? —A pesar del chal, el rostro de Beryl estaba mojado y tenía un brillo insalubre—. Qué idiota eres.

Sin más, se alejaron colina abajo hacia la comuna, dejando un rastro de agua ensangrentada detrás de ellas. Michael miró hacia la casona. Había luces en las ventanas de la sala de estar que arrojaban cuadrados de luz amarilla al camino de entrada. La casa siempre le había parecido un refugio, un lugar donde podía existir en plenitud. Había dormido con la luz encendida todas las noches, había cenado en silencio sin que nadie lo regañara por eso, se había lavado la sangre de las manos y la ropa una y otra vez. Y, sin embargo, esa noche no le parecía un lugar seguro. Esa noche, la miraba y veía lo que veía Colleen, un sitio vacío que albergaba a un monstruo, tal vez a varios monstruos. Comprendió de pronto que si regresaba allí, si iba y abría la puerta, su hermana lo estaría esperando con su sonrisa amable y el abrigo rojo. No estaba muerta, no; en realidad, ninguno de esos corazones sepultados en el bosque era el de ella, y podía volver a apoderarse de él si lo deseaba.

Dio media vuelta y echó a correr colina abajo. Las hermanas Bickerstaff ya estaban fuera de su vista, entre las tiendas, los coches y caravanas de la comuna, pero no las buscaba a ellas. Había bastante gente fuera, a pesar de la lluvia. Vio rostros pálidos, confundidos, algunos distendidos por las drogas y el alcohol, otros muy alertas que miraban la casa desde donde habían llegado los gritos. En un par de ocasiones le pareció ver al gran perro negro corriendo junto a él, una figura fugaz entre los espacios que separaban las caravanas.

Colleen había aparcado la suya lejos de las otras, en el límite de la comuna, pero Michael supo lo que iba a encontrar antes de llegar allí. Frenó en seco, sintiendo un sabor desagradable en la garganta. El paisaje rojo lo llamaba a gritos, haciendo que los campos y el bosque parecieran insustanciales, parte de un sueño.

La caravana ya no estaba, como tampoco estaba la pequeña tienda donde a Colleen le gustaba dormir a veces. Solo había un rectángulo de hierba amarillenta y seca y varias colillas de cigarrillo húmedas. Colleen se había marchado.

CAPÍTULO 40

Esa noche, Heather no se acostó. Cuando se separaron y fueron cada una a su dormitorio, esperó una media hora a que Nikki se durmiera y luego volvió sin hacer ruido a la sala de estar, donde se sentó con el teléfono en el regazo y las piernas debajo del cuerpo; así pasó el resto de la noche. Escuchando y mirando el número telefónico de Ben Parker en la pequeña pantalla electrónica. No había cobertura, pero podía utilizar el teléfono fijo de la cabaña para llamarlo. Tan fácil como eso. A pesar de lo tarde que era, estaba segura de que él contestaría.

Pero en lugar de llamarle, se quedó despierta, con una lámpara encendida a su lado y un cuchillo de la cocina al alcance de la mano sobre el sofá. Escuchaba y vigilaba, vibrando de tensión como un cable por el cual corre electricidad. Alguien allí sabía quién era. Alguien estaba jugando con ella. ¿Por qué? ¿Qué quería?

¿Acaso el nuevo Lobo Rojo la estaba vigilando?

Cuando Nikki se levantó a la mañana siguiente, Heather ya había preparado una jarra de café y había guardado el cuchillo. De día, el paisaje verde que las rodeaba parecía menos amenazante y los horrores de la noche anterior —"¿De quién soy hija exactamente?"— le resultaban absurdos.

—Has madrugado. —Nikki bostezó y tomó la taza de café con ambas manos—. ¿Ya estás lista para salir?

Heather sonrió, sintiendo la sonrisa pegajosa y falsa en su rostro.

—No exactamente. Me duele mucho la cabeza.

Nikki se sentó en uno de los bancos de la cocina algo decepcionada.

—¿Migraña?

Heather asintió y bebió de su taza, haciendo caso omiso de la culpa resbaladiza que le oprimía el pecho.

—Qué mierda. ¿Quieres ir al médico o algo?

—No, pero creo que me voy a quedar aquí hoy. Tal vez podrías adelantar unas horas tu cita con Harry. Pasar el día con él, digo.

—Pero…

—No te preocupes por mí, de verdad. No es justo arrastrarte hasta aquí y después echarte a perder el día porque tengo jaqueca. Prueba suerte, a ver qué te dice.

—Si estás segura…

Una vez que Nikki desapareció con el coche, Heather se vistió y se quedó un instante con la Polaroid en las manos contemplándola. Alguien estaba jugando al gato y al ratón con ella. Alguien que la había seguido desde Londres, alguien que sabía más que ella sobre la historia de su madre. A pesar de todo, le resultaba difícil creer que la persona que había dejado la fotografía era el nuevo Lobo Rojo: había estado demasiado ocupado descuartizando mujeres en Lancashire como para dejarle notas en casa de su madre en las afueras de Londres. Pero tenía plena conciencia de que por más racional que fuera esa suposición, seguía siendo peligrosa. La conexión más concreta que tenía con esa persona, sea quien fuere, era la fotografía que le había dejado sobre la almohada. Era hora de ver qué podía averiguar al respecto.

Cuando salió de la cabaña a otro día frío y gris, el aire gélido le cortó la respiración. Que Nikki se hubiera llevado el coche le resultaba un incordio, pues significaba que tendría que caminar a todas partes, pero una vez que echó a andar a campo a través, casi se alegró; el frío y la pureza del aire alejaron los efectos de la noche de insomnio y se sintió más fuerte, más alerta.

Y tal vez no fuera solo una sensación. Mientras subía la colina que llevaba a la casona de Fiddler's Mill, cayó en la cuenta de que había visto aquella construcción rara en el fondo de una fotografía antes, sobre una mesa baja. El anciano llamado Bert había dicho que era el Capricho de Fiddler, una construcción perteneciente a la familia que había habitado la mansión y, como todo capricho, era un sitio sin propósito ni uso evidente. Eso significaba que la fotografía había sido tomada allí, en la costa.

Se detuvo en seco en el lugar, haciendo caso omiso de las ráfagas de viento helado, y sacó el mapa del bolsillo del abrigo. Había sido diseñado para turistas, claramente, y cubría las atracciones naturales de la zona y la extensión de campiña silvestre, pero terminaba justo al llegar a la costa, que estaba en el extremo del mapa. Heather revisó el dibujo, buscando algo que pudiera ser el Capricho, pero no encontró nada. O le habían puesto otro nombre o sencillamente no lo habían incluido. Frunciendo levemente el ceño, dobló el mapa y continuó colina arriba. Necesitaba una conexión a internet decente.

—¿En qué puedo ayudarla?

La mujer anaranjada con pelo rubio la miró con expresión afligida. Heather se sacudió para quitarse algo de agua en el vestíbulo de mármol y esbozó su sonrisa más cautivadora.

—Hola, sí. ¿Podría utilizar tu wifi?

La mujer frunció el entrecejo teatralmente y fingió consultar una planilla que tenía sobre el escritorio.

—¿Está alojada aquí?

—Sabes que no. —Heather se apoyó contra el escritorio y luego cambió de idea—. Discúlpame, no quiero ser pesada.

¿Tenéis una cafetería o algo? Pediré un café, un sándwich, lo que sea. El lugar donde nos alojamos está ubicado en un agujero negro de tecnología y necesito desesperadamente enviar un trabajo. Tengo una fecha límite, ya sabes cómo es eso.

La mujer entornó los ojos.

—¿Cómo sé que no va a empezar a cacarearles a nuestros huéspedes locuras sobre asesinatos, drogas y esas cosas?

Heather levantó las manos.

—Te prometo que no tengo interés en hacer nada de eso. Has sido muy amable hasta ahora; te mencionaré de manera personal en mi reseña en TripAdvisor. —Miró el nombre en la placa que llevaba la mujer sobre la camisa—. Melanie.

—De acuerdo. —Melanie se volvió hacia la pantalla del ordenador—. La cafetería está a la derecha. Si consume algo, le darán la contraseña de wifi en la cuenta. Por lo tanto, *tendrá* que consumir algo.

Minutos después, Heather tenía delante una taza de café y un plato con una tostada con aguacate; había puesto el ordenador sobre una mesita y tenía abierto el motor de búsqueda. No tardó en encontrar el Capricho de Fiddler en Google Maps, aunque ahora se llamaba La Garza y pertenecía a la misma organización benéfica que era dueña de parte del spa de Fiddler's Mill. Esa información le resultó interesante, pero por lo que se podía ver, la construcción seguía vacía y no pudo encontrar información sobre si se utilizaba como hotel, o sitio de almacenamiento u oficinas de la organización benéfica. Siguió investigando y encontró una serie de referencias a los "rumores" de los que había hablado el anciano Bert; la vaguedad de la información le resultaba frustrante. La familia que lo había construido se había extinguido, pero daba la impresión de que los lugareños no los apreciaban en absoluto. Finalmente, se dio por vencida con el Capricho de Fiddler —al menos entonces sabía dónde exactamente había sido tomada la fotografía de su madre y Michael Reave— y comenzó a investigar sitios web de Polaroid. En ellos descubrió que era posible calcular la fecha aproximada en que había sido fabricada la película, y en algunos casos, la fecha exacta en la que se había tomado la fotografía. Una cadena larga de números en la parte trasera, muy borrosos y casi imposibles de leer, reveló que la película había sido fabricada en abril de 1982, lo que daba credibilidad a la fecha escrita con tinta negra. Según el sitio web, en aquel tiempo los rollos de película eran muy costosos y muchas familias que tenían cámaras Polaroid reservaban las fotografías para ocasiones especiales. Imaginó que alguien —tal vez Michael Reave— había comprado la película, sonriendo anticipadamente por los momentos "especiales" que capturaría con ella.

Estudió la fotografía, que estaba junto a ella sobre la mesa. Debía de haber miles iguales a esa, pensó: imágenes de parejas en la playa, abrazados. Pero sospechaba que muy pocas estaban rodeadas de una historia tan oscura.

Buscó en el bolso las fotografías de los bebés que había descubierto en la caravana y las puso boca abajo sobre su regazo, sin poder explicar por qué. No le llevó demasiado tiempo deducir que seguramente esas fotografías eran del mismo paquete que la de Reave y su madre; las tarjetas de película habían sido fabricadas el mismo día del mismo año, según los códigos en la parte posterior. La información incluía hasta el turno en el que habían sido fabricadas.

Recordó la que le había dado a Ben Parker, la que mostraba el festival y la chica pelirroja que se convertiría en profesora de educación física. Parker había dicho que Fiona estaba en ese festival para recoger un diploma de una actividad relacionada con la naturaleza; siguiendo un impulso, tecleó "Premio Caminata Infantil en la Naturaleza" en el motor de búsqueda. El programa había dejado de existir hacía unos veinte años, pero seguía habiendo información en algunos sitios online; alguien había creado una página de Wikipedia muy básica, en la que se enumeraban las actividades que los niños habían tenido que hacer para obtener el diploma, cosas como excursionismo, disecado de flores, figuras de paja. El programa había estado auspiciado por Hoja de Roble, la misma organización benéfica que era dueña de una parte del spa donde estaba sentada en ese mismo momento.

—Y siguen las putas coincidencias.

Excepto que no lo eran. Heather se echó hacia atrás en la silla, dejando de lado su almuerzo. ¿Qué significaba si es que significaba algo? Inevitablemente, su mirada volvió a fijarse en la foto de su madre en la playa. ¿Podía ser posible que hubiera estado *con* Michael Reave y su padre al mismo tiempo? Eso podía significar que el hombre que la había criado *era* su padre, pero no tenía recuerdo de que su padre hubiera mencionado jamás una comuna en el norte, y la idea de que su madre hubiera estado haciendo competir a dos hombres por su amor le resultaba inverosímil... Pero puestos a pensar, mucho de lo que había creído saber sobre Colleen Evans había resultado ser mentira.

La otra opción era casi demasiado atroz como para considerarla.

—¿Sigues investigando sobre la zona, Heather?

Ella dio un respingo. Bert se le había aparecido por encima del hombro. Fuera de su casa y bajo las luces brillantes de la cafetería del spa, se lo veía todavía más marchito; la miraba con la cabeza ladeada, como cuando se habían conocido.

—Ah, qué tal, Bert. Estoy... trabajando un poco ya que estoy aquí, nada más.

Él arqueó una ceja al oírlo; justo cuando Heather se disponía a guardar la fotografía de nuevo en su bolsillo, él la vio.

—¿Es de la playa? ¿Puedo verla?

Heather se paralizó. En ese largo e incómodo instante, no se le ocurrió ninguna excusa como para no entregarle la Polaroid, por lo que se la pasó, sintiendo que se ruborizaba intensamente. Estaba segura de que iba a reconocer a Michael Reave. Después de todo, su foto policial era una de las más tristemente célebres de la historia criminal británica, y claramente se trataba de la misma persona; en ambas imágenes se veía el mechón de pelo blanco en la sien. Y luego le preguntaría qué diablos hacía con esa fotografía... Pero Bert se limitó a mirarla, muy quieto. Finalmente, asintió.

—Sí. Qué interesante. El Capricho estaba en bastante mal estado en aquel entonces —comentó—. En algún momento se le hicieron todo tipo de restauraciones y me alegra decir que hoy en día es menos feo.

—¿Sabe cuándo lo renovaron?

—Diría que a mediados de la década de los ochenta, diría. Sí, en esa época. —Sonrió ampliamente dejando ver sus largos dientes—. Lo volvieron a dejar habitable. —Parecía como si fuera a mirar el reverso de la foto, pero se la devolvió amablemente—. Vas descubriendo que tienes historia en este lugar, ¿no?

—¿Por qué lo dice? —le dirigió una mirada penetrante.

Él encogió un hombro encorvado.

—Dijiste que la amiga de tu madre había estado aquí un tiempo. ¿No es ella la de la fotografía?

—Ah. Ah, sí, claro. Pamela, sí, claro. —Sonrió—. Para serle franca, Bert, me gusta ver fotografías antiguas.

Él ladeó la cabeza, como asintiendo.

—Bien, te dejo que sigas con lo tuyo, muchacha.

Cuando se alejó, Heather se volvió para observarlo. No parecía un cliente habitual del spa, y no podía imaginar por qué se habría arrastrado hasta allí en un día lluvioso, pero cuando él llegó al vestíbulo, Heather vio que la mujer rubia salía de detrás del escritorio para saludarlo; los observó conversar durante unos minutos. Tal vez, pensó Heather, la recepcionista era su pariente: una nieta, o una sobrina.

Se quedó en el café durante un par de horas más, escarbando

en foros sobre contracultura, consumo de drogas y la historia de Fiddler's Mill, pero no encontró nada que sugiriera quién podía haber estado jugando con ella. Finalmente, recogió sus cosas y se marchó. Fuera, el día se había aclarado un poco. Las nubes grises se estaban disipando y se veían trozos de cielo de un celeste de ensueño. Heather caminó por la hierba sin saber adónde dirigirse. Nikki, al menos, estaba lejos de la cabaña y a salvo con Harry. Seguramente estarían bebiendo cervezas en algún pub campestre en esos momentos, conversando sobre cuentos de fantasmas y almorzando comida de granjeros. La idea le resultaba reconfortante y se aferró a ella. Era mejor pensar en eso que en lo que podía llegar a encontrar cuando volviera a la cabaña: otra nota, un pájaro muerto. O algo peor.

Estaba tan perdida en esos pensamientos que cuando sonó el teléfono, le llevó unos segundos reconocer el sonido. Lo sacó del bolso, segura de que sería Nikki o Ben, pero en cambio, vio que era un número oculto. Pulsó "aceptar" y una voz automatizada le informó que tenía una llamada de la prisión Belmarsh y que debía permanecer en línea si deseaba que la conectaran.

De repente, volvió a sentirse expuesta. Miró a su alrededor, pero estaba sola. La línea del bosque Fiddler se extendía a su derecha y la casona era una figura pequeña en la lontananza, detrás de ella. Sin saber qué hacer, esperó a que la conectaran.

—¿Hola?

Reconoció su voz de inmediato. Se miró los pies, presa de una oleada de sentimientos encontrados; se lo oía preocupado. ¿Se preocupaban los asesinos en serie? Parecía una reacción demasiado humana.

—¿Señor Reave? ¿Por qué me llama? —Hizo una pausa y sacudió la cabeza—. ¿Cómo consiguió mi número de teléfono? Dudo que se lo haya dado la policía.

—Oye. —Pero no continuó, y Heather pudo oír su respiración, lenta y medida.

—¿Qué sucede? —De repente, se sintió furiosa por que él pudiera llamarla a cualquier hora del día y hacer que se le contrajera el estómago por el miedo. Deseaba golpear algo. O a alguien—. ¿Qué mierda quiere?

—¿Dónde estás? —Oyó un ruido y lo imaginó pasando el auricular a la otra oreja—. ¿No estás en Londres?

—Donde estoy no es asunto suyo.

—No deberías haberlo hecho. Dios, no tendrías que haberlo hecho.

Parte de la furia se le disipó al oírlo. Parecía preocupado, asustado. ¿Y qué podía asustar a un asesino? El viento soplaba fuerte, recordándole que estaba sola. "Podría preguntárselo directamente", pensó. "¿Cuánto conocías realmente a mi madre? ¿Por qué estabas tan impaciente por hablar conmigo? ¿Acaso soy la hija de un asesino en serie?". Pero tenía la horrenda sensación de que ya conocía las respuestas... y escucharlas de boca de él solo lo volvería más real.

—Michael, si sabes algo...

—Sabía que no iban a dejar las cosas como estaban. Sabía que era un error excluirlas de esa forma. Son iguales que ella, ven todo.

—¿Iguales que *quién*?

La voz de él comenzó a cortarse en fragmentos electrónicos debido a la frágil señal.

—¿Iguales que quién? ¿De quién hablas? —Heather miró su teléfono móvil. La intensidad de señal marcaba una sola barra. Era un milagro que él hubiera podido conectarse.

—Quieren hacerme daño, igual que ella. Tienes que irte, ¿me escuchas? Tienes que volver a... —Hubo ruido de interferencias— ... de vuelta a la tierra, es tiempo de cosecha...

—¿Michael?

Oyó un par de palabras más en el rugido de chasquidos electrónicos, "rojo", quizá y "castigo" y luego la comunicación se cortó.

CAPÍTULO 41

OSCURECÍA Y NADIE SABÍA DÓNDE estaba Heather.

Era una sensación extraña, que le resultaba más reconfortante de lo que hubiera esperado. Se encaminó hacia una parte del bosque original que estaba segura que daba a la parte de atrás de la cabaña donde se alojaban; un breve trayecto por entre los árboles y la oportunidad de pensar en todo. Los olores de la tierra, ricos y espesos, le llenaban las fosas nasales; inspiró hondo, como si eso fuera a limpiarla de todo lo sucedido. Dentro del bosque no importaba quién era su padre ni qué había hecho o dejado de hacer su madre.

El crujido de ramitas debajo de sus pies, los movimientos susurrantes de las criaturas silvestres, el murmullo del viento. Con cada paso, se sentía mejor.

Siguió caminando, escuchando el ruido de sus pasos; sentía el aire limpio sobre la lengua. Llegó a un árbol frondoso y se detuvo. La cabaña tenía que estar cerca; ya se deberían ver las luces en las ventanas, pero el bosque delante de ella no presagiaba nada de eso. Y una voz interior aún más oscura le preguntaba por qué tenía prisa para volver. ¿Qué iba a encontrar en la cabaña? ¿Más cartas, más plumas? Reave parecía preocupado por teléfono, pero ¿se podía confiar en él? Alguien estaba tratando, claramente, de asustarla, pero ¿por qué iba a importarle eso a Michael Reave? A menos que lo que sugería la fotografía Polaroid fuera verdad. Pasó los dedos sobre la corteza del árbol y vio que alguien había dibujado una figura, probablemente con un corazón. Le llevó un minuto reconocer lo que era.

"Un corazón".

Hacía frío y estaba sola; no estaba a salvo, estaba en peligro y terriblemente expuesta.

—Ay, mierda. ¿Qué estoy haciendo aquí?

Sacó el teléfono del bolsillo y pulsó la pantalla para que cobrara vida. La luz de la pantalla la encandiló; iluminó momentáneamente los árboles desnudos y la vegetación en un doloroso relampagueo artificial. Parpadeó, asustada por lo enceguecida que estaba, y apuntó el teléfono hacia la oscuridad. No había figuras a la vista, pero tomó conciencia de lo vasto del bosque y de lo pequeña que era su luz.

Oyó un ruido sordo a su izquierda, como de algo pesado moviéndose entre la vegetación; Heather dio media vuelta y echó a correr lo más rápido que pudo en la oscuridad; la luz del teléfono iba y venía, llamando a una masa interminable de sombras. El ruido a sus espaldas se intensificó, y Heather se oyó emitir un gritito de terror ante la persecución. Estaba inmersa en una pesadilla, la pesadilla atávica, en la que escapas de algo terrible pero tus piernas no responden, están inmovilizadas en melaza. Muy a su pesar, le vinieron a la mente las historias que le había contado Michael Reave, y las pinturas de Pamela Whittaker. El bosque era peligroso. En el bosque acecha el lobo.

Subió a toda prisa por una pendiente, arrasando con los pequeños arbustos a su paso; espinas y ramitas se le enganchaban en la ropa y la piel, tirando de ella hacia atrás, como si el bosque entero estuviera en su contra. Al llegar a la cima, desde donde esperaba poder calcular dónde estaba, tropezó y cayó de rodillas en el barro. Había un olor extraño, una combinación de tierra silvestre y oscura con algo que parecía más antiguo y raro. Se puso de pie y escuchó un ruido muy cercano: jadeos rápidos y calientes.

"El *barghest*. Black Shuck. El lobo fantasma que asola los lugares solitarios".

Ya sin pensar en encontrar un sendero, Heather se arrojó colina abajo, con los brazos en alto para protegerse del golpe que creía que sobrevendría. Estaba segura de que entonces la perseguían varias cosas —criaturas cuadrúpedas que podían oler su miedo— y que se cerraban sobre ella desde todos lados. "Bebe del río", pensó, sin ninguna lógica, "bebe del río y conviértete en lobo".

El suelo desapareció de debajo de sus pies, y antes de poder reaccionar, Heather cayó de cabeza contra la tierra húmeda y poblada de insectos. Sin aire en los pulmones, solo pudo quedarse tendida durante un buen rato; el barro le empapaba los tejanos. Había caído sobre un arbusto y las hojas la pinchaban a través del abrigo, como si estuviera sobre trozos de vidrio. Los ruidos habían cesado, pero cuando finalmente se levantó y miró a su alrededor, la sensación de que la observaban se multiplicó por diez. Ojos en el bosque, vigilándola.

—¿Qué quieres? —Su voz sonaba temblorosa, insegura—. ¿Quién eres?

Silencio. Un silencio más profundo del que había experimentado jamás; no se movían animalitos por la vegetación, no chillaban los pájaros: hasta el viento parecía haberse detenido. Algo estaba escuchando. Observó, con sorpresa, que todavía sostenía el teléfono en la mano; al caer, instintivamente lo había apretado contra el pecho. Lo levantó, haciendo que se activara la pantalla e hizo girar lentamente el óvalo de luz todo a su alrededor. El bosque vacío la observaba, lleno de mentiras y sospechas.

—Sé que estás ahí —dijo.

Comenzaba a sentir que una furia conocida y reconfortante le subía por las extremidades. Estaba mojada, con frío y miedo, tenía rasguños por todo el cuerpo y se había golpeado la rodilla derecha, todo porque alguien estaba haciéndose el idiota en el bosque.

—Di algo o vete a la mierda, ¿de acuerdo?

No hubo respuesta, pero por el rabillo del ojo, Heather captó un leve movimiento en las sombras. Giró la luz hacia allí, pero lo que lo había causado ya no estaba. Sin embargo, entonces era posible ver el sendero, y más allá, el claro que llevaba a la cabaña.

Echó a andar en esa dirección, haciendo una mueca de dolor a medida que los cortes y hematomas se daban a conocer. La cabaña estaba envuelta en su propia burbuja de silencio; una luz tenue brillaba en la ventana. Heather estaba todavía a una cierta distancia cuando le pareció volver a ver a la figura: alguien estaba en la parte posterior de la cabaña, cerca de una de las ventanas de los dormitorios. Ahogó una exclamación, lista para gritar, pero en un segundo, la figura desapareció otra vez, como si nunca hubiera estado allí.

Heather corrió lo que restaba del camino hasta la cabaña y se abalanzó hacia la puerta, convencida a medias de que encontraría a la figura oscura en la cocina con sangre en las manos, pero el lugar estaba vacío. Las tazas de café de la mañana seguían sobre la mesa; la lámpara que había dejado encendida seguía iluminando con tenue luz cálida. Sospechando que esa escena silenciosa de paz doméstica debía de ocultar algo, revisó todas las estancias: no había notas, ni plumas, ni fotografías. Las ventanas y las puertas estaban cerradas. Se sirvió una copa de vino en la cocina y envió una serie de mensajes a Nikki mientras la bebía.

Ey, ¿dónde estás? ¿Pasarás la noche con Harry? ¡Házmelo saber xfa!

Vaciló, luego agregó:

> Creo que alguien me persiguió por el bosque hoy. Cuando recibas esto llámame xfa.

Heather dejó la copa de vino y fue a su dormitorio. Mientras se quitaba el abrigo, notó con desagrado que tenía barro en las manos y en la cara. Aunque era muy probable que la cita de Nikki con Harry se hubiera prolongado más de lo que habían imaginado, encontrar la cabaña vacía la había perturbado profundamente. ¿Qué sabían sobre Harry, en realidad? Básicamente, era un desconocido, y ella había permitido que su amiga se fuera con él. De nuevo, pensó en llamar al inspector Parker, pero cuando echó un vistazo al teléfono, vio que todos sus mensajes a Nikki no habían sido entregados. No había señal.

—Muy bien. —Se quitó el suéter y lo arrojó al suelo; también tenía barro en el gorro—. No hay necesidad de asustarse todavía. Me daré una ducha y lo intentaré de nuevo.

Dolorida por la media docena de nuevos hematomas que vio, Heather se dirigió al baño de su habitación a darse una ducha bien caliente.

CAPÍTULO 42

Heather se despertó sobresaltada en medio de la noche, con el corazón palpitando. Estaba segura de que no iba a poder dormir, así que se había tumbado en la cama después de la ducha, pensando simplemente en descansar un momento sus doloridos miembros. Sin embargo, en ese momento tenía la sensación de haber sido arrancada de un sueño muy profundo, un sueño poblado de vívidas ensoñaciones sobre el bosque en la noche, y...

Lo oyó de nuevo. El sonido de algo pesado moviéndose fuera, el crujido de las pisadas sobre las hojas caídas. No se trataba del pisotón fuerte y despreocupado de alguien —Harry, por ejemplo— que se dirigiera a su casa, sino de la pisada cuidadosa de alguien que no quería ser oído.

En un instante, se levantó y se puso la última ropa limpia de su maleta. Una vez que se hubo puesto las botas, salió al pasillo en dirección a la cocina. No tenía una idea clara de la hora que era ni del tiempo que llevaba dormida, pero el salón estaba vacío y todas las luces estaban apagadas. La puerta de la habitación de Nikki estaba ligeramente abierta y una rápida mirada al interior confirmó que no había dormido en su cama.

—Por Dios, Nikki, ¿dónde estás?

Revisó el teléfono para ver si había recibido sus mensajes. No habían sido entregados. De repente, la idea de que Nikki hubiera decidido volver tarde sin avisarla le parecía ridícula. Había llevado a su amiga a un lugar peligroso y en ese momento no sabía dónde estaba. Heather fue a la cocina y tomó el cuchillo más grande y afilado que encontró; lo sostuvo en la mano, sintiendo su peso.

"Pues bien, a la mierda con todo esto".

Se dirigió a la puerta y la abrió. Permaneció inmóvil durante varios segundos. No veía nada desde donde estaba, pero en algún lugar a su derecha se escuchaban esos pasos lentos y metódicos. El viento sopló repentinamente en dirección a ella y pudo escuchar el susurro suave de nailon contra nailon.

Sosteniendo el cuchillo contra la cadera, Heather salió a la oscuridad, manteniéndose cerca de la pared de la cabaña. Cuando dobló la esquina se quedó parada, temiendo que la vieran, pero comprendió de inmediato que había tenido suerte; la figura estaba de espaldas a ella y parecía estar dirigiéndose de nuevo al bosque. Era alta y llevaba un abrigo grueso con capucha, lo que la convertía en poco más que una forma oscura. Mientras Heather la observaba, la figura giró la cabeza ligeramente para mirar por las ventanas de la cabaña.

El miedo desapareció. Ya ni siquiera sentía frío. Una planicie árida y caliente de furia se extendió dentro de Heather, del mismo modo en el que lo había hecho el día que le había clavado un bolígrafo en la mano a un colega. Allí estaba, sin ninguna duda, la persona que la había estado aterrorizando en las últimas semanas. Y lo seguía haciendo, acechando en la oscuridad, buscando dónde dejar más notas y plumas.

Antes de darse cuenta de lo que hacía, Heather había atravesado la corta distancia que los separaba y se había abalanzado sobre la espalda del desconocido. La colisión hizo que ambos cayeran contra las hojas y la tierra blanda con más fuerza de la que Heather sabía que tenía.

—¿Quién cojones *eres*? ¿Qué quieres?

La figura se movió con desesperación para tratar de quitársela de encima, pero Heather le clavó una rodilla en la espalda y volvieron a rodar por el barro. Sujetándola del hombro, la hizo girar para que quedara de frente a ella y le puso el cuchillo contra el cuello.

Lillian la miró enseñando los dientes.

Heather parpadeó, y la mano que sostenía el cuchillo se aflojó. No podía entender lo que veía: era la vecina de su madre, salvo que no lo era. Tenía el rostro más arrugado y una cicatriz profunda en una mejilla, que se veía blancuzca y rugosa en la penumbra.

—¿Lillian?

La mujer debajo de ella sonrió y su cuerpo se aflojó. De repente, parecía desquiciada.

—Ay, mírate, por Dios —le espetó—. Tan idiota como el resto de tu patética familia.

—¿Qué?

Aprovechando la sorpresa de Heather, la mujer se liberó y se puso de pie. La capucha cayó hacia atrás y Heather pudo ver que tenía el pelo más oscuro que Lillian y su rostro era ligeramente diferente: tenía la nariz más larga y la mandíbula un poco más angosta. Se puso de pie, con el cuchillo escondido a la espalda.

—¿Quién eres?

La mujer sacudió la cabeza con expresión indignada.

—Mi hermana me dijo que eras corta de entendederas. Muy fácil de manipular. Tus preguntas están todas mal, Heather Reave.

—¡Cállate! —Heather blandió el cuchillo y la luz de la luna se reflejó en la hoja—. ¿Qué sabes tú de eso?

—Pues decídete. —La mujer sonrió; unas gotas de saliva

le brillaban sobre los labios—. ¿Me callo o te explico todo? —Antes de que Heather pudiera responder prosiguió—: De todos modos, no tienes tiempo.

—¿De qué hablas?

La mujer que no era Lillian hizo un movimiento de cabeza en dirección a la cabaña.

—Entra y averígualo. No llames a la policía ni vayas a buscar ayuda; te advierto ahora que tu amiga no tiene tiempo para esas tonterías.

—¿Dónde coño está Nikki? —Durante un peligroso instante, sintió que la visión periférica se le oscurecía. Inspiró y cerró los dedos alrededor del mango del cuchillo. Los nudillos se le pusieron blancos—. ¿Qué has hecho?

La mujer dio un paso atrás.

—Nunca haces la pregunta correcta. Lo que tiene que preocuparte no es lo que yo *haya* hecho, sino...

—¿Dónde está Nikki?

—Ay, ya sabes dónde está. Prácticamente te lo he dicho, pedazo de *tonta*. Él te está esperando. Date prisa, lobita.

Sin más, la mujer corrió hasta el límite del bosque. Heather se tensó, lista para perseguirla, pero...

"Nikki".

Entró precipitadamente en la cabaña, deseando más que nada ver a su amiga en la cocina, bostezando en pijama y quejándose del ruido, pero solo había oscuridad y silencio.

—¿Nikki?

El baño quedaba de camino al dormitorio de Nikki, de modo que abrió la puerta de un puntapié al pasar; nada, la bañera vacía, el breve reflejo de su propia imagen, pálida y desgreñada. Cuando se dirigía por el pasillo al dormitorio en un extremo, vio manchas oscuras sobre la alfombra que no había visto antes.

"Barro", pensó, "es barro, tiene que ser barro".

La última habitación era la de la colada al fondo, donde

estaban la lavadora y la secadora. Había una puerta trasera y estantes para que los caminantes dejaran las botas embarradas, pero Nikki y ella casi no la habían utilizado. Cuando abrió la puerta que daba al lavadero, sintió un intenso olor mineral, el olor de una carnicería en verano. Heather sintió que perdía fuerza en las piernas. Encendió la luz, que bañó todo en un brillo amarillento.

"Yo la hice venir aquí", pensó. "Yo la traje, le dije que era seguro. Dios mío, yo la hice venir".

Aterrada hasta el tuétano, se dirigió al extremo de la habitación. Caído en el espacio entre la lavadora y la puerta había un cuerpo. Por un momento, por el estado de shock y la cantidad de sangre, le costó darse cuenta de que no era Nikki, pero finalmente pudo comprender lo que veían sus ojos: era un hombre en calzoncillos. Las partes de piel que no estaban cubiertas de sangre se veían dolorosamente blancas. Tenía el cuello abierto. Era Harry. Harry, el artista, con las manos —palmas hacia arriba— sobre los muslos, y el rostro apuntando al techo, se parecía un poco a un mártir en un cuadro del siglo XVI.

—Joder. ¡Me cago en la puta!

Corrió a la sala de estar y cogió el teléfono. No tenía tono. Levantó el aparato y vio que habían cortado los cables un palmo antes de que se empotrasen en la pared. Buscó el móvil, pero, por supuesto, no había cobertura. El coche de Nikki no estaba en el aparcamiento. Heather estaba aislada.

Se dejó caer contra la pared de la cabaña. Era de madrugada. En alguna parte allí fuera acechaba un asesino, alguien que había matado a un hombre, tal vez mientras ella dormía en la misma casa, y se había llevado a su amiga. No podía llamar a la policía. El vecino más cercano estaba a una hora de caminata. ¿Dónde podía ir?

"Ya sabes dónde está. Prácticamente te lo he dicho, pedazo de tonta".

Eso le había dicho la mujer. Le había dicho que ella, Heather, sabía dónde estaba Nikki, que la mujer ya se lo había dicho.

—Y me llamó tonta.

Heather pensó en la fotografía Polaroid, con la playa de fondo. El Capricho, vacío, detrás de ellos, el Capricho, que pertenecía a la misma organización benéfica que era dueña parcial de esas tierras. Algo relacionado con esa organización benéfica le resonaba en el fondo del cerebro, pero lo descartó. No había tiempo. Si cortaba camino por el bosque, terminaría por llegar al Capricho. En este momento, ella era la única posibilidad que tenía Nikki de escapar con vida. Y más aún, Heather tenía la sensación de que allí era exactamente adonde se había estado dirigiendo desde un principio. Entrar en ese bosque con el asesinato en mente sería una especie de vuelta a casa.

Regresó a la sala de estar y recuperó el cuchillo. Se puso el abrigo, guardó el arma en un bolsillo interno y salió corriendo a la oscuridad.

CAPÍTULO 43

Heather escuchó el océano mucho antes de verlo; un rugido enorme, siseante, estruendoso y callado a la vez, el lienzo sobre el que se pintaban todos los otros sonidos, el crujido de las hojas debajo de sus pies, su respiración agitada, el viento en los árboles.

El bosque estaba oscuro, pero ella no había sentido miedo. En cambio, había experimentado la extraña sensación de que la observaban, no un enemigo ni este monstruo al que estaba persiguiendo, sino una presencia cálida y silenciosa que la instaba a seguir. Cuando emergió de entre los árboles, se quedó quieta, permitiendo que sus ojos se adaptaran a la luz de la luna que se reflejaba sobre el océano, a la arena gris que parecía contener su propia luminiscencia. A la derecha estaba el Capricho, una construcción oscura que apuntaba al cielo nocturno. No se veían luces, ningún brillo en las ventanas estrechas, pero en la base, había un bulto pequeño. Esa casita venida abajo no estaba en las fotografías que había visto de la playa, por lo que sospechaba que la gente la eliminaba de las fotografías. Baja y revestida de empedrado de guijarros, estropeaba completamente el desolado romanticismo de la costa y la torre azotada por el viento.

No había nadie a la vista y tampoco se veía movimiento alguno. Tras verificar que el cuchillo siguiera dentro del abrigo, Heather comenzó a trepar el risco rocoso que separaba el bosque de la playa, hasta que llegó a la extensión de guijarros que bajaba hacia la arena. El ángulo había cambiado su visión de la casa y entonces se veía un diminuto haz de luz debajo de la persiana de una ventana.

—Hijo de puta.

Cerró la mano alrededor del mango del cuchillo. El miedo seguía siendo algo muy distante. En cambio, la ira ardiente que se le había instalado en el pecho cuando le había clavado el bolígrafo en la mano a su colega estaba de regreso. No importaba lo que fuera a suceder después, porque ella tenía *razón*. La persona a la que perseguía, la persona a la que pensaba hacer daño, era un monstruo y ella no pensaba sentirse culpable por querer hacérselo. Y tal vez encontraría a la mujer que se parecía a Lillian y le haría daño también a ella. La sensación le resultaba increíblemente liberadora.

Mientras se acercaba al Capricho y a la casa, pudo hacerse una mejor idea de la disposición del lugar. El Capricho no estaba directamente sobre la arena —seguramente no habría servido para hacer los cimientos—, sino sobre una plataforma de roca que se despegaba de la zona boscosa y apuntaba al mar. Había un camino abrupto que salía de la construcción y se perdía sinuosamente de vista; la casa se agazapaba en las sombras del Capricho, como una extraña idea tardía.

Acababa de trepar a la roca cuando el hilo de luz debajo de la persiana desapareció. Heather se quedó inmóvil, esperando que se encendiera una luz en otra parte de la casa, pero pasaron varios minutos y la oscuridad siguió siendo total. Escuchó con atención, desesperada por poder ubicar dónde estaba esta persona o dónde estaba Nikki, pero no oyó voces ni ruidos de puertas o pasos. Todo estaba en un silencio espectral. Con el cuchillo a la altura de la cadera, Heather rodeó la casa hasta que encontró una puerta trasera; varios escalones subían hasta ella. En la oscuridad, todo carecía de color.

"Espera, espera, espera, espera". Cerró los ojos con fuerza, tratando de concentrarse en la débil voz de la razón. "Inténtalo otra vez con el móvil. Hazlo. Tú y Nikki podríais terminar muertas, idiota".

Media barra de cobertura. Podría ser suficiente, pero tal vez alcanzara solo para decir unas palabras antes de que se cortara… ¿y luego, qué? Envió rápidamente un mensaje de texto a Ben.

> Capricho de Fiddler. Encontré al Lobo Rojo. Tiene a Nikki. Socorro.

No esperó para ver si el mensaje salía ni intentó llamarle. El monstruo dentro de este lugar podría enterarse de que estaba allí y eso sería el final para Nikki. "Lo mejor es entrar silenciosamente ahora", se dijo. "Lo mejor es arriesgarse".

La puerta no estaba cerrada con llave. Heather entró a una cocinita sucia, sumida en sombras. Una ventana cuadrada dejaba entrar la suficiente luz de la luna como para permitirle ver un fregadero con platos sucios, una vieja mesa de madera cubierta de quemaduras y arañazos, una caja de cereales para desayuno abierta sobre la encimera. Sobre el estante de un armario había una radio anticuada; el papel de la pared se estaba despegando en largas tiras mohosas. La casa era vieja y necesitaba reparaciones, pero también estaba claramente deshabitada.

Salió a un pasillo del otro lado, en uno de cuyos extremos había una escalera en espiral. A cada lado se veía una puerta: una estaba abierta y revelaba una habitación utilizada como sala de estar y dormitorio. Se veía un sofá desvencijado cubierto con sábanas, una mesa baja llena de tazas y, cuando entró, se encontró con montones de ropa sucia desparramados por el suelo. Con el corazón en la boca, revisó cada uno de los rincones, pero el sitio estaba vacío.

"Tal vez se ha ido", pensó de repente. "Me ha visto venir y se ha ido. Podría haberse marchado por la puerta que estaba fuera de mi vista mientras yo atravesaba la playa".

"O tal vez", sugirió una parte más oscura de su mente, "tal vez esta sea una casa completamente inocente. Tal vez has entrado en el hogar de una pobre alma solitaria y estás por darle un susto de muerte porque has perdido contacto con la realidad".

Heather retrocedió, salió de la habitación y fue hacia la puerta cerrada. Con la mano sobre el picaporte se detuvo, pues un cuadro sobre la pared le había llamado la atención. Era difícil ver bien en la penumbra, pero algo en él le hizo sacar el teléfono del bolsillo y dejar que la linterna iluminara el lienzo. Mostraba un paisaje extraño, rojizo, un sitio plano y árido con colinas contra el horizonte. En el frente había un único árbol, tan negro y retorcido que se asemejaba a una grieta en el suelo desértico; las ramas afiladas se extendían como uñas. Heather tragó saliva y apartó la mirada. La imagen la aterraba.

Abrió la puerta, tratando de hacer el menor ruido posible. La oscuridad era absoluta, por lo que activó el teléfono de nuevo e iluminó delante de sí. Unos escalones de hormigón llevaban a un sótano; había un olor penetrante a sal y lejía.

Heather bajó con cuidado, apuntando con la luz hacia delante. El piso desnudo estaba manchado y a un lado había una mesa larga y robusta mucho más nueva y cuidada que la de la cocina. En una esquina se veía una gran caja de plástico de almacenamiento, llena de frascos industriales de líquidos limpiadores y otras cosas que no reconocía. Junto a la mesa había un carrito metálico cargado de herramientas.

"¿Sigues creyendo que entraste en la casa equivocada?", se burló una parte de su mente.

La luz se detuvo unos instantes sobre el carrito dando brillo a los bisturís, cuchillos y pequeñas sierras dentadas. También había otras cosas: hojas de afeitar, piquetas de hielo, una larga cuerda de nailon y frascos de vidrio oscuro con etiquetas blancas de papel. En una esquina del carrito se veía algo oscuro y gelatinoso. Tenía pelo, largos mechones de pelo rojizo y ligeramente ondulado. Heather dio un paso atrás de inmediato y sus talones chocaron contra el último escalón, haciéndola saltar.

—Joder, ¡mierda!

Toda la anterior confianza pareció abandonarla. Apretando los dientes para no gritar, Heather subió corriendo los escalones y salió a pasillo, iluminándose con la luz relampagueante del teléfono. Por unos segundos, permaneció en la entrada de la cocina, lista para salir a la carrera y cruzar la playa; de repente, oyó un movimiento arriba.

Fue un sonido muy breve —como un paso, el roce de un zapato contra la alfombra—, pero fue suficiente para dejarla paralizada.

"Nikki", se dijo. "Nikki podría estar arriba".

Subió las escaleras estremeciéndose ante cada crujido de las tablas de madera. Arriba había un descansillo amplio; la moqueta estaba despegada y enrollada contra la pared. Se veían tres puertas, una de las cuales estaba abierta y dejaba ver un pequeño aseo lúgubre. Abrió la que tenía más cerca con el cuchillo en alto. Las persianas estaban cerradas y no se veía nada, salvo una impresión vaga de un mueble voluminoso: ¿una cama, un armario, quizá?

—¿Nikki? —No hubo respuesta.

Levantó el teléfono y tuvo un atisbo de un gran espejo en el otro extremo de la habitación. Vio su propio rostro, pálido y demacrado, el pelo oscuro alborotado sobre la frente… y luego observó con espanto cómo el rostro parpadeaba y levantaba ambas manos para protegerse los ojos.

—¿Qué…?

La figura se abalanzó sobre ella y la arrojó pesadamente al suelo. Heather gritó. El cuchillo salió volando de su mano; la figura le rodeó el cuello con ambas manos. Comprendió tardíamente que se trataba de un hombre: un hombre que tenía su misma cara, su misma estatura, su mismo pelo. Le estrelló la cabeza contra el suelo y a Heather se le nubló la vista.

—¡Yo soy el lobo! —gritó el hombre—. ¡Yo soy el lobo!

Con cierta dificultad, Heather se lo quitó de encima, lo que hizo que él se golpeara la cabeza contra el marco de la puerta. Quedó aturdido por un instante y ella aprovechó para alejarse.

—¿Quién eres? ¿Dónde está Nikki?

El cuchillo estaba junto a su pie, por lo que se apresuró a recogerlo. Había dejado caer el teléfono, pero para su sorpresa, vio que el hombre se ponía de pie y encendía la luz del dormitorio, que los aprisionó en un frío brillo artificial.

—¿Quién *eres*?

Él estaba inmóvil, observándola. Entonces que había más luz, Heather vio que no eran idénticos después de todo, claro que no. La mandíbula de él era más ancha y las cejas, más gruesas; tenía muchas cicatrices en los antebrazos. Llevaba el pelo más corto. Pero aparte de eso, el parecido era asombroso; no quedaba duda de quién era en realidad. Por unos demenciales y atroces segundos, Heather no supo si deseaba reír o vomitar.

—¿Por qué te pareces a mí?

Parecía quejumbroso, como un niño ofuscado porque se siente confundido. Se llevó la mano a la cabeza y se tocó donde había golpeado contra el marco de la puerta.

—Soy tu hermana. —Heather hizo una pausa y un sonido ahogado le brotó de la garganta, una mezcla de risa y sollozo—. Soy tu jodida hermana, ¿no? ¿Quién es tu padre?

Él parecía confundido por la pregunta. Sacó un cuchillo

del bolsillo trasero. Era delgado y letal, y no estaba limpio. Cuando lo levantó, Heather observó otros detalles sobre su aspecto: tenía manchas de sangre en las manos y en la camisa azul marino.

—Oye —dijo él—. Escúchame bien. —Agitó el cuchillo en dirección a Heather—. Yo soy el lobo. Yo soy el *barghest*. No puede haber dos. Es mi trabajo.

—¿Cuál? ¿Cuál es tu trabajo?

Él dio un paso adelante y Heather levantó su propio cuchillo. Si se incorporaba y huía escaleras abajo, tendría que darle la espalda y todavía no sabía dónde estaba Nikki.

—Traerlas a *casa*. —La última palabra estaba llena de tanta ansiedad, tanta emoción contenida, que Heather se sintió confundida. Al hombre le caían lágrimas por el enjuto rostro—. Ellas nacieron aquí, pertenecen al bosque, así que las estoy trayendo de regreso a su casa. No puedo permitir que me lo impidas, porque estoy hecho para eso.

—¿Qué quieres decir con que nacieron aquí? —Heather se estremeció al recordar a Anna en la residencia, con las manos sobre el vientre, gritando que le habían robado a su bebé—. Joder, te refieres a los bebés que nacieron en la comuna, ¿verdad? Tendrían mi edad, o quizás unos años más, y tú… —El rugido del mar llenó el silencio—. ¿Cuál es tu nombre?

—¿Mi nombre?

—Sí, tu puto nombre. Eres mi hermano; debería al menos saber tu puto nombre.

—Soy el lobo, soy el…

—*Tu nombre.*

La repentina ira de ella pareció desconcertarlo.

—Lyle —dijo él en voz baja—. Mi nombre es Lyle, Lyle Reave, y soy el *barghest*, el nuevo Lobo Rojo. He sido hecho para esto.

—Escucha, Lyle. Mi amiga Nikki, a quien te llevaste, no nació aquí. No es del bosque Fiddler, ¿entiendes? No tiene nada que ver con esto. Deja que me la lleve de aquí. Esto es todo. Y te dejaré en paz.

—No. —Lo dijo con suavidad—. No, es un poco tarde para eso.

—¿Qué quieres decir? ¿Dónde está, Lyle?

—Está en el Capricho —respondió, adelantándose hacia ella otra vez—. Con la otra. Por eso no puede irse, porque la ha visto y me ha visto a mí. Y, además, el viejo lobo está aquí también. —Pareció animarse—. Pero tal vez, después de todo, puede que sea algo bueno. Si eres mi hermana, tú también perteneces al bosque. Te puedo llevar allí.

—¡No!

Se acercó a ella con el cuchillo levantado. Heather se abalanzó sobre él, tratando con todas sus fuerzas de empujarlo y hacerlo caer, pero él era demasiado fuerte. La empujó contra la barandilla, que la golpeó en la mitad de la espalda y luego le lanzó una cuchillada. Heather dio un salto justo a tiempo para evitar un golpe que le hubiera dado en el pecho, pero él se lanzó tras ella. Un dolor penetrante le recorrió el brazo izquierdo; Heather comprendió que la había herido.

—¡Basta! —Blandió su propio cuchillo, pero parecía torpe comparado con la pequeña hoja afilada de él y el canto le rebotó contra el brazo—. ¿Crees que Michael Reave querría que me matases? ¿A tu propia hermana?

Pero el rostro de él estaba impávido, como una máscara. No había nada detrás de sus ojos en ese momento, salvo una impavidez terrible que le recordó la pintura con el paisaje rojo que estaba abajo. Lyle volvió a lanzarle una cuchillada, que esa vez le alcanzó el abdomen y ella chilló, horrorizada por la inmediatez de la sangre que le empapó el suéter. Tenía la escalera directamente detrás de sí y se aferró a uno de los postes para recuperar el equilibrio, con dedos resbaladizos de sangre.

—Me alegro de que hayas venido —dijo él. Tenía las

mejillas todavía mojadas de lágrimas—. Así es como debería ser. Yo soy el lobo.

—¡Ay, vete a la mierda, idiota! —le espetó Heather entre dientes—. No eres más que un asesino, un patético inútil. ¡Cada una de las mujeres que has matado vale diez veces lo que vales tú!

Por primera vez, un atisbo de emoción desconocida cruzó por el rostro de Lyle y a Heather le vino a la mente la vez que había visto a Michael Reave perder los estribos; "La verdad", pensó con amargura. "No quiere escuchar la verdad".

—No tienes nada de magnífico ni de misterioso —le dijo, y se rio divertida de verdad. Se sentía muy despejada—. Eres solo un chaval que hace daño a las mujeres porque es lo único que te hace sentir poderoso. Pero, por favor, perdedores como tú los hay a montones.

Se le desencajó el rostro y Lyle volvió a abalanzarse hacia ella, y esa vez, Heather lo abrazó, sin prestar atención al fogonazo de dolor que sintió cuando el cuchillo le desgarró el abdomen, y giró sobre sí misma. Cuando la gravedad volvió a estar de su lado, empujó con toda la fuerza que le quedaba y dejó que Lyle Reave cayera al espacio oscuro de las escaleras.

Se oyó un grito, luego golpes sordos, luego silencio. Heather permaneció inmóvil, esperando.

Más tarde no recordaría cuánto tiempo estuvo en al final de la escalera, sangrando por tres heridas de cuchillo y mirando la oscuridad abajo, esperando que su hermano volviera al ataque. Al pensar en esos momentos, recordaría el ruido del mar más allá de las ventanas, y el goteo constante de su sangre sobre los tablones del suelo.

Finalmente, el hechizo se rompió y ella recogió el teléfono y el cuchillo antes de bajar muy muy lentamente. En la planta baja, encontró un interruptor y encendió la luz; se topó con Lyle Reave, tendido a un lado del último escalón. Apretando los dientes, Heather le puso los dedos contra el cuello; por un instante, le pareció sentir un aleteo, un ligero movimiento en su sangre, pero enseguida lo perdió; era difícil darse cuenta desi estaba vivo o muerto con lo que le latía la cabeza y le dolían el brazo y el abdomen.

"Nikki".

Nikki estaba en el Capricho, posiblemente con otra mujer, posiblemente al cuidado de alguien a quien él había llamado "el viejo lobo". Heather no tenía idea de quién podía ser: Michael Reave seguro que no —pues supuestamente todavía estaba encerrado—, pero fuera quien fuese, estaría esperando que regresara Lyle. Lyle podría entrar en el Capricho, hasta podría llegar a donde estaban las mujeres. Era el lugar donde se supone que él tenía que estar.

Tan rápido como pudo, Heather le quitó la camisa manchada y los tejanos; al quitárselos, vio que era flaco y estaba cubierto de cicatrices: las cicatrices redondas sobre sus muslos sugerían que alguien lo había utilizado como cenicero. Dejó caer su propia ropa al suelo y se vistió con las prendas de Lyle. Le quedaban un poco grandes, pero no demasiado. Desenrolló las mangas de la camisa oscura para cubrirse una herida del brazo. Con el afilado cuchillito, que había aterrizado sobre un escalón, se cortó con torpeza la parte de atrás del cabello, los últimos seis centímetros que se le ondulaban alrededor del cuello y las mejillas. Los mechones oscuros cayeron como plumas sobre el rostro y el pecho de su hermano.

Con el teléfono y el cuchillo grande en el bolsillo de los pantalones y la hoja letal en la mano, Heather volvió a adentrarse en la noche.

CAPÍTULO 44

Antes

COLLEEN CREÍA ESTAR A SALVO. Creía haberse alejado de todo aquello, haber dejado atrás ese tiempo de oscuridad.

Sí, había cometido un error. El peor error que podía cometer cualquiera, eso era cierto, pero esas cosas sucedían. Ella siempre había sido una chica confiada, optimista; de las que creían lo mejor de todas las personas. Era algo bueno, ¿no?, pensar que todos eran intrínsecamente bondadosos. Seguía creyéndolo. Al menos, la mayoría de las veces. Cuando se levantaba de la cama a las tres de la mañana, porque ambos bebés gritaban como locos y se sentaba con sus cuerpecitos tibios acurrucados debajo de su pecho, su mente volvía inevitablemente a los bebés nacidos en Fiddler's Mill y a las mujeres que habían desaparecido en los últimos años. Su *inherente bondad*, su *implacable optimismo* no las había salvado. Tendría que pagar un precio por su propia debilidad.

Tal vez fue por eso que, en lo más profundo de su ser, no se sorprendió cuando abrió la puerta una noche y se los encontró a los dos allí. Michael, más desconcertado que enfadado —había perdido peso desde que lo había visto por última vez, tenía las mejillas hundidas— y el hombre, con ojos triunfalmente brillantes. Colleen ahogó un grito y quiso cerrar la puerta, pero Michael introdujo la bota en el hueco y la mantuvo abierta sin esfuerzo.

—¿Estabas embarazada? —fue lo único que dijo.

Ella irguió el mentón y adoptó una expresión de firmeza que no sentía.

—Ah, y yo era la única con secretos, ¿no?

Michael no se movió. Parecía dolido y ella sintió una punzada absurda de pena. En un tiempo, lo había amado de verdad; él había sido su chico del campo, había ansiado sentir sus manos ásperas y con cicatrices, y había vibrado en cada momento que habían pasado a solas en el bosque. Cuando no le vino el período por primera vez, sintió un fugaz momento de euforia. Este bebé, pensó, estaría bendecido: nacido del amor y criado para amar la naturaleza... Todo se le había antojado perfecto. Y entonces había visto el interior de la furgoneta de Michael.

—Esa criatura es propiedad de Fiddler's Mill. —El anciano se abrió camino con el codo—. Más que cualquiera de los otros. Es nuestro.

—Vuelve —le pidió Michael simplemente—. Por favor, quiero ver a mi hijo. Conocerlo. ¿Es niño o niña? Por favor, Colleen.

—Llamaré a la policía —dijo ella mirando hacia la calle.

Era tarde, en un día laborable y el pequeño callejón sin salida estaba desierto. Colleen alquilaba esa casita por un precio irrisorio, un favor que le hacía la dueña del refugio para mujeres, y nadie sabía dónde estaba. Comprendió tardíamente lo equivocada que había estado.

—La llamaré ahora mismo. No podéis amenazarme de esta forma.

—¿Crees que la policía podrá mantenerte a salvo, muchacha? —El anciano sonrió, dejando al descubierto los dientes largos y amarillentos—. Me parece que sabes que no es así. El niño es nuestro. Dánoslo ahora y no pienses más en ello. Sé que huiste y tuviste el bebé en secreto. ¿Quién está enterado? Tus padres seguramente no.

Colleen miró a Michael, esperando que se escandalizara ante esta obvia amenaza contra su vida, pero él se miraba los pies. También se fijó en que se había movido de manera tal que su cuerpo bloqueaba la puerta. ¿Cómo de lejos llegaría ella si corría adentro? Lo tendría encima en segundos. Siempre había admirado la fluidez de su fuerza, su elegancia. En ese momento la idea le provocaba náuseas.

—¿Cómo sé que no vas a volver a buscarme? ¿Cómo sé... —susurró con pánico en la voz— ... que no vendrás aquí una noche con tu *furgoneta*?

—Te lo juro. —El la miró a los ojos—. Danos al bebé y nos iremos. No volverás a verme en tu vida. Me mantendré lejos. —Sus ojos verdes relampaguearon—. Pero te escribiré. Y tú me escribirás. Eso es todo. Te amo, Colleen. Solo quiero lo que es mío.

—Tuyo. —Emitió una risita, aunque le caían lágrimas por las mejillas.

—Te escribirá y tú le responderás —añadió el anciano—, y sabremos en todo momento dónde estás. ¿Me entiendes, muchacha? Tienes que escribirle a mi muchacho, porque necesitamos saber que estás de nuestro lado. Por si te asalta la necesidad de quitarte un peso de encima. Jamás hablarás de este niño con nadie. Para ti, ellos dos ya no existen. Y como pago, mantendremos la distancia. Te lo prometo. —Esbozó una mueca cruel—. ¿Por qué estás lloriqueando? Podrás tener más bebés. Es lo que hacen las mujeres, ¿no?

Michael se volvió hacia el hombre con un gesto de enfado.

—Basta.

—¿Qué vas a hacer? ¿Con el bebé?

—Criarlo, Colleen. Es mi hijo. —Michael esbozó una sonrisita y, súbitamente, ella experimentó un odio potente hacia él, lo odió con todas las fibras de su ser, con una intensidad cósmica—. O tal vez hija. Lo cuidaré. Tal vez hasta... hasta me ayude a... a ser... —Se pasó la lengua por los labios y volvió a bajar la mirada a sus pies.

—¿A ser menos monstruoso? —sugirió Colleen. Él volvió a mirarla con expresión dolida, y de repente Colleen ya no pudo soportarlo. Levantó una mano—. Quédate aquí y no entres en mi casa o juro por Dios que mataré yo misma al bebé antes de que llegues adonde estamos. ¿Me has entendido?

El anciano parecía dispuesto a discutir, pero Michael asintió.

Colleen cruzó el pasillo hasta el pequeño dormitorio que había estado utilizando para los bebés, tratando, con cada paso, de controlar las náuseas. Los mellizos estaban en cunas iguales, abrigados dentro de sus peleles, uno blanco y uno amarillo; fruncían las caritas rosadas en un sueño profundo. Colleen se detuvo junto a ellos, sabiendo que no tenía tiempo, nada de tiempo —el horrendo anciano se impacientaría, iría a buscarla y todos estarían perdidos—, pero era difícil no contemplarlos, sabiendo que esta sería la última vez que los vería juntos.

En los largos años venideros, Colleen pensaría mucho en ese momento de decisión, buscando motivos, buscando la verdad. Pasaría noches sin dormir, viendo cómo el amanecer teñía de amarillo las cortinas. Cada vez que llevaba a Heather al parque y observaba cómo jugaban los niños en los toboganes o se empujaban unos a otros al suelo, la pregunta la acosaría. Pero la verdad era que cuando se inclinó y levantó al varón de su cunita, no estaba pensando en nada. Su mente aterrada estaba en blanco, toda esperanza y seguridad perdidas en un segundo.

Lo llevó hasta la puerta y se lo entregó a los monstruos.

CAPÍTULO 45

FUERA, EL CIELO HABÍA CAMBIADO de color. La oscuridad espesa como tinta había sido reemplazada por una especie de color plateado y violáceo oscuro. Heather se quedó mirando el cielo un instante desconcertada. ¿Cuánto tiempo le había llevado correr por el bosque? ¿Cuánto tiempo había estado dentro de la casa? Sentía que solamente habían pasado minutos desde que encontró el cadáver de Harry en la cabaña y en ese momento el amanecer se encaramaba al horizonte.

Mientras rodeaba la base del Capricho buscando una forma de entrar, vio un coche antiguo aparcado en la distancia a un lateral con dos figuras al lado. Una de ellas se llevó la mano a los ojos y la miró con interés. Una voz conocida llegó hasta ella.

—¡Lyle!

Asintiendo y saludando con la mano, Heather echó a correr hacia ellas. Eran Lillian y la mujer que había atrapado afuera de la cabaña, su hermana. Entonces que estaban juntas, quedaba a la vista que la otra mujer era unos años mayor que Lillian, o había tenido una vida más difícil. Lillian vestía un abrigo largo de pelo de camello, con el cuello levantado; el viento le despeinaba el cabello gris. La otra mujer llevaba la misma parka pesada de antes. Fue Lillian la que se adelantó, con una sonrisa ancha en el rostro.

—¿La atrapaste, Lyle? ¿La mataste?

Heather, que todavía estaba a la sombra oscura del Capricho, apartó el rostro y miró hacia abajo para que no la reconocieran hasta el último momento. Lillian, sin embargo, no parecía preocupada y avanzaba hacia ella con los brazos abiertos.

—¡Mi pequeño lobo, tu padre estará *tan* contento!

Heather sujetó a la mujer de los hombros y la empujó con fuerza hacia atrás, contra el coche. Chilló como una gallina, mientras que su hermana gritaba algo que Heather no entendió.

—*¿Quién es usted?* —Heather apoyó el cuchillo letal contra la garganta de Lillian y presionó ligeramente. Cuando la otra mujer se movió, negó con la cabeza—. Un paso más y la mato, lo juro.

—Cálmate, Heather, querida —dijo Lillian, y carraspeó—. Somos viejas amigas de tu padre. A estas alturas ya sabes a quién me refiero, ¿verdad?

—¿Por qué? ¿Eras tú la que entraba en la casa cuando yo no estaba, ¿no es así? Y todo ese asunto del funeral, la corona, las plumas. Querías que viniera hasta aquí. ¿Por qué?

—Una pequeña reunión familiar. —Lillian hizo una mueca—. Nos parecía que Lyle tenía que conocer a su hermana.

—Nosotras criamos al chico —espetó la otra mujer. Heather le dirigió una mirada. Se la veía roja de furia, con puntos rosados en las mejillas grises—. Cuando arrestaron al idiota de tu padre, nos convertimos en la familia del muchachito: sus madres, sus hermanas. Lo criamos aquí, a salvo del mundo. Pero cuando tuvo edad suficiente, de repente…

—De repente dejamos de ser útiles. Nos excluyeron —continuó Lillian—. Dime, Heather, ¿es justo eso? Después de tanto trabajo, del tiempo que le dedicamos. En todos estos años les seguimos el rastro a los niños de Fiddler's Mill. Hemos sido prácticamente como segundas madres para ellos. Y al parecer, tu padre estuvo de acuerdo en que nos dejaran de lado. Se mostró de acuerdo con que nos excluyeran de la vida del chico, aunque él se estuviera pudriendo en la cárcel.

—Emitió un gruñido—. Cuando comprendimos que la dulce y querida Colleen nos mintió desde un principio, pensamos que sería un regalito muy apropiado para Michael.

—La hija de cuya existencia no estaba enterado, asesinada por su precioso hijo —sonrió la otra mujer—. Aunque claro, el chico la cagó. Los hombres no hacen nada bien.

—¿Qué saben de mi madre?

Lillian mostró los dientes.

—Todo. Desde un principio supimos dónde estaba. Pensábamos en ella con afecto, por supuesto. La íbamos a visitar, ¿no es así, Lizbet? Cuando nos enteramos de lo que había hecho, de lo que había estado escondiendo todos estos años, le hicimos todas las preguntas pertinentes sobre el asunto y sobre ti, y digamos que nos lo contó todo. Bueno, tuvimos que *convencerla* un poco. Nos habló del hombre que te había criado, del pájaro, cómo lo empujaste a la muerte...

—Váyanse a la mierda.

—Nosotras le contamos algunas cosas, también..., sobre la inminente cosecha y el papel que había jugado en ella. Debo admitir que no me sorprendí del todo cuando oí que se había suicidado. A nadie le gusta enterarse de que trajo al mundo un monstruo. O un par de monstruos.

Heather no se movió. No podía apartar los ojos de la punta del cuchillo, donde se apoyaba contra el cuello flácido de Lillian. Con un poquito más de presión, nada más, esta repugnante mujer no volvería a pronunciar palabra. En alguna parte por encima de ellas, una gaviota chilló y Heather se movió hacia atrás, horrorizada ante lo que había estado por hacer.

—Todo esto es una locura —les dijo—. Están completamente locas. Voy a entrar a buscar a mi amiga. Si me siguen, si vuelvo a ver sus rostros retorcidos, las mataré.

Algo en la respuesta agradó a las mujeres. Las vio intercambiar miradas con ojos relucientes.

—De tal palo, tal astilla —dijo Lillian.

Heather las dejó de pie junto al coche. Del otro lado, frente al bosque, encontró abierta la puerta del Capricho. Dentro había un espacio curiosamente vacío: adoquines cubiertos de arena y hojas secas; en el interior de la torre, una escalera de piedra de caracol. El olor a sal y a sangre estaba suspendido en el aire; una especie de luz plateada se filtraba por las ventanas sucias. Heather tenía el pie sobre el primer escalón cuando vio un montón de viejas esteras de yute en un rincón; la que estaba más lejos estaba doblada a medias, como si alguien las hubiera arrojado allí a toda prisa. Con el cuchillo en un puño, dejó la escalera, fue hasta las esteras y las arrastró hacia a un lado, dejando al descubierto una trampilla alineada con los adoquines.

Daba a una escalera de caracol que bajaba. Había luces modernas y brillantes instaladas en las paredes y desde abajo se oían ruidos, como de alguien moviéndose, un llanto suave.

—¿Nikki?

Su voz se hundió en la nada, pero abajo, los ruidos se intensificaron. Heather descendió con una mano contra la pared, hasta que llegó a una puerta de madera. Del otro lado había un cuartito frío y húmedo, y allí, Nikki y otra mujer que no conocía estaban acurrucadas en el suelo. Al verla, la otra mujer gimió, un ruido aterrado, desesperado, pero Nikki se incorporó, con los ojos como platos. Las dos estaban maniatadas con una cuerda de nailon, con las manos detrás de la espalda y amordazas. Nikki estaba sentada ligeramente más adelante que la otra mujer, como si quisiera protegerla de algo.

—Dios bendito. —Heather fue hacia ellas, con el cuchillo

en la mano y la mujer detrás de Nikki gimió detrás de la mordaza.

—Tranquila, solo voy a liberarte.

Heather oyó un ruido en la escalera a sus espaldas. Se dio la vuelta con el cuchillo levantado.

—Aquí estás, muchacha. Era inevitable que llegaras hasta aquí, antes o después. —Era el anciano que les había invitado al té, el que había mirado la Polaroid de Heather; el anciano encorvado que las había mirado desde su único ojo y había parecido tan frágil y débil.

En esos momentos, de pie en la puerta y bloqueando el paso hacia la escalera, no se veía frágil en absoluto. Su perro, una enorme criatura negra y peluda, estaba junto a sus rodillas. Bert sonrió y asintió, como para confirmar algo.

—Santo cielo, cómo te pareces a él. A ambos. ¿Dónde está mi muchacho, eh? ¿Qué has hecho con él?

—Está muerto —respondió Heather—. ¿Quién es usted realmente?

El anciano se encogió de hombros y dio un paso hacia la habitación. Detrás de Heather, las dos mujeres aguardaban en silencio.

—No puedes salvarlas —dijo en voz baja—. Mucho menos a mi Cathy. Cathy pertenece aquí, ¿lo entiendes? Me pertenece a mí. —Su expresión espeluznantemente satisfecha cambió y fue reemplazada por algo diferente—. Yo la *creé*. Traje a sus padres aquí, les di este mundo libre en el que vivir y los frutos de eso son todos míos. Todos ellos…

—Todas las mujeres nacieron aquí, en Fiddler's Mill. ¿Y después, qué? ¿Se las llevaron? ¿Las dieron en adopción?

Bert sonrió.

—Las hermanas Bickerstaff a las que conociste hace unos instantes eran enfermeras. O al menos, estudiantes de enfermería. No sé si llegaron a titularse, o como se llame. Sabían qué drogas utilizar, sabían cómo traer al mundo bebés sobre la tierra pura y negra. Muy persuasivas, las hermanas Bickerstaff. Las hijas del bosque Fiddler se fueron con sus familias nuevas y hemos esperado hasta este momento. El momento de la *cosecha*.

—Están completamente locos. —Heather tragó con fuerza. Mantenerse de pie le estaba resultando muy difícil y le zumbaban los oídos. Sentía que se le acumulaba sangre en los tejanos y cada vez que se movía, le dolía todo el cuerpo—. Todos ustedes están locos.

Bert frunció los labios. Ahora que él la miraba a los ojos, Heather vio que uno de sus ojos era de vidrio; se veía opaco bajo las penetrantes luces blancas.

—A Michael nunca le importó a quién se llevaba. Siempre fue muy primitivo. Una pequeña bestia. Pero a mí me interesaba la víctima perfecta, una nacida exclusivamente con el propósito de morir, y cuanto más esperábamos para cosechar, más dulce se volvía la cosecha. El poder de saber que allí fuera hay vidas que se *deben* a ti, que son tuyas, que puedes coger cuando quieras. ¿No ves lo *estupendo* y lo *acertado* que es? Ganado listo para el sacrificio. *Maduro*. —Sonrió dejando al descubierto sus largos dientes—. Pero claro, no podíamos seguir esperando. al final, el tiempo nos desgasta a todos. Criamos al chico para que tuviera gustos más refinados que su padre. Y si la policía comenzaba a pensar que tal vez no habían capturado al verdadero Lobo Rojo hace tantos años, pues… El chico estaba ansioso por volver a ver a su padre. Estarás de acuerdo conmigo en que un chico como Lyle no puede andar por allí visitando gente.

—Viejo cabrón. ¿No lo comprende todavía? Aquí terminan sus estupideces. Su muchacho ha muerto, y Nikki, Cathy y yo nos iremos de aquí ahora mismo.

El anciano ladeó la cabeza. El perro irguió las orejas.

—Tendrás que pasar por sobre mí primero, muchacha. Tendrás que matarme. Y no tienes lo que se necesita para hacerlo, porque tu sangre es débil. Michael era un pobre idiota, lo moldeé fácilmente para que fuera lo que yo quería, y Lyle terminó siendo peor, contaminado por la sangre de tu madre. ¿Y tú qué eres? Otro despreciable vástago de una familia rota e incestuosa. —Al ver la expresión de asombro en el rostro de ella, sonrío ampliamente—. Esto no lo sabes, por supuesto, pero la mujer que Michael asesinó de niño no era su verdadera madre. Pregúntale alguna vez sobre la mujer del abrigo rojo. Pregúntale qué le hacía.

—Basta. —Heather levantó el cuchillo—. ¡Salga de mi camino ahora mismo!

—Te lo dije, tendrás que matarme. —Levantó las manos con las palmas extendidas—. Y no tienes el valor.

Heather oyó que Nikki se movía contra el suelo, detrás de ella, pero los sonidos de la habitación cuadrada de hormigón se estaban distorsionando y alejando. Veía al anciano delante de ella con el rostro contraído, lo que lo hacía parecerse a un duende malévolo, pero por encima de él colgaba un paisaje rojo e inhóspito, un lugar que la atraía, la llamaba a volver a casa. Levantó el cuchillo.

—Pues no me conoce en absoluto.

Le clavó el cuchillo en el pecho. Sintió una corriente de júbilo y por un instante, el dolor de sus propias heridas desapareció por completo. El viejo duende emitió un sonido ahogado y pareció desmoronarse delante de ella. En algún lugar ladraba un perro.

"¡Heather, Heather, Heather!".

Y entonces la realidad estalló dentro de ella en un segundo. En algún momento había sacado el cuchillo del pecho del hombre y se lo había vuelto a clavar cerca de la clavícula; la sangre brillante le había manchado las manos y los brazos. Estremeciéndose de asco y horror, dejó caer el cuchillo, que hizo un ruido metálico contra el suelo de hormigón.

—¡Joder!

—Lo sabía —graznó el anciano—. Todos vosotros, tan débiles. —Apretó una mano nudosa contra la herida que le estaba oscureciendo la camisa—. No sé... por qué... pierdo el tiempo...

—No... no puedo... —Heather miró el cuchillo, luego al anciano—. No soy...

Desde el agujero de la escalera en sombras detrás de él, apareció un brazo que se cerró alrededor de su cuello. El anciano cayó hacia atrás y esta vez gritó, justo antes de que algo reluciente y letal le rasgara el cuello dejándoselo como una gigantesca boca abierta. Hubo una pelea breve, Bert movió los brazos y luego se cayó de espaldas en el suelo en un charco de sangre que se agrandaba cada vez más. Heather tuvo un atisbo de la figura de la escalera: tenía la misma cara que ella, aunque sus ojos no eran humanos en absoluto... y luego, Lyle desapareció. Sus pasos resonaron sobre los escalones y después se oyó el ruido de una puerta al abrirse y cerrarse. Se había ido.

Con dificultad, Heather se inclinó para recoger el cuchillo del suelo y se tambaleó hasta donde estaban Nikki y la mujer llamada Cathy. Le quitó la mordaza a su amiga y utilizó los últimos vestigios de fuerza para cortar la cuerda que le ataba las manos.

—Hev, ¿estás bien? ¡Dios mío, estás sangrando por todas partes!

Heather asintió aturdida. Se sentó, sintiendo que ya no podría levantarse. Nikki se puso a desatar a la otra mujer sin dejar de mirar a Heather.

Ella paseó la mirada por la habitación, que se iba tornando más oscura.

—Ey, ¿dónde está el perro? No he visto dónde ha ido el perro.

—¿Qué perro? —Nikki la tomó del brazo y se lo sacudió—. Quédate aquí, Hev. ¿Qué perro? No había ningún perro. ¿Hev?

CAPÍTULO 46

Antes

La pesadilla de Fiddler's Mill se fue borrando para Colleen, pero solo hasta cierto punto. Después de todo, los monstruos que había dejado en el bosque no la habían olvidado, y durante toda su vida sintió que la estaban vigilando.

Hubo un festival de verano en el que vio el símbolo de la Hoja de Roble en un toldo donde unos niños hacían fila para recoger sus premios. Era la empresa *de él*, su forma de seguirle el rastro, y aunque él no estaba allí, era como si Colleen sintiera sobre la nuca su aliento fétido de anciano. Presa del pánico, levantó en brazos a Heather y huyó hacia el aparcamiento.

Y estaba la tarjeta que le habían dejado en la puerta. Al pensar en lo cerca que estuvieron de que la verdad saliera a la luz, perdió todas las fuerzas.

Y luego, con el tiempo, llegaron las hermanas Bickerstaff a su puerta y se metieron en su vida. Todas las defensas que Colleen había construido con tanto cuidado a través de los años se hicieron pedazos esa tarde horrenda e interminable. Se enteró del destino que había corrido su hijo perdido, de la inminente cosecha y otra vez la inmovilizaron con la peor amenaza de todas: si se lo cuentas a alguien, también vendremos a buscar a tu hija.

Cuando por fin se fueron —después de arrancarle todos los secretos que había guardado en su pecho—, Colleen buscó el papel de escribir más bonito que tenía, el que nunca había utilizado para escribirle a Michael. Se sentó a la mesa de la cocina y, al igual que su hija, trató de encontrar las palabras adecuadas.

CAPÍTULO 47

El bosque no parecía oscuro estando él allí. Los pájaros seguían cantando, la luz del sol se filtraba por entre las ramas, derramando una bendición de motas luminosas sobre la tierra y la hierba. Michael Reave caminaba con el rostro levantado, tratando de absorberlo todo, y Heather lo observaba con atención. Le parecía extraño que el bosque Fiddler no quisiera expulsarlo, que el cielo no se pusiera negro y murieran los árboles, pero entonces recordó que él pertenecía a ese bosque. Había alimentado las raíces y la tierra a su modo.

—¿Heather? —Se volvió hacia ella, sonriendo—. Mira, ¿ves eso allí? —Asintió en dirección a un hoyo junto a un montículo de tierra fresca—. Es la entrada a la madriguera de un tejón. Solía verlos de vez en cuando, pero son animales muy tímidos. Dentro de las madrigueras más grandes, a veces viven familias numerosas. Son una red de túneles muy bien hechos.

—No estamos haciendo una caminata para disfrutar de la naturaleza.

—No, muchacha. —Su sonrisa desapareció y miró por encima del hombro de ella—. En eso tienes razón.

Heather sabía que él podía ver, detrás de ella, al grupo de

policías, entre los cuales estaba el detective Parker. Nunca estaban a más de unos pasos de distancia.

Hasta el momento, Michael Reave los había guiado hasta los restos de cuatro mujeres, una de las cuales, dijo, nunca había sido incluida en su lista de víctimas oficiales. Identificarlas iba a ser difícil; él solo había enterrado lo que llamaba las "partes blandas" dentro del bosque, aunque en ocasiones también había incluido otras cosas, baratijas, objetos que estaban en los bolsos, hebillas o hasta un zapato. Había accedido a llevarlos allí siempre y cuando Heather siguiera visitándolo y fuera con él a esas excursiones por el bosque Fiddler. Con la muerte de Albert "Bert" Froame y la captura de Lyle Reave, su fingida inocencia se había terminado.

—Te sientes feliz aquí. —No era una pregunta.

—Sí, fui feliz aquí, en un tiempo. —Se detuvo, y ella hizo lo mismo. Michael Reave tenía las manos esposadas detrás de la espalda y no la había amenazado en ningún momento, pero de todos modos, a Heather no le gustaba acercarse demasiado—. Antes de que todo comenzara... —Se encogió de hombros—. Hubo una breve época en la que creía ser libre y lo pasaba aquí, con estos árboles. Esos eran buenos recuerdos.

Heather asintió. Imaginaba que si no se sabía lo que estaba enterrado allí, el lugar podía parecer pacífico.

—Quería preguntarte... —Heather miró hacia los policías, para asegurarse de que estuvieran lo suficientemente cerca como para ir en su ayuda, pero no tan cerca como para escuchar—. ... sobre la mujer del abrigo rojo.

Michael Reave se puso rígido. Inspiró con fuerza, temblorosamente, y contuvo el aire un instante. Tenía los ojos brillantes.

—Era mi hermana —dijo finalmente—. Mi hermana mayor. Solo que no era solamente eso. Mi padre, tu abuelo, estaba loco y contagió a toda la casa con su locura. Mi hermana nació en 1947, se llamaba... Evie. —Calló por un instante.

Pronunciar su nombre parecía causarle dolor físico—. Y luego, cuando fue un poco mayor, cuando cumplió trece años, Evie me tuvo a mí.

Heather se miró las manos, con el estómago revuelto. Recordó cuando Ben Parker le había dicho que los asesinos casi siempre habían sido víctimas de abuso.

—La mujer que se hacía llamar mi madre me aborrecía por eso —continuó Reave—. Yo era la prueba viviente de todo lo malo que había nuestra familia, ¿lo entiendes, muchacha? Y Evie, creo que ella trataba de compensarme por cómo me odiaba su madre. Pero solo conocía una forma de expresarlo. Por lo que le habían hecho a ella. Venía a verme de noche. —Se estremeció—. Todavía la recuerdo en la puerta de mi dormitorio, con su abrigo rojo. Sonriendo. Decía que solo quería darme amor.

—¿Qué le sucedió a Evie?

—Murió. Mucho después de que yo huyera a Fiddler's Mill, ella se fue a vivir con mala gente. La casa en la que vivía se incendió estando ella allí. Me enteré de casualidad, porque lo vi en un periódico. —Cuando volvió a mirar a Heather, ya se había repuesto—. Y… creo que no deberías saber nada más de todo eso. No es sano, muchacha.

En alguna parte, en los árboles altos, una urraca chillaba con entusiasmo. Él levantó la vista y volvió a sonreír.

—Me gustaría contarte otro cuento —dijo.

Heather se encogió de hombros.

—Había una vez un hombre rico que se había pasado la vida cometiendo malas acciones. Había sido avaro, no había compartido su riqueza y había visto como otros morían de hambre. Había hecho daño a otras personas por placer y lo había disfrutado. Un día, cambió de actitud. Cuando su vecino, un hombre pobre con hijos hambrientos, llamó a la puerta de su casa, el hombre rico le prometió que le daría la mitad de su comida y sus bienes si, cuando muriera, el hombre se quedaba junto a su tumba durante tres noches seguidas. Estaba preocupado… —Michael Reave hizo una pausa con el rostro inexpresivo—. Temía que el demonio fuera en busca de su alma.

Reave guardó silencio durante varios minutos, aunque Heather estaba segura de que la historia no terminaba allí. Siguieron caminando; detrás de ellos se oían los pasos pesados de los policías.

—Esto no cambia nada, ¿sabes? —dijo Heather por fin—. No cambia quién eres ni lo que has hecho.

—No —convino él—. No lo cambia. —Se volvió para mirarla y, no por primera vez, Heather se estremeció ligeramente, sintiendo que él podía ver directamente dentro de su corazón. Dentro de sus huesos.

—¿Qué sucede?

—Estaba pensando, nada más. —Sonrió, esa sonrisita apesadumbrada que se había hecho famosa en su fotografía policial—. Pensaba que deberías haber sido tú quien Colleen me entregó, y no Lyle. Hay mucho más de mí en ti.

Era primavera. Las rosas silvestres que bordeaban el camino hacia el acantilado estaban en flor; sus corolas rosadas y amarillas se agitaban en la brisa. Heather acarició los pétalos con los dedos al pasar y arrancó un par de flores sin pensar en nada en particular hasta que llegó al borde del acantilado. Allí abajo, lejos, estaba el sólido mar azul, probablemente, lo último que había visto su madre.

Colleen Evans había tenido que tomar una decisión terrible, la peor decisión que puede tocarle a una persona y, en última instancia, no había podido vivir con ella. Mucho menos cuando las hermanas Bickerstaff llegaron a olisquear a su puerta, y cuando llegó el tiempo para la cosecha oscura del bosque Fiddler. Esa decisión la había destrozado, la había convertido en algo afilado y gélido, y Heather se preguntó si

Lyle, sentado en su celda, merecía saberlo: si merecía saber que a su madre le había destrozado el haber tenido que entregarlo a los monstruos. Pensó que, en realidad, era un trocito de misericordia que él no se había ganado. Por más pequeño que fuera.

—En realidad creo que me parezco más a ti. —Lo dijo con firmeza, pero el viento recogió sus palabras y se las llevó hacia el mar—. De verdad que lo pienso. Siento mucho no haberlo comprendido antes, mamá. —Una gaviota chilló por encima de su cabeza; un sonido claro y cargado de esperanza—. Perdóname.

Heather desparramó los pétalos de rosas silvestres donde estaba y luego se alejó del borde del acantilado.

AGRADECIMIENTOS

Este libro debe su existencia esencialmente a mi genial amiga y representante Juliet Mushens. Hace años que compartimos el interés por los crímenes reales e intercambiamos historias y enlaces de Wikipedia; un día, cuando yo bromeaba sobre hacer pasar toda mi turbia actividad en internet como investigación para una novela, me miró —vía Whatsapp— y me dijo: "¿Y por qué no escribes un thriller, Jennifer?". Gracias, Juliet, por ser el puntapié en el trasero que necesitaba y, por supuesto, también por ser una de mis amigas más queridas y más sabias.

Veamos: *Tiempo de lobos* era un género nuevo para mí, y nunca un libro me ha enseñado tanto. He tenido la suerte de tener un equipo extraordinario de mentes que me han guiado y enseñado todo lo que necesitaba aprender. Un agradecimiento enorme para Natasha Bardon, de HarperFiction, que vio la esencia de este libro inmediatamente y lo hizo funcionar; y a Jack Rennison, que lo mantuvo todo en los carriles adecuados y me dio consejos sabios en cada etapa. Estoy inmensamente agradecida igualmente al equipo de Crooked

Lane Books, que me recibió tan bien y apoyó el libro con tanto entusiasmo: Faith Black Ross, Melissa Rechter y Madeline Rathle son lo máximo. Muchas gracias también a Jenny Bent, otra representante que me ha apoyado a cada paso.

Escribo estos agradecimientos en medio de una pandemia mundial, que —por decirlo suavemente— es una frase que jamás en la vida creí que escribiría. Hace tres meses que estamos en aislamiento y no es un momento fácil para hacer algo creativo, ni qué hablar de escribir ficción. Las dos librerías geniales donde trabajo, Clapham Books y Herne Hill Books, no me han visto el pelo en bastante tiempo, pero mis colegas han sido comprensivos y fantásticos durante un período que no ha sido el mejor (por varias razones). Nikki, Ed, Sophie y Roy: muchísimas gracias.

Como siempre, agradezco tener el apoyo moral y la compañía efervescente de un grupo de amigos escritores. Den Patrick, Andrew Reid Adam Christopher, Alasdair Stuart y Peter Newman: gracias por ser los mejores para escuchar mis ideas y para compartir copas. También me gustaría agradecer a los Onesies: espero poder volver a salir de aventuras con vosotros pronto. Y, por supuesto, agradecimiento y amor eternos a mi madre y al resto de los miembros de mi familia, algunos de los cuales tal vez lleguen a leer este libro y todo, ya que contiene asesinatos en lugar de dragones.

Y por último, todo mi amor a Marty Perret, mi pareja y mejor amigo, al que pienso que siempre le ha preocupado un poco mi interés por personas desaparecidas y formas de deshacerse de los cuerpos. Al final, resulta que de verdad era todo para un libro. Te quiero, cariño.

SI TE HA GUSTADO ESTA NOVELA...

Creemos que te va a encantar *Hay quienes eligen la oscuridad,* de Charlie Donlea, la segunda novela del aclamado escritor norteamericano, ahora bestseller en español. *Hay quienes eligen la oscuridad* nos cuenta la historia de dos mujeres: Rory Moore, policía forense que descubre en el despacho de su padre un archivo sobre el Ladrón; y Ángela Mitchell, una mujer obsesionada con el caso y quien seguía la pista del asesino hasta que misteriosamente desapareció.

Rory, al igual que Heather, necesita saber la verdad y no descansará hasta conseguirlo. Su padre por algún motivo tenía este archivo y lo que es aún más extraño es que, antes de morir, era su abogado.

El Ladrón está a punto de salir en libertad condicional, pero Rory descubre pistas que le indican que hay mucho más que descubrir sobre lo que realmente pasó hace más de veinte años. ¿Te lo vas a perder?

El equipo editorial

Escanear el código QR
para ver el booktrailer
de *Hay quienes eligen la oscuridad*